時空最強自衛隊 上

第三次大戦勃発！

遙　士伸

JN034460

コスミック文庫

この作品は二〇一一年六月に小社より刊行された『異時空自衛隊』を再編集し、改訂・改題したものです。

なお本書はフィクションであり、登場する人物、団体等は、現実の個人、団体、国家等とは一切関係のないことを明記します。

目　　次

第一部　日本VS全世界・第三次大戦勃発

「おれは死なん。絶対に、生きて還る」

男の叫びは、無謀な望みか、はたまた霧中の夢か。

しかし、たとえそれだとしても、男はあきらめるつもりはなかった。次元のねじれ、超自然など、どんなに固い扉の向こうに足を踏み入れていたのだとしても、それが起こった以上は、その逆もあるはずだ。

と、そのとき、幾多の光りが交錯し、幾多の閃光が蒼空を切り裂いた。そして男は信じたのである。それが希望の光りであると。

プロローグ

それは単なる偶然の事故か、あるいは人の野望が生み出した必然か。

突然のタイム・トラベル、これは夢ではない！

その信じ難い現実を目《ま》の当たりにしたとき、人はなにを見、なにをするのか。

過去であるはずの世界が自分の記憶とまったく異なるものであったとき、そこから生まれるのは絶望か、はたまた希望か。

頬を伝う涙は、人の心と行ないとを映しながら、時《とき》の証言者となる。そう、人が形成していく新たな歴史の。

オーパーツ――それは歴史上その時代にそぐわないとされるもの、時代と時代をつなぐ上で、どうしても結びつかない超自然的なものを指す。

そのほとんどは、当時の文明の度をはるかに超えた未来的なものといえる。

その不可解なものが、もし人為的なものだとすれば、その目的とは……。

一九四六年六月一〇日　インド・カルカッタ

履帯《キャタピラ》のきしみ音が、あたり一面に満ちていた。

泥濘《でいねい》を跳ねあげながら、履帯を装着した鋼鉄の猛牛が次々と前進していく。

低く構えた砲塔から突きのびる砲身は遠方を睨み、ディーゼル・エンジン特有の低音が辺りに響く。

だが、これら鋼鉄の猛牛、いや正確にいえば各種の合金や複合材料を多用した猛牛は、時代をはるかに超越した先進的なものだった。

陸上自衛隊の主力戦車——九〇《きゅうまる》式戦車である。

「一気に蹴散らしちまいましょう」

配下の第二小隊長森雅也《まさや》三等陸尉の声に、陸上自衛隊北部方面隊第七師団第七二戦車連隊第三中隊長の江波洋輔《えなみようすけ》一等陸尉は、心の中でため息を吐《つ》いた。

森は優秀な成績で防大を出た士官だが、自信過剰で先走る性格が欠点だと、江波は見ていた。いわゆる、血気盛んな若者だ。

どちらかというと、慎重に事《こと》を運ぶ江波との相性は良くないが、そこをうまく操るのも上官の役割だ。

　江波は冷静に応じた。

「まあ、待て。焦ることはない。目的は正面突破ではないからな。命令あるまで発砲は控えよ」

「……了解」

　わずかな間《ま》に森の不満も感じたが、その高揚もしかたのないことだと江波は感じていた。

　なんせ、ここはインドだ。第一次、第二次世界大戦に勝利した大日本帝国は、環太平洋国家として世界の頂点に君臨し、このインドにまで勢力圏を伸ばしていたのである。

　ただ、いつの時代でも、どういった分野でも、強すぎる者は反発を呼ぶ。

　その結果が、これだ。

「英仏蘭、誰が相手か知らないが、面倒だ。まとめてかかってこい」

「無駄口は慎めよ。我々は左翼に展開、鶴翼《かくよく》陣形で敵を包囲殲滅《せんめつ》する」

「了解」

「了解」

森をはじめとした各小隊長の返答を確認し、江波はうなずいた。

それにしても暑い。やはり熱帯の気候は違うと、江波は感じていた。

日本の温暖湿潤な気候ならば、この時季は暑からず寒からず、梅雨前で雨も少なく快適なはずだが、北緯二二度、東経八八度のここインドのカルカッタは連日三〇度超えが当たり前だ。

しかも、冬の乾季が終わって雨季に入った今、気温以上に不快な高湿度の問題があった。

まるで汗がまとわりつくような感覚は、日本では決してないことだった。

特に江波ら北の大地の北海道を拠点としていた者たちにとっては、不快感も倍増だ。

「まあ、それも幸いするだろうがな」

インド東部のカルカッタは、世界の大河ガンジス川とその支流であるフーグリー川の下流に位置する低地である。地盤は軟弱で、しかも雨季の長雨で足場は劣悪だ。

履帯をつけた戦車や自走砲が動けなくなるほどではないにせよ、こういった不整地では砲の安定性が命中率を大きく左右するはずだ。

その点、大戦型の戦車と戦後第三世代の戦車とでは、雲泥の差がある。

「やはり英軍の戦車か」

迫ってくる敵戦車の映像に、江波はつぶやいた。

そもそもインドは歴史的に見て、長い間イギリスが支配してきた土地だ。

独立させるかどうかの問題以上に、日本に奪われかねないと考えたイギリスが、躍起《やっき》になって出てきた可能性が高い。

全体に角ばった印象を与える砲塔と車体、それに長砲身の戦車砲を備えたこれは、巡航戦車コメットか。切りたった垂直の装甲が被弾経始の思想に乏《とぼ》しいイギリス戦車を示していると思われるが、仮にフランス軍やオランダ軍が出てきたとしても、大戦初期に敗れた国だ。まともな戦車を持っているはずがない。

しかし時代も変わったものだと、江波は感じた。

江波が見ている敵の映像は、江波自身の視界にあるものではない。

昔であれば、自車の視界かせいぜい前方に展開して砲撃目標を指示する歩兵の情報くらいしかなかった。

が、今は違う。ＩＴ技術の進歩によって、他車や上空のヘリが目にするものを共有化することが当たり前のように行なわれるようになったのである。

しかも、第一報は必然的に危険な敵性地帯に踏み込んでの映像となるため、無人兵器の開発と運用が飛躍的に進んでいたのだ。

今、江波が見ている映像は、前方に送り込んだ小型ＵＡＶ（Ｕｎｍａｎｎｅｄ Ａｅｒｉａｌ Ｖｅｈｉｃｌｅ＝無人航空機）の「エレクトリック・ビートル（電子昆虫）」が送ってきたものである。その名のとおり飛行機というよりも「昆虫」とでも呼ぶべき超小型のもので、形や塗装にはそれなりの迷彩効果が施されている。おそらく、この時代の敵には一〇〇パーセント正体がばれることはないだろう。

反面、小型化を追求したことから偵察以外の任務はこなせず、航続力や滞空時間も乏しい。あとのフォローは、後方に控えるＵＧＶ（Ｕｎｍａｎｎｅｄ Ｇｒｏｕｎｄ Ｖｅｈｉｃｌｅ＝無人陸上車）の「スタンド・アローン（一人で立つ）」が引き受けるのだ。

こちらは履帯の足を持つ小型のロボットというべきもので、背中に搭載した対戦車ミサイル一基と、左右両腕のガトリング砲という武装を持つ立派な戦闘兵器だ。ＡＩ（人工知能）による自動戦闘も可能だが、最悪の場合（ブレード××という某国の映画のような、ロボットたちの反乱を想定したわけではないだろうが）の自爆装置は、人の手に委《ゆだ》ねられている。

ちなみに人型のロボットというのは、人が操縦するしないにかかわらず、実用化はまだ遠い先の話だ。

というのも、アニメや映画の世界ならまだしも、接地圧の点で効率が悪すぎるのだ。軟弱な地盤では、〝足〟が地面に突き刺さったまま身動きすらとれないという情けない状況もありうる。

「スタンド・アローン」が履帯を選択しているのは、まさにこの点が理由なのである。

左翼に展開する江波の第三中隊は、敵を右前方に仰ぐ形で前進した。

いったん全車停止して、様子を窺う。

砲塔が時計まわりに旋回し、コンピュータが各車にそれぞれの目標をわりふる。

自動追尾システム付きのFCS（射撃統制装置）が作動し、わりふられた目標をリアルタイムで捕捉しながら、仰角、旋回角を微調整していく。

「距離三五〇〇……三三〇〇……三一〇〇……ファイア！」

敵との距離を測りながら、江波は距離三〇〇〇メートルで発砲を命じた。

第三中隊全一四両の四四口径ラインメタル一二〇ミリ滑腔砲がいっせいに雄叫びを上げ、APFSDS（翼安定装弾筒付徹甲弾）が初速一六五〇メートル毎秒でインドの熱気を貫いていく。

「前進！」

砲口から白煙をたなびかせつつ、全備重量五〇トンの車体が動く。三菱一〇ZG水冷二サイクルV型一〇気筒ディーゼル・エンジンが豪快に吼え、履帯が大地を噛む。

「初弾命中！」

サーマル（熱線）画像で捉えた目標が消失し、次の目標が点滅して映しだされる。GCS（目標自動指向システム）が作動し、ふたたび砲塔と砲身が微動する。

「とっ……」

ひどい起伏に車体が揺らぐが、砲は常に高い安定性を保たれている。このあたりの機構が、大戦型の戦車と二一世紀の戦車とで決定的に違うところだ。

「ファイア！」

「ファイア！」

転輪が吹き飛び、履帯が跳ねあがる。青白い炎を発したかと思うと、爆発四散する敵戦車もある。馬力を重視するがために、発火性の強いガソリン燃料を選択しているイギリス戦車の弱点だ。

各車がさらに数両を撃破したところで、敵もようやく反撃に転じてきた。だが、当たらない。敵弾は数こそあるが、泥水を跳ねあげて軟弱な地盤を掘り返すだけだ。距離があるのに加えて、地盤が緩くて足をとられることで照準がままならないのだろう。


「英軍、撤退」

「二時の方向に新手《あらて》！」

相反する報告が、同時に飛び込む。

「敵、発砲！」

「なに!?」

仲地旋回をかけてあわてて遁走《とんそう》に移るイギリス軍のコメットと違い、新たに登場した敵の動きは素早い。練度、闘志とも格が違うようだ。

砲弾の飛翔音が大気を震わせ、弾着の衝撃が大地を揺さぶる。

「ドイツ軍だ！」

「奴ら、自分たちが負けた腹いせに、やつ当たりしようっていうのか」

「キング・ティーガーだ」

新たに現われた戦車の威容に、江波はつぶやいた。

被弾経始の思想を取り入れた傾斜装甲に、ドイツ戦車特有の重防御、長砲身八八ミリ砲の大火力――ドイツ軍が誇った第二次大戦中最強の量産戦車といわれるキング・ティーガーの登場だった。

（しかし、どうかしている）

死ぬか生きるかの戦場で苦笑いですますことなどできやしないが、この戦いの構図は目眩《めまい》を起こさせるものであった。

東西から挟撃されてベルリンが陥落し、ドイツが無条件降伏して終わった第二次大戦だが、その反面、太平洋方面で優位に立っていた大日本帝国は、ドイツの同盟国でありながら戦勝国となるねじれ現象を生んだ。

それどころか、国内財政と経済の疲弊を生み、さほど得るものはなかった米英ソ連合国と違って日本はまんまと領土拡張を果たして、一強の座を手に入れたとさえ言えた。

「自分たちは国を失ったのに、同盟国であったはずの日本はなにもしてくれなかった」

「日本は友を見捨てて、一人で勝利の美酒を味わっている」

ドイツがそう思って対日戦に転じてきたというのも、あながち嘘ではないだろう。

とにかく現在のところ、日本に対して、全世界が敵対視しているのは明らかであった。

そう、この世界において第二次大戦の戦勝国である日本は、世界の盟主にのぼりつめた反面、全世界からねたみと恨みを買ったのだ。

そして江波たち自衛隊は、否応なしにこの戦いに飲み込まれようとしていた。

同日　ハワイ沖

今や「日本海」という呼称は、大陸と日本列島に挟まれた狭い海域ではなく、大西洋、インド洋と並ぶ世界の三大大洋の一つにこそ命名されるべきものである。

――「太平洋」という言葉は死語だ。今後この広大な大洋は、「日本海」と呼ぶべきである。ここは日本の海なのだから。

つい何年か前までの日本人ならば、あるいはまったく別の歴史を辿ったパラレル・ワールドの住人ならば、この言葉は単なる夢想か狂人の戯言《ざれごと》にしか聞こえなかったかもしれない。

だが、これは極端に右傾化した者たちの誇大妄想でも、映画やゲームの中での仮想世界のことでもない。

これは現実なのだ。

前述の言葉を述べたある社会学者は、こう付け加えたという。

「こう言ってしまえば驕《おご》りに聞こえるかもしれないが、それが現実だ。遠慮はいらない。我々日本国民は、現実を素直に受け止め、大いに繁栄という二文字を噛み締めていこうではないか。我々日本人の英知と勇気がもたらしたこの現実は、我々に隆盛と栄華とをもたらしてくれるだろう。大日本帝国の国民であることを誇りに、豊かな暮らしを満喫していこうではないか」と。

そして現在、ここ日本領ハワイに対して、アメリカ軍が来襲してきていた。

「しかし、専守防衛の我々自衛隊がこんな太平洋の真ん中で戦うことになるとは、予想もしなかったですね」

「だがな、レイピア。これが現実だ。ここが、俺たちがいる世界なんだ。これまでの固定観念を吹き飛ばしておかないと、手痛い目に遭うから心しておけ」

エレメント（二機編隊）のサポート役を務めるウィングマンの小湊琢磨《こみなとたくま》三等空尉の声に、航空自衛隊中部航空方面隊第七航空団第二〇四飛行隊所属の山田直幸《なおゆき》一等空尉は、周囲の蒼空を見回した。

「レイピア」は小湊のコール・サインで、山田のコール・サインは「ブルー・ソード」である。その〝青刀〟よろしく、山田の機体は高々度の冷気を切り裂いていく。

(だがな……)

そうは言っても、山田の胸中に戸惑う気持ちがないといえば嘘になる。

誰だって、そうだろう。

今、山田たちがいる日本は、山田たち自衛隊員が知っている日本とは、まるで違うのだ。

第二次大戦に敗北した山田たちの知る日本は、アメリカの異常なまでの監視の下でその後の歴史を辿ってきた。日米同盟の成立とアメリカの核の傘の下で経済発展を遂げてきた日本であったが、戦後七〇年を経ても国内にはアメリカ軍の基地が散在し、犯罪人の起訴、投獄ができないなどといった日米地位協定という不平等条約を解消できないままだった。

貿易や国際問題に関しても、日本政府は常にアメリカの目を気にして言いなりになってきた。

そして国防軍であるはずの自衛隊も、様々な足かせをはめられてきたのだ。

先進兵器の開発には共同開発だとかアメリカ企業の参入といった横槍が必ず入り、自衛隊は常にアメリカ軍と一体化した動きを強《し》いられつづけてきたのである。

それがどうだ。眼前の現実には、そういったアメリカの属国である日本はない。日本は真の独立国家として、アメリカと互角以上の戦いをしているではないか。そして、この一九四〇年代という時代に、なぜか自分たち七〇年後の者たちがいる。

「なるようになれ！　やぶれかぶれだ」

とでも言いたくなるところだが、こういうときこそ信念を持たねばならない。自分を見失わずに、環境に適応しつつ進むべき方向を見出していかねばならない。

山田は前方を見つめた。

「しかし、敵機動部隊が接近しているってのに、（対艦攻撃をしなくて）いいんですかね？」

「そっちは海軍の仕事だっていうから、いいんじゃないのか。俺たちは邀撃《ようげき》と航空優勢獲得を任務として上がってきているわけだからな。本来のイーグル・パイロットというわけさ」

〝本来の〟と、山田が言うにはわけがあった。

山田ら第二〇四飛行隊が装備している機は、イーグルはイーグルでも、航空自衛隊が長く主力機として運用してきたＦ－15Ｊイーグルではないのである。

台頭する仮想敵国の新世代機に対抗するべく、大幅な改良が加えられた最終発展型ともいえるF－15FXアドバンスト・イーグルであった。

このF－15FXの導入によって、本来邀撃飛行隊である第二〇四飛行隊も、対地、対艦攻撃能力を獲得していたのである。

しかしF－15FX開発の主眼は、あくまで空戦性能の向上にあったことを山田は知っていた。

具体的には、レーダーや火器管制システムなどの電子兵装の大幅な刷新と、エンジン換装による馬力アップ、推力偏向排気ノズルの導入と機体や主翼の材質変更による旋回限界点の向上だ。これによって、ただでさえ格闘性能では世界最強と言われていたイーグルは、さらに比類なき高みに昇ることになったのだ。対地、対艦能力の獲得は、あくまでエンジン出力の向上と機体の高強度化による搭載兵装重量の増加がもたらした副産物でしかない。

山田らファイター（戦闘機）・パイロットには、そういった考えの者が多かった。

「しかし、敵がレシプロの艦載機だとしたら、この高度って……」

「こちらビッグ・アイ」

小湊の質問に、タイミングよくＡＷＡＣＳ（Ａｉｒｂｏｒｎｅ Ｗａｒｎｉｎｇ ａｎｄ Ｃｏｎｔｒｏｌ Ｓｙｓｔｅｍ＝空中早期警戒管制機）からの指示が入った。

「敵機数およそ一〇〇、東北東よりオアフ島に向け侵攻中。高度一万二〇〇〇に上昇せよ。会敵予想はおよそ一二分後。健闘を祈る。オーバー」

「高度一万二〇〇〇？　それじゃあ」

「レシプロ機ではありえない、か」

「そうですよ。二一世紀でもあるまいし。戦術機ではありえない戦略爆撃機のレベルですよ。それにしたって、B－29ではこのハワイにはどこからだって届かない。違いますか」

次々と疑問をぶつける小湊に、山田は冷静に答えた。

「もう一度、ここがどこか考えるんだ。レイピア。俺たちの知っている歴史や固定観念はすべて捨てるんだ。先入観があると危険だぞ。なにが起こるかわからない。そのつもりでな」

「ラジャ。リーダーがそうおっしゃるならば」

小湊はエレメント・リーダーである山田に全幅の信頼を抱いていた。

その小湊の信頼と期待とを裏切らないためにも自分がしっかりしなければならないと、山田は自分に言い聞かせた。

未知のものに対する畏怖《いふ》は、誰にでもあるものだ。だが、不安や焦りは禁物だ。気負いも無用だ。自分は生き残る。生きて帰る。そのためにもここで負けるわけにはいかないと、山田は操縦桿のグリップを握りなおした。

「こちらビッグ・アイ。敵編隊を捉えた。映像を送る」

（来たか）

山田は液晶ディスプレイに視線を流した。

一瞬、白くフラッシュ・バックしたかと思うと、メイン・ディスプレイに機影が現われる。

F－15FXの改良の成果をもっとも感じるのが、このコクピットの中かもしれない。

F－15Jのときには無数のアナログ計器が所狭しと並んでいたものだが、F－15FXはそうではない。多機能液晶ディスプレイによって、パイロットは必要にして最適な情報を、より素早く、容易に把握することができるのだ。

これらの表示装置とHMD（Helmet Mounted Sight＝ヘルメット装着式照準装置）の導入は、イーグルを革新的に発展させた。F－15FXは外見こそF－15Jと大差なかったが、まったく別の機体に生まれ変わったといっても過言ではないだろう。

　もちろん映像はＡＷＡＣＳ自体が捉えたものを送ってきているわけではない。ＡＷＡＣＳが放った子機ＵＡＶ「ガーディアン」が捉えたものを中継して送ってきているのだ。

　ここでも無人兵器が活躍している。

　人命重視の時代であれば、危険な任務に無人兵器を投入するのは先進国の軍において常道といえる手段であり、発展途上国の人海戦術やイスラム圏の自爆攻撃とは正反対の思想といえる。

　特に人的資源が豊富とはいえない日本は、この手の兵器開発には熱心だった。その成果が、この異世界での戦闘に役立っているのだ。

「これは……」

　山田はうめくようにつぶやいた。

　接近する機影は、やはりＢ－29ではなかった。銀翼の巨人機といわれたあの特徴的な姿は空自のパイロットの多くが知るものだったが、迫りくる敵機は違う。大型の爆撃機のようではあるが、あのトンボの眼のような機首や棒状の胴体とはどこか異なる。

（六発だ。そうか、そうきたか）

山田は決定的な部分に気づいて、片眉を歪《ゆが》ませた。

六基のエンジンだけではない。細長い直線的な主翼ではなく、ディスプレイに映された敵機はなんと後退翼までも身につけていた。

発想そのものは別として、後退翼の装備は戦後の機の特徴である。

ということは、B－36だ。自分たちの知る歴史では、アメリカ本土から直接ヨーロッパを叩くために開発していたレシプロ機史上最大にして最後の超大型機だったはずだ。

全長四九・四メートル、全幅七〇・一メートルという機体は、B－29を二回りも三回りも上回り、空の要塞ならぬ空中基地といってもいいほどだ。

しかも、ピース・メーカーなどというふざけた名前が付いていたので、はっきりと覚えている。破壊と殺戮《さつりく》をもたらす凶鳥がピース・メーカー、すなわち平和をもたらすものとは、つくづくアメリカという国は自己中心的で身勝手な国だと思う。

人類史上最悪の所業である原子爆弾の投下を、「戦争終結を早めてより多くの人命を救った」などと、詭弁《きべん》をふりまわす国のやりそうなことだ。

ともあれ、山田の記憶というノートには、それが大戦中に実戦配備されたという記載はない。

一万ポンド（四五〇〇キログラム）の爆弾を、一万マイル（一万六〇〇〇キロメートル）離れた目標に投下するというテン・テン・ボマー構想にしたがってコンソリーデッド社が開発したB－36は、大戦終結とジェット化の波にのまれて開発中止寸前にまで追い込まれ、ジェット・エンジン装備の改設計、冷戦開始による旧ソ連への核爆撃構想で復活した特異な機だったはずだ。

その幻のレシプロ機が、敵意をあらわにして迫ってくる！

（やはり、この世界は違う）

自分たちの知る世界とは根本的に異なる。先入観にとらわれていると、手痛い目に遭いかねない。山田はここで気を引き締めた。

やがて、それらを自機のレーダーも捉えはじめた。

「タリホー」

「タリホー」

敵機発見の報告が、無線にのって飛び交う。

レーダー・ディスプレイに次々と輝点が現われるのを、山田も確認した。

「ファースト・アタック。Ｇｏ！」

攻撃開始を告げる飛行隊長鳥山五郎二等空佐の声に、山田は中射程ＡＡＭ（Ａｉｒ ｔｏ Ａｉｒ Ｍｉｓｓｉｌｅ＝空対空ミサイル）を切り離した。

この時代の敵には、レーダー波発信源に向かうパッシブ、あるいは妨害電波発信源に向かうホーム・オン・ジャム方式のホーミング（誘導）ミサイルもない。だから、安心してアクティブ・レーダー・ホーミング式のＡＡＭを撃ち込めるというものだ。

だが……。

（もう少し慎重なアプローチがあってもいいと思うがな）

敵の電子機器がいかに旧式とはいっても、捜索レーダーを作動させつづけての接敵は不用意ではないか。レーダー波をひろって存在を知ることくらいなら、敵も可能なはずだ。ましてや強力なレーダーを持つＡＷＡＣＳが展開してさえいれば、より詳細かつ精度のいい情報が手に入るのだ。

鳥山の対応に疑問を感じる山田だったが、空戦開始にその考えを喉元に押し込んだ。

中射程ＡＡＭ二発を放ったところで、第二〇四飛行隊総勢二四機のイーグルはいっせいに増速した。

リスクの少ないＢＶＲ（Ｂｅｙｏｎｄ　Ｖｉｓｕａｌ　Ｒａｎｇｅ＝視認距離外）戦闘は理想だが、射程の長いＡＡＭはそれだけ推進剤も多量であり、重量も大きさもかさむ。携行数は必然的に限られ、残りは短射程で小型のＡＡＭで補うのが現実だ。

Ｆ－15ＦＸ二四機は軽々と音速の壁を突破し、敵編隊に向かって突きすすむ。

前下方に現われた黒点は、みるみる航空機の形を整えて視界内に膨《ふく》らんでくる。

山田は渾身の念でＡＡＭを放ち、機体を翻《ひるがえ》した。

尾翼に描かれた白頭鷲の飛行隊マークが異世界の光りを受けて、黄金色に閃《ひらめ》く。

「俺は死なない。絶対に、俺は絶対に家族のもとに、生きて還る！」

男の叫びは無謀な望みか、はたまた霧中の夢か。

だが、男はあきらめるつもりはなかった。次元のねじれ、超自然……。どんなに固い扉の向こうに足を踏み入れていたのだとしても、それが起こった以上その逆もあるはずだ。

幾多の光りが交錯し、閃光が蒼空を切り裂いた。

男は信じたのだ。それが希望の光りであると。

重巡『利根』は、快速を生かして敵空母に肉迫しようとしていた。

先の航空戦で損傷して落伍した艦《ふね》だとは思うが、このまま逃《のが》したのでは航空隊の者たちに申し訳がたたない。いずれ修理を終えたこれらの艦はふたたび前線に舞い戻り、脅威となるだろう。自分も含め味方の将兵の危険性を少しでも軽くしておくために、ここはきっちりと沈めておきたかった。

「レキシントン級のようですな」

「そうだな」

副長藤原修三《しゅうぞう》中佐の言葉に、『利根』艦長黛《まゆずみ》治夫《はるお》大佐はうなずいた。

元は巡洋戦艦として起工され、軍縮条約によって空母に改造されて誕生した大型の艦体が見える。もっとも特徴的なところは、右舷に設けられた壁面のような巨大な煙突だ。

世界広しといえども、ああいった艦容の空母はレキシントン級をおいてほかにない。

一番艦の『レキシントン』はすでに大戦中、西太平洋に没しているので、必然的に前方の艦は二番艦『サラトガ』ということになる。

「願ってもない大物です。必ず仕留めましょう」

藤原は大きく口端《くちは》を吊りあげて、鼻を鳴らした。一発狙いの不敵な笑みだ。熱血漢の黛も、自分はこつこつと仕事するより要所で大きく花を咲かせて、と考えるタイプだとは思っていたが、目の前の藤原は自分の比ではない。手柄や戦果に対するがつがつとした様子は、一度接した者ならば決して忘れないほどのものだ。だが、今それを咎《とが》めることはないだろう。

「右、魚雷戦！　目標『サラトガ』」

黛は伝声管に向けて、怒鳴るように命じた。

艦首に波が砕ける音、砲声、砲弾の飛翔音、爆発音……。たしかに雑音も多かったが、それ以上に気合の込もった黛の声だった。

「右、魚雷戦！　目標『サラトガ』」

前檣上部の水雷指揮所で、水雷長が復唱する。

『利根』は主砲を乱射しながら、なおも『サラトガ』に向けて突きすすむ。

艦本式高中低圧タービン四基が一五万二〇〇〇馬力の最大出力をスクリュー・プロペラに叩きつけ、基準排水量一万一二一三トンの艦体を押しだしていく。護衛の駆逐艦や巡洋艦が行く手を遮《さえぎ》ろうとするが、前部四基の二〇・三センチ砲がそれらを怯《ひる》ませる。

利根型重巡は、四基の主砲塔を前部に集中配置するという特異な設計がなされている。

これは航空巡洋艦的な意味合いで与えられた五基の水上偵察機を運用するために、後甲板にカタパルトや揚収用クレーン、運搬軌条、ターン・テーブルといった航空兵装を固めたためだ。

その四基の主砲塔のうち、三基はピラミッド型に、その背後に後ろ向きに一基が配置されるというややこしい構造になっていた。そのため、操艦には工夫が必要だったが、黛はそれらを左右に乱射させるという鉄砲屋らしい強引な手法によって、最大火力を発揮させていたのだ。

日本重巡特有の強いシアーのついた艦首が波濤を切り裂くや、前後に長い誘導煙突からうっすらと排煙が立ちのぼる。

「距離五〇《ごまる》（五〇〇〇メートル）で魚雷発射」

「五〇、でありますか」

「そうだ」

怪訝《けげん》そうな声を発する水雷長に、黛は有無を言わせぬ口調で応じた。

昼間の雷撃で五〇〇〇メートルというのは、かなりの近距離だ。必死に『サラトガ』を守ろうとする敵護衛艦艇の砲火は、よりすさまじいものになるだろう。

また、『サラトガ』もまだ致命傷を負っているわけではない。手傷を負った野獣のように、対空砲や機銃を総動員して死にもの狂いで抵抗するはずだ。

ここは無雷跡、長射程、大威力の酸素魚雷の性能を信じてさっさと雷撃をすませて敵から遠ざかるべきだと、水雷長は言いたかったのだろう。

だが、黛の考えは違った。『サラトガ』は本隊から落伍したとはいえ、いまだ二〇ノットそこそこの速力を出している。魚雷を回避しようと思えばまだまだ余裕はあるだろうし、そもそもそんな腰砕けの雷撃など当たるわけがないと、黛は考えていたのだった。

黛はもともと鉄砲屋ではあったが、戦いの本質は砲撃も雷撃も変わらないと考えていた。

失敗を恐れていては、成功はない。中途半端でも成功はない。

それが黛の基本思想、であった。

案の定、接近するにつれて敵の砲火は激しさを増してきた。火力密度、精度、ともに倍増の勢いだ。

前甲板に眩《まばゆ》い閃光が弾ける。だが、衝撃はさほどのものでもない。駆逐艦の五インチ弾クラスの命中だったようだ。火災の炎があがるが、『利根』はその直後に前方の水柱に艦首を突っ込ませ、崩れおちた水塊で火災の炎を消し去っていく。

「まだまだ！」

黛の怒声に、お返しとばかりに『利根』の一撃も敵駆逐艦を襲う。濛々《もうもう》とした黒煙を噴きあげた敵駆逐艦は、その場に停止して動かなくなる。全長九〇・六センチ、重量一二五・八五キログラムの二〇・三センチ九一式徹甲弾が機関を直撃したに違いない。

「距離九〇《きゅうまる》……八〇《はちまる》！」

直撃弾の衝撃が立てつづけに艦を震わす。

不気味な金属音がしばし艦内にこだまし、焦燥を滲ませる者の頬を汗が伝う。

だが、黛は身じろぎ一つしない。両腕を組み、瞑目したままただ時を待った。

「一番高角砲、損傷！」

「第三主砲塔に直撃弾！　発砲不能」

いずれも痛い損害だったが、待望の報告はその直後に訪れた。

「『サラトガ』との距離、五〇《ごまる》！」

「魚雷発射、完了！」

艦橋から見えるわけはないが、黛の脳裏には右舷から飛びだす六本の魚雷がはっきりと映っていた。燃焼ガスに純粋酸素を用いる世界最強の酸素魚雷という猟犬が、『サラトガ』という大きな獲物を捕らえるべく広大な海洋に放たれたのだ。

「取舵一杯！」

さらに一〇秒ほどしたところで、黛は命じた。魚雷を放ってすぐに転舵したのでは、雷撃を見抜かれてしまう。少しでも敵の目を欺《あざむ》こうという、これも『利根』艦長になってから身につけた水雷の知恵だ。

『利根』が放った魚雷は、改良型である九三式酸素魚雷三型であった。従来型と比較して直径六一センチの特大魚雷である点は変わりないが、炸薬量を倍近い七八〇キログラムに増強して威力を高めている。雷速と射程は、四八ノットで一万五〇〇〇メートルだ。計算上は、五〇〇〇メートルの距離なら四分弱で走破することができる。

敵の駆逐艦や巡洋艦が追ってくる気配はない。弾着は次第に遠く、少なくなっている。

そして……。

「じか――ん！」

黛をはじめ、艦橋に詰めている者全員が振り返った。敵空母『サラトガ』が被雷の衝撃にのたうつのを誰もが期待していた。

屹立《きつりつ》する水柱と奔騰《ほんとう》する炎、濛々たる黒煙——そういった光景が遠方に広がるはずだった。

が、なにも起こらない。疑問は不安に、不安は失望に変わっていく。

自分たちが放った魚雷は、すべて躱《かわ》されてしまったのか。目標を捉えることなく海底に突き刺さったり、虚海をただ突きすすんだりして終わってしまったのか。ある者は唇を嚙み、またある者は眉間に深い皺《しわ》を寄せて口を閉ざした。

だが、落胆のため息が艦橋を満たそうとしたとき、ようやく待望の報告が飛び込んだ。

「敵空母に魚雷命中！」

見張員の声に、うつむきかけていた視線がいっせいに跳ねあがった。

敵空母『サラトガ』の左舷中央に、高々とした水柱が突きあがっていた。そして、その水柱が崩れおちるのと入れ違いに、そのやや後方にもう一本の水柱が噴きあがる。

水柱が完全に崩落して海面に帰結するころ、『サラトガ』は完全にその場に停止し、炎と黒煙に包まれていた。

「敵空母に魚雷命中。撃沈確実！」

黛は艦内全域に向けて、誇らしげに言い放った。歓声と拍手に艦内が揺れる。

「艦長。もう一隻いきましょう。この先にもう一隻、落伍した空母がいるはずです」

「まあ、そう（焦るな）」

たしなめようとする黛を無視して、藤原はたたみかけた。

「さあ、反転しましょう。追いつけないのではないかという心配はご無用です。二航艦にはすでに足止めの攻撃支援を要請しています」

「貴様、そんな勝手な……」

黛の声は、甲高《かんだか》い砲弾の飛翔音にかき消された。

これまで経験したことのない、威圧感を覚えさせる轟音《ごうおん》だった。

「調子にのるなよ、日本人」

戦艦『ワシントン』艦長トーマス・クーリー大佐は、追撃を窺おうとする敵巡洋艦に向けてつぶやいた。

大戦が終結して一年あまり。屈辱的な講和条件で失ったパール・ハーバーを奪回すべく出撃してきたアメリカ太平洋艦隊だったが、海戦は思惑どおりには進んでいなかった。

海戦全体の帰趨《きすう》は判然としていなかったが、空母機動部隊同士の艦載航空戦、および水上部隊同士の砲雷戦とも、太平洋艦隊は決定的な勝利を手にできていない。

むしろ、クーリーの所属した水上部隊などは陣形も隊列もばらばらにされて、上陸支援のための敵陸上基地への艦砲射撃を断念せざるをえない状況にあるほどだ。

しかし、クーリーはまだ勝利をあきらめたわけではなかった。事実、クーリーが率いる『ワシントン』は、敵コンゴウクラスの戦艦一隻を撃沈し、ナガトクラスの戦艦一隻にも手傷を負わせて撃退している。対する『ワシントン』の損害は軽微で、なおも攻撃を続行できる状態だった。そこへきての、機動部隊からの救援要請である。

「『サラトガ』は残念だったが、これ以上敵の好きにはさせん」

ふたたび『ワシントン』の前部二基六門の一六インチ砲が吼える。

『ワシントン』は、戦艦の新規建造や搭載砲の口径などを制限した軍縮条約明けに建造された、新鋭戦艦ノースカロライナ級の二番艦だ。低速重防御が特徴だったアメリカ戦艦の殻《から》を破り、最大二八ノットの快速を発揮できる。艦容も一新し、籠《かご》マストや三脚檣《しょう》といった古めかしいものは姿を消し、艦橋構造物は先の尖《とが》った搭状のものにすっきりとまとめられている。凌波《りょうは》性能の向上のために、艦首も海面に対して垂直に切りたったものではなく、いかにも速さを物語るような、前方に突きだした形状に改められている。

おそらく、相手が旧式戦艦ならたやすく逃げられただろうが、いかに快速の巡洋艦といえども、そうそう簡単に『ワシントン』から逃れられるわけがない。

「欲を出してこんなところに残っていた自分を呪うがいい」

水平線付近に突きたつ水柱を目にして、クーリーは鋭くうなずいた。

奔騰する海面に、重巡『利根』は笹舟のように揺れうごいた。

頭上を圧する巨弾の飛来音に艦体は痙攣《けいれん》するように震え、至近弾炸裂の衝撃に艦内の将兵は右に左にと振りまわされた。

「これが戦艦と巡洋艦との差か」

重巡『利根』艦長黛治夫大佐は、格の違いというものをまざまざと思い知らされたような気がした。

『利根』は基準排水量一万トンをはるかに超える大艦であり、戦艦や空母を除けば最大となる艦種である重巡に属する。その『利根』が、敵戦艦一隻の砲撃にいいように翻弄《ほんろう》されているのだ。鉄砲屋の黛にとっては、切歯扼腕《せっしやくわん》する展開といっていい。

「敵弾、来る！」

一段とすさまじい轟音に、黛は目を見開いた。

（いよいよ直撃を食らうかもしれん。大口径弾の直撃に、果たして本艦は耐えられるのか）

大気を引き裂く轟音が極大に達したと思うや否や、視界が真っ白に弾け飛んだ。

「し、至近弾！」

かろうじて直撃は免《まぬが》れたが、巨峰となってせり上がり、また艦上に叩きつけてくる水音に、艦内のすべての声と音はかき消され、濁流が視界を遮った。

その濁流の隙間を縫《ぬ》う形で、真っ赤な光が艦上に射し込んだ。

「これまでか」

黛は死を覚悟した。

大災害や深刻な被害のときほど、それがあらわとなる前にひと呼吸あるものだ。

この後、艦体は真っ二つに引き裂かれ、あるいは多量の弾薬の誘爆によって跡形もなく上構が消し飛び、自分を含めて何百という将兵が死を迎えるのか。

黛は双眸《そうぼう》を閉じて、そのときを待った。あわてて逃げようとしても無駄だ。じたばたしても始まらない。自分が死ぬのはいいとしても、悔いが残るとすれば多くの部下を道連れにしてしまうことだ。中には新妻や幼い子、あるいは年老いた親を郷里に残してきた者もいるだろう。そういった者たちには申し訳なかったが……。

しかし、その後いくら時間がたってもなにも起こらなかった。おどろおどろしい爆発音が艦の内外に響くことも、身体を投げ飛ばされる強烈な衝撃が襲ってくることも、なかった。

なにが起こったのかとそっと瞼《まぶた》を開いた黛に、見張員の歓喜の叫びが飛び込む。

「味方です！　左舷後方から味方艦」

裏返った声に、黛は振り返った。

「あれは！……『大和』」

懐かしく雄々しい艦の姿だった。

世界最強となることを宿命づけられて誕生し、日本海軍の象徴として世界にその名を轟《とどろ》かせた大和型戦艦――旭日の上部に赤帯一本の中将旗がメインマストに翻っていることから、現われた艦は第二艦隊旗艦の『大和』に相違ない。

黛は、かつてその『大和』に砲術長として乗り組み、世界を見おろした過去があった。その『大和』に自分が助けられることになるとはいささか複雑な気もしたが、恥ずべきことではないと、黛は胸を張って『大和』を見つめた。自分が育てた艦が、この太平洋という広大な舞台で活躍している事実は喜ばしいことではないか。

菊花紋章を戴いた艦首が、鋭く波濤を切り裂いている。

巨大な三連装主砲塔と、防御面からそれを低く構えさせるために編みだされた傾斜甲板――通称『大和坂』、従来の雛壇《ひなだん》式に積みあげられた日本戦艦の艦橋構造物とは一線を画す筒状の艦橋構造物、三本のメインマスト――それらで構成された艦容は、電子機器の刷新などで微細な変化はあっても、大きな変化はない。

黛が乗り組んでいた当時の『大和』と変わらない、流麗な構造美を放つものだ。

「『大和』……」

ハワイ沖の洋上を驀進《ばくしん》する『大和』が、ふたたび凄烈な砲声を轟かせた。

『利根』にもずしりと響くそれは、一歩たりとも退くつもりはないという日本海軍の固い意思を象徴するものであった。

第一章　牙を剝《む》く虎

二〇一八年四月一日　百里《ひゃくり》

数分前まで爆音を響かせていた航空エンジン音は消えていた。

訓練飛行を終えた機が、ふたたび滑走路脇のエプロンに戻って飛行後点検に移っていく。

旋回性能を重視した大面積の主翼を連ねたこの機は、航空自衛隊の主力機であるF－15FXアドバンスト・イーグルだ。

空自は邀撃機《ようげきき》として、F－15JとこのF－15FXとを装備、運用している。

旧式化しつつあったF－15Jの代替機として、このF－15FXを開発して装備したのは、一見自然に見えるが実はそうではない。

空自が二〇〇〇年代後半に次期主力機の選定を始めたとき、やはり次世代機としての意味で〝ステルス性〟の要素を無視できなかった。ところが、空自が導入を希望したロッキード・マーチンF－22ラプターは、アメリカ議会での輸出承認が得られず、また国内開発機はまだ実用段階にないということで、空自は別の選択肢を迫られたのだ。

選考は暗礁にのりあげたかと思われたが、冷静に考えればステルス性を持つ戦闘機らしい戦闘機はアメリカ空軍のF－22ラプターただ一機種のみだったのである。ロッキード・マーチンF－117ステルス戦闘機やノースロップ・グラマンB－2ステルス爆撃機が脚光を浴びていたせいで、「ステルス」という言葉が一人歩きしていた感は否めない。

B－2は言うに及ばず、F－117にしても戦闘機という名称は名ばかりで、爆撃機というカテゴリーに入れるべき性格の機体だったのだ。

そして、ロシアや欧州の新世代戦闘機は、いずれもステルス性に関して見るべきものはない。

裏を返せば、ステルス性の追求と戦闘機としての速力および旋回性能の追求は相反することであり、高次元での両立は困難という事実を示しているといってもいい。

そこで空自はステルス戦闘機の自主開発を続行しつつも、自前のF－15Jの大幅なヴァージョン・アップに走ったのである。

　そしてこの方向性は、腕の立つパイロットほど歓迎するものだった。なぜなら、「ステルス性を追求しかつ維持するために飛行に制限をかけられたら、たまらない。携行ミサイルや増槽にも影響が出るのなら、なんとかしてほしい」という意見が根強かったからである。

　また、これはまだ実戦で証明されたわけではないので正しいとは言いきれないが、いざ有視界戦闘に入れば、Ｆ－22は純粋に戦闘機として開発された新世代機、例えば欧州のユーロ・ファイターやロシアのＳｕ－37スーパー・フランカーには太刀打ちできないともささやかれているのだ。よって、空自のエース・パイロットたちは、操縦に慣れ、なおかつ機体のポテンシャルが格段に向上したＦ－15ＦＸを拍手とともに迎えたのである。


「ラスト・フライト、お疲れ様でした、一尉。小松に行ってもお元気で」

「ああ」

　若手の整備員らと握手を交わした中部航空方面隊第七航空団第二〇四飛行隊所属の広田功司《こうじ》一等空尉は、百里の空を仰ぎ見た。

メモリアルとなる日は雲一つない青空でといきたいところだったが、あいにくこの日は曇天の空だった。冬が逆戻りしたような寒気が居座り、冷風も強く吹きつけている。

「ついに終わってしまったか。コール・サイン・テミスは、うちの看板だったがな。今になって間違いだったなんて連絡でもくれれば、嬉しかったんだが」

「ありがとうございます、隊長。ですが、エイプリル・フールでもなんでもありません。正真正銘のラスト・フライトです。お世話になりました」

広田は、第二〇四飛行隊長大門雅史《だいもんまさし》二等空佐に敬礼した。

「俺がこんなことを言っていてはいかんな。気持ちよく送りだしてやらねばならんのに。すまん」

大門は答礼して、付け加えた。

「まあ、空自を去るわけじゃない。小松でも存分にその腕を見せてやってくれ。向こうの連中を圧倒すれば、二〇四空としても鼻が高いからな」

「はっ。二〇四空はこんなものかなどと言われないように、精一杯頑張ります」

拍手が起こった。

広田は二〇四空の面々一人ひとりの顔を確かめながら、これまでの記憶を振り返った。

「グッド・ラック」

「これからも、たまには顔を見せてください」

「広田。しっかりな」

広田の目が、一人の男のところで止まった。同期であり、公私ともに親しくしてきた山田直幸一尉だ。

「山田。俺は西を守る。東は頼んだぞ」

「大袈裟だな、お前」

「大袈裟じゃない。それくらいの覚悟がなきゃ駄目だぞ。山田よ」

「わかったよ。了解した」

山田は拳を突きだした。広田も続く。拳と拳のぶつかりは、男と男の誓いが交わされた証だ。目と目で互いの意思疎通を再確認して、同時にうなずく。

（でかいことを言ってくれる。まあ、それなりの腕があるからこそ、相応の責任も負うということか）

二人のやりとりを見て、大門は微笑した。

広田は今日付けで石川県の小松基地をベースとする第六航空団第三〇三飛行隊へ

の転属を命じられていた。定例異動という意味合いもあるが、広田自身のキャリア・アップと戦力バランスの再構築という側面もあったのは確かだ。つまり引き抜きであり、広田にとっての出世への足場固めといっていい。

「さあ、並んだ、並んだ」

ベテラン・パイロットのひと声に、ばらけていた男たちが密集し整列する。異動者が出た場合の恒例の記念撮影だ。

F－15FXをバックに、花束を手にした広田の隣に大門、その後ろに山田ら飛行隊全員が写真に収まる。

在隊中の安全と任務完遂を祝しての記念行事であるが、前に置かれた「ラスト・フライト記念」と記載された大きなプレートには、広田の氏名のほかに総飛行時間などが記されていた。

「撮るぞ。ハイ、チーズ。……もう一枚！」

写真撮影後、奇声が発せられてビールかけならぬ冷水シャワーが広田を襲った。これも恒例の儀式だ。

ずぶ濡れになった髪をかきあげる広田に、ふたたび大きな拍手が寄せられた。

広田も笑みを浮かべながら二度、三度と礼をして、皆に別れを告げる。

「これから大変になるな」

「ああ」

山田の言葉に、広田は神妙な顔つきに戻ってうなずいた。

ここのところ、日韓の間には緊張をはらんだきな臭い空気が漂っていた。

世界唯一の超大国として、また世界の警察を標榜して、不安定地域の安定化と新たな覇権国家の台頭を阻止してきたアメリカは、イラク問題の失敗を契機としてその力を失い、世界各地から軍の撤退を進めていた。

アメリカの傘を失ったのは日本も韓国も同じだったが、それぞれの抱える複雑な事情はまったく異なる方向性を生みだした。

北朝鮮の自壊によって大量の難民を抱えた韓国は、対外政策に活路を見出すべく、竹島の不法占拠に飽き足らずに漁業権や資源の採掘権を中心として、対日強硬姿勢を次々と打ちだしてきたのだ。

はじめは「ちょっとした外交上の問題」と考えていた日本政府だったが、それは大きな誤りだった。日本海を通過する民間船への韓国海軍の臨検《りんけん》や拿捕《だほ》、さらには威嚇の銃撃事件が頻発するに至って、ようやく日本政府は自分たちの見とおしの甘さに気づかされた。韓国は本気だったのだ。

このはなはだしい現状認識の欠如は、日本の国際的な信頼を大きく失墜させることになった。初動の遅れは国連やアメリカの動きにも大きな制約をかけることになり、「日韓の問題は二国間で解決すべき問題である」との声が、世界の大勢となっていた。

一触即発も辞さぬ厳しい姿勢で、韓国は臨んできている。〝戦場〟が日本海になれば、その矢面《やおもて》に立つのはどこあろう小松の第六航空団であり第三〇三飛行隊なのだ。

「もし韓国と戦争になったら、勝てると思うか」

「どうだろうな。どちらにしてもただではすまんさ、日本も韓国も。一番喜ぶのは中国だろうな」

冷静な広田の言葉に、山田は視線を伏せた。

問題は対朝だけではない。対中という大きな問題もはらんでいるのだ。対米防御網を構築すべく虎視《こし》眈々《たんたん》と東進の機会を狙っていた中国は、「先島諸島および沖縄の奪取まで窺っている」との不穏な情報もあるのだ。

それが現実となったとき、自分たち空自は日本の空を守れるのだろうか。

「どちらにしてもな、山田」

広田の強い口調に、山田は顔を上げた。

人一倍正義感の強い広田は、この日本を取りまく由々《ゆゆ》しき状況を誰よりも憂《うれ》えているようだった。

「韓国だろうと中国だろうと、不条理な要求を突きつけてくる者は断固として許さん。そういった連中の機は、一機残らず日本海に叩き落としてやる」

「あまり力《りき》入れすぎるなよ」

「そういうお前こそな。行くんだろう？　中東に」

「ああ」

今度は山田が神妙になる番だった。

現在、フランスで再処理した核物質運搬の護衛任務が、第二〇四飛行隊に課せられていた。

通常ならば海路輸送されるものだ。そのために海上保安庁は、三五ミリ連装機関砲などの武装を施した排水量六五〇〇トンもの超大型巡視船『しきしま』を任務専用船として建造したほどである。

それがなぜ空路になったのか。どうもその真意は輸送物質の純度かなにかにあるらしいのだが、詳しい内容は当然、山田らに知らされてはいない。

山田にとっては、それ以上になぜ空輸ルートに危険な中東上空を選んだのかに首をひねるところだったが、「最短、最良のルートだ」と防衛省が定め、安全保障会議や空幕も了承していると言われれば、実行部隊としてはどうしようもない。納得いくかどうかに関係なく命じられるまま動かなければならないのが、現場の者たちの使命なのだから。

山田と広田は深く息を吐いて、上空を仰ぎ見た。百里の空は、日本の厳しい現状を示すかのようにどんよりと曇ったままだった。

二〇一八年四月五日　竹島近海

海上に伝わる声は、もはや絶叫だった。

「貴船は日本国の領海に入ろうとしている。即刻停船せよ。繰り返す！　即刻停船せよ」

韓国の測量船と思われる船を、海上保安庁の巡視船ＰＬ43『はくさん』が追跡していた。

もはや不審船ではない。船体にハングル文字の記載が入った船は、警告を完全に無視して作業を続けている。

そもそも竹島は韓国が実効支配して久しいが、日本も自国の領土とする主張を下げたわけではなく、また韓国支配が国際的に認められたわけでもない。

この竹島は当然として、竹島周辺の海域も含めて日本のものなのだ。

ところが、このところ竹島はおろかその東側、すなわち日本側にも大胆に踏み込む韓国船が急増している。このままでは日本海全体が韓国に実効支配されてしまうと危惧した日本政府は、遅まきながら海上保安庁に「厳重な警備」を指示したのだったが……。

この海域一帯を管轄するのは第八管区海上保安本部であり、さらに正面に位置するのが浜田海上保安部である。

「日本の沿岸一帯でもっとも危険性が高いこの海域に、巡視船や航空機の増強は必要不可欠である」

と第八管区海上保安本部はたびたび上層部に訴えていたのだが、首都偏重かつ東日本重視の体質はなかなか改まることがなかった。

新造船の配備や配置換えもそうだが、そもそも絶対数が足りないのだ。船がない。飛行機がない。金がない。（財務省を動かすだけの）力もない。というないないづくしに、現場の不満は高まるばかりだった。

そしてこの政府の無策のつけは、当の政府要人や高級官僚にいくわけではなく、常に現場で身体を張って仕事をしている者たちにふりかかってくるのである。

「即刻停船せよ！　繰り返す。即刻停船せよ！」

無線連絡やスピーカーによる英語と韓国語の呼びかけは、完全に無視されたままだった。

「やむをえん。実力行使だ。これ以上舐められてたまるか。面舵、針路二〇〇。あいつの前に出るぞ」

船長は憮然とした表情で命じた。

まださほどの危機感はなかった。どうせなにもしてこないだろうと高をくっているに違いないと、相手のことを勝手に解釈して頭に血をのぼらせていたのである。

『はくさん』の船首が右を振り向き、全長七九・〇メートル、最大幅一〇・〇メートル、総トン数七七〇トンの船体が海面に弧を描く。

何万トンという大艦と異なり、動きは軽やかだ。就役は二〇〇六年の艦齢一二年と、『はくさん』は決して新しい艦ではなかったが、メンテナンスはしっかりしてあり問題はない。

『はくさん』は、まるで二輪車のように船体を傾けながら目的方向に曲がっていく。

それでも、相手に変化はなかった。警告に応じて止まる様子も、反転して戻ろうとする様子もない。まるで『はくさん』の行動を嘲笑《あざわら》うかのように、そのままゆっくりと進んでくる。

「ふざけやがって。銃撃用意！」

「ちょ、ちょっと待ってください」

船長が攻撃を命じようとしたまさにそのとき、爆音が頭上から響いてきた。

「空自のF－15？」

船長は備え付けの望遠鏡を接近してくる機に向けた。

（どうも色が濃いような気もするが）

能登半島沖や博多沖でよく見る空自のF－15に間違いないと、船長は思った。

（どうせなら、もっと早く来てくれれば、自分たちがここまで煩《わずら》わされることなどなかっただろうに）

そんな愚痴も思いながら、そのF－15を目で追った。

「おや？」

なにかを投下した。白色の物体が機体から切り離されている。

赤い閃《ひらめ》きを残して、白色の物体は増速した。向かう先は……。

「ちょ、ちょっと待て！」

船長の判断と理解は、あまりにも遅かった。遅すぎた。

「ミサイルだ！　ミサイルがこっちに向かってくる」

これが海自の艦艇なら強力なＥＣＭ（Ｅｌｅｃｔｒｏｎｉｃ　Ｃｏｕｎｔｅｒｍｅａｓｕｒｅｓ＝電子対抗手段）やＳＡＭ（Ｓｕｒｆａｃｅ　ｔｏ　Ａｉｒ　ＭＩｓｓｉｌｅ＝艦対空ミサイル）をはじめとする対抗手段もあっただろうが、たかだか七七〇トンの巡視船は、あまりに脆弱《ぜいじゃく》であり無力であった。

『はくさん』のＰＬというのは「Ｐａｔｒｏｌ　Ｖｅｓｓｅｌ　Ｌａｒｇｅ」の略で大型巡視船という意味だが、それはあくまで海保の中での話である。海自や世界の一流海軍の艦艇からすれば、手漕ぎボートのような大きさでしかない。防御力などないに等しく、武装も貧弱だ。

船長らは、接近する機を空自のＦ－15と信じきっていた。

韓国空軍がＦ－15を装備している事実を知らないわけではなかったが、思い込みによってそれに気づくのが致命的なほど遅れた。

（駄目だ）

破局はその直後だった。閃光に続いて、褐色の煙と紅蓮《ぐれん》の炎が『はくさん』の船体を覆いつくした。轟音《ごうおん》とともにそれらが拡散し、急速に終息に向かっていく。排水量七七〇トンの『はくさん』は四散し、褐色の煙が消えたときには、海上には船の痕跡らしいものはなにも残されていなかった。

海上には、かすかな水蒸気と油膜が静かに漂っているだけだった。

二〇一八年四月一〇日　茨城

中部航空方面隊第七航空団第二〇四飛行隊所属の山田直幸一等空尉は、うかない顔をして扉を開けた。

とはいっても、ここは基地ではない。官舎である。ここで待つのは隊員の怒号や油の臭いが混じった緊張した空気ではなく、最愛の妻と一人息子だったのだが、このときの山田の悩みには大きな理由があった。

その理由となる声が、奥から聞こえてきた。

「父さん、父さんが帰ってきた。あった？　父さん」

かわいい足音をたてて走ってきたのは、山田の一人息子である風也《ふうや》だった。幼稚園に通う四歳の男の子だ。もっともかわいい時期といってもいい。

風也の後ろから、妻の香子《きょうこ》が顔を出した。

不安そうな香子を前に、山田はゆっくりと首を横に振った。

香子が左手で顔を覆い、天を仰ぐ。

「ごめんな、風也。いろんな店を探したんだけど、べっ甲飴ってどこにも売ってないんだよね。父さん、遠くまで探しに行ったんだけど」

風也の顔が瞬時に歪《ゆが》んだ。目が潤んで涙がこぼれ、下唇が突きでて、震えた。

「うわーん。父さんのうそつき！　必ず買ってきてくれるって言ったのに。父さんの馬鹿、馬鹿！」

「風也。そんなこと言うものじゃないのよ。ね、風也」

香子がべそをかく風也を抱きしめた。

「風也。お父さんはね、とても忙しくて疲れていたのに、風也のために探しにいってくれていたのよ。許してあげようね」

「やだ！」

風也は香子の手を振り払うと、奥の部屋に飛び込んでいった。

「うわーん」

甲高《かんだか》い泣き声が、扉の向こうから山田の胸をぐさりと射抜いた。

「完全に嫌われたな」

「しかたないわよ。風也もわがままなところ、あるから」

「でもな」

原因は些細《ささい》なことだった。幼稚園の入園お祝い会で、父親とべっ甲飴を作るというイベントがあったらしい。山田はあいにくその日は休暇が取れなかった。代わりに香子が出席したものの、母親は母親で別のイベントに駆りだされたために、風也は父子で楽しそうにべっ甲飴を作って食べている友達たちを、半べそで見ていたというのだ。

なんとかなだめて「一緒に食べる」ということで納得はさせたものの、この少子化の時代にもはや駄菓子屋などはほとんど残っておらず、山田はついにそれを入手できずに終わったのだ。

「なんとかしたいがな」

大人にとっては些細なことでも、きっとあの年頃の子供にとっては重大事に違いない。

そのうち忘れてくれればいいが、変に心の傷として残ってしまったら大変だ……

と心配する山田であった。

同日　筑波

実験室内の計器類が弾け飛んだ。方々《ほうぼう》で火花が散り、配電盤からうっすらと煙が漏れた。

自動消火の二酸化炭素噴霧スイッチが入り、轟音とともに実験室内が白煙に満たされていく。

「すごい作用だ。核分裂や核融合だけではこうはいかんな」

無人実験室の様子を映すモニターを前に、若手の研究者が驚嘆の声を漏らした。

「測定はできませんでしたが、逆にそれが理論の正しさを証明しました。従来の技術では考えられない作用です。電子機器はすべて使用不能になりました。強力な磁場の変動を物語っています。決して熱線や爆風による作用ではありません。成功です。おめでとうございます。二佐」

顔を高揚させた助手の小谷昌人《こたにまさと》二等陸尉の言葉に、防衛省技術研究本部先端技術推進センター所属の山田智則二等陸佐は、小さくうなずいた。

「ミリグラム単位の実験でこれですよ。これがキロ単位ともなれば……」

「ああ、実用化すれば国防の切り札になる。我々はそのために研究してきたのだからな」

　山田は表情一つ変えずに、さらりと言った。

　山田が研究開発を進めていたのは、次世代核爆弾と呼べる新型の爆弾であった。従来のように核反応による膨大《ぼうだい》なエネルギー放出に頼る破滅的な兵器ではなく、核エネルギーの一部を強力な電磁波と磁力に変換してあらゆる兵器を無効化する、という革新的な兵器である。

　当然、電子機器はもっとも影響を受ける。すなわち、先端兵器にこそ有効という夢の超兵器であった。

「大型化や安定性に問題はないな。あとは試すだけだ。これをかざせば、我が国にはどこも手を出せまい」

　山田は笑み一つ浮かべることなく、静かにつぶやいていた。

同日　小松

ひたひたと迫る戦乱を予兆するかのように、日本海は荒れていた。

時折り稲妻の混じる風雨の中を、F－15FX二機がタキシングに移っていた。

「こんな天候だからこそ出てきたというのかよ？　挑発にしては度が過ぎているぜ。もしかしたら、我々の対応力を試す意味でもあるのか」

アラート（対領空侵犯措置任務）に、航空自衛隊中部航空方面隊第六航空団第三〇三飛行隊所属の広田功司一等空尉は、相手の真意を量《はか》りかねていた。

もちろん広田に限った問題ではない。発見した経ケ岬《きょうがみさき》のレーダー・サイト担当者もそうだが、航空警戒管制団の管制官や、航空方面隊司令部も、航空幕僚監部で情報分析にあたっている多くの者たちも、領空侵犯の真意など知る由《よし》もない。

視界は悪く、風も強かった。民間機ならば離陸不可、訓練飛行なら中止にしてもいいぐらいの天候だった。

「テミス。出るぞ」

いよいよ離陸のための加速に入るところで、広田は告げた。

（とにかく不当な要求や圧力には屈しない。俺が態度で示す！）

広田のコール・サイン「テミス」とは法と正義の「女神」を意味し、正義感の強い広田にぴったりのものであった。

テミスは、左手に人の善悪を量る天秤を、右手には正義の裁きを与える剣を持つとされている。また、テミス像は目隠しをした状態で作られることが多いが、それは見た目に惑わされないという意味を表わしているらしい。

今、広田は剣ならぬＡＡＭ（Ａｉｒ　ｔｏ　Ａｉｒ　Ｍｉｓｓｉｌｅ＝空対空ミサイル）を手に、挑発する敵に向かおうとしていた。

エンジン回転を上げ、加速する。最大断面積に開いた尾部の双排気ノズルが、アフター・バーナーの点火にまばゆく煌《きらめ》く。橙色《だいだいいろ》の炎が降りしきる雨を気化させ、流れの激しい大気を焦がす。

「！」

一気に視界が流れ、身体がシートに押しつけられる。が、その感覚もわずかだ。

エンジン出力に余裕があるＦ－15ＦＸは、まもなく風雨を衝いて暗い空に飛びあがった。

軽量単発のＦ－２支援戦闘機の離陸は軽やかに舞いあがると形容されるが、Ｆ－

15FXはさながら力まかせに弾け飛ぶといった感じだ。〝大地を蹴って〟という表現こそがふさわしいかもしれない。

「こちらニオウ。後ろに付きました」

「ラジャ。音声クリア」

サポート役のウィングマンの植田《うえだ》保《たもつ》三等空尉が、遅れることなく続いてきている。

「なにかと状況は厳しいが、覚悟はしておけよ。戦争勃発の引き金を引くのはご免だが、状況がどう転ぶかわからん。相手があることだしな。まあ、少なくとも相手の術中にはまって踊らされるのだけは避けようぜ」

「わかってます。まあ、なんとかなりますよ」

植田の間の抜けたような言葉に、広田は微笑した。

小松に来て一番驚いたのが、この男の存在だ。言葉づかいも、ひょろ長の体型も、一見頼りないように見えるが、実はこの男、ひょうひょうとしながらなんでもこなしてしまうのだ。操縦技術、状況判断力、根気、忍耐、どれをとっても広田から見て合格点であった。

自分や百里で同僚だった山田（直幸一尉）は、どちらかというと努力ではいあがるタイプだと思うが、この植田のような男は天才肌というタイプだろう。「ニオウ」、つまり「仁王様」ではなく「お地蔵さん」のほうがぴったりだと思うのは自分だけだろうか、と広田は考えていた。

雲を突き破って高々度にのぼると、それまでの荒天が嘘のように、そこは光に満ちていた。

「こちらイエロー・ワン。テミス。応答せよ。テミス。聞こえるか」

埼玉県入間《いるま》基地内の中部防空管制群からの呼びだしだった。

「イエロー・ワン。こちらテミス。聞こえている。どうぞ」

「不明機は引き返した。繰り返す。不明機は引き返した。十中八九韓国空軍機だが、追跡の必要はない」

「ラジャ。では帰投する」

「いや、待ってくれ。海上で商船がなにやらわめいているという情報がある。電波状態がひどくて詳細は不明だ。そこからいくらもない。南下して様子を見てきてくれ」

「ラジャ。南下して海上を確認する」

(空の次は海かよ)

普通の者ならば不満の言葉の一つでも出たところだろうが、広田にはいっさいそんな感情はなかった。国を守るという崇高な使命のために空自に入隊した広田にとっては、隣国との摩擦に対応するのは当たり前のことであり、自分個人としての義務だとも考えていたのだ。

「こちらテミス。ニオウ。聞こえていたな。海上探索だ」

「ラジャ」

植田の返答も一言だった。こちらも不平不満の言葉はない。ましてや、口笛を吹いたり、苦笑をこぼしたり、気負ったりして批判的な態度を示すこともない。あくまで淡々と任務を確実にこなすのが、植田という男なのだ。

「フュエル、チェック」

近海での行動のため残燃料には問題ないはずだったが、常にチェックを怠らないのがパイロットとしての責務だ。

異常燃焼を起こしたり燃料漏れがあったりして、予想以上に燃料が減っている可能性もないとは言いきれない。それが、自分にふりかかる危険性の排除と生還にも結びつくのだ。

(問題ない。いける)

広田は機体をひねって、降下を始めた。

黒雲の中に突っ込んだ途端に、機体ががたがたと震えだす。叩きつけるような大きな雨粒がキャノピーを洗い、眩《まぶ》しい稲妻はまるで目に突き刺さってくるかのようだ。

風速も、瞬間的には台風並みかもしれない。重戦闘機的性格のさすがのF−15FXも、機体の安定を保つのがやっとだ。

軽量単発の機体だったら、煽《あお》られたあげくに墜落してもおかしくないかもしれない。

「エンジン異常なし。システム、オール・グリーン」

広田は操縦桿をしっかりと握りながら、機体の状態を確認した。

(分厚い雲もすぐに切れるはずだ。……来た)

眼下に広がるのは、相変わらずの鉛色の海面だった。

所どころ白く見えるのは、波濤が砕け散っている証拠だ。それだけ海面の起伏が激しいことを意味している。

視界も悪い。通常なら水平線まで何十キロと見渡せるはずのものが、吹きつける雨粒が遮蔽幕《しゃへいまく》となって視界は著《いちじる》しく狭められている。

こういうときに頼りになるのがレーダーだ。F－15FXが搭載するレーダーはルックダウン（下方監視能力）にも優れ、水上艦も問題なく捉えるはず……だったのだが。

（これも駄目だな）

広田はノイズだらけのレーダー・ディスプレイに、ため息を吐いた。

シー・クラッター、つまり海面が荒れていることで、レーダーが正しく目標を識別できないのだ。

となれば、さらに高度を下げて目視確認するしかない。

うねりは激しく、海面に貼りつくことは危険だ。かといって、高度を上げれば確認はおぼつかない。

「撃ちごろだな」

広田は苦笑しながら、つぶやいた。

どうぞ発見してください、と言わんばかりの高度だ。

確認しやすいということは、裏を返せば敵にも丸見えということなのだ。敵にとっては攻撃するにもってこいの位置関係といえる。

（商船らしきものも見えないが）

広田はぐるりと首を一周させて報告にあった商船を探したが、それらしきものはどこにも見あたらなかった。見えるのは暗い空と海ばかりだ。

気持ちの悪い風切音が、不規則にコクピットをなでる。まるで死神が囁《ささや》きかけてくるかのように聞こえた。

「こちらテミス。ニオウ。そろそろ……ん？」

さらに数分間飛行し、そろそろ引きあげようかと言いかけたところで、広田は海上に蠢《うごめ》くなにかを見つけた。

「こちらニオウ。船のようですね。接近して確かめますか」

植田も同じものを見つけたようだ。広田は決断した。

「確認が任務だ。ゆっくり近づくぞ。警戒怠るな」

あわてて突進することはない。広田は正面からまっすぐ突っ込まずに、旋回しつつアプローチに転じることにした。

機体を半横転させて、右側に目標を見据える。操縦桿を引きつけて、徐々に目標との距離を詰める。

「『こんごう』？……いや『あたご』か？」

広田はひととおり海自についての知識も持っているつもりだった。

艦上にそびえる巨大な艦橋構造物は、イージス艦の特徴だ。捜索および管制の各過程で大量のデータを迅速に処理するために膨《ふく》れあがったシステムが、あのような広大なスペースを必要としたのだろう。広田はその考えが正しいかどうかを知る立場にない。

(たしか『あたご』にはヘリの格納庫があったと思ったが)

「こちら第六航空団第三〇三飛行隊所属……!」

不明艦に呼びかけようとしたところで、広田は息を呑んだ。

レーダー照射を受けたというアラームが、コクピットに鳴り響いたのだ。

間髪入れずに、不明艦上に閃光がほとばしる。

「違う! あれは『あたご』でも『こんごう』でもない。ニオウ。回避だ。離脱だ」

「ラジャー!」

植田も事態の悪化と深刻さをすでに悟っているらしい。いつもの淡々とした言葉が、上ずって聞こえる。

「ＳＡＭだ。くそっ!」

案の定、今度はＳＡＭ(艦対空ミサイル)接近のアラームがＨＵＤ(ヘッド・アップ・ディスプレイ）上に躍る。

「不覚……」

広田はぎりぎりと歯を嚙み鳴らした。

眼下の艦は、海自の護衛艦『こんごう』や『あたご』ではなかった。ここ一〇年間に相次いで竣工した韓国海軍のセジョンデワン級ミサイル駆逐艦だったのだ。

直線を基調とした各部の構造と鋭い艦首、前部に一基据えられた単装砲、艦幅いっぱいに設けられた大型の艦橋構造物といった艦容は、たしかに『こんごう』や『あたご』にそっくりである。全長一六五・九メートル、全幅二一メートル、満載排水量一万トンという大きさもほぼ同じとなれば、コピー艦といっていいくらいだ。

広田が見誤るのも無理のないところだった。

（人の家に土足で踏み込むような真似をしやがって、許せん！）

通報してきた商船が見あたらないところを見ると、もしかしたら拿捕、護送されたか、下手をすれば撃沈されたのかもしれない。

「ＡＳＭ（Ａｉｒ　ｔｏ　Ｓｕｒｆａｃｅ　Ｍｉｓｓｉｌｅ＝空対艦ミサイル）があれば、仇討《あだう》ちもできるのにな。ウェポン、チェック」

多機能液晶ディスプレイに、兵装を表示させる。何度も確認するが、結果は同じだ。

アラート（対領空侵犯措置任務）のためだったから、搭載しているのはＡＡＭ（空対空ミサイル）二発だけだ。

Ｆ－15ＦＸは対艦攻撃用のミサイルも携行可能だが、今その切り札は手元にない。これではせっかくのマルチ・ロール・ファイター（多用途戦闘機）が泣くというところだが、今そんなことを言っても後の祭りだ。

固定兵装のバルカン砲で攻撃することもできなくはないが、相手は第一線級の戦闘艦なのだ。そんなことをしても、かすり傷程度で終わるだろう。

帰投したら上申してやりたいという思いが心の奥底からこみあげるが、それも生きて帰ってからの話である。

ミサイル接近のアラームが、しきりに鼓膜を突ついてくる。

（植田は……よし！）

広田はレーダー・ディスプレイを確認して、胸中でうなずいた。

敵艦から発射されたＳＡＭは二発だが、その二発とも広田に向かってきている。

植田は安全圏に離脱しつつある。

「来るか。来るか。……今だ！」

ぎりぎりまで引きつけた上で広田はチャフ（レーダー撹乱用の欺瞞《ぎまん》のAL片《アルミニウム》）をばらまき、急旋回をかけた。

閃光が背後からコクピットの脇をかすめていく。チャフに惑わされた敵のSAMが、誤爆した証拠だ。が、それでもまだアラームは止まない。

一発はだませたようだが、もう一発がしつこく追ってくるようだ。

それから広田は、急上昇と急旋回を、さらにはループまでかけてなんとか敵SAMの追跡を躱《かわ》すことに成功した。

ようやく敵SAMを海面に激突させて派手な水飛沫をあげさせたとき、韓国海軍セジョンデワン級ミサイル駆逐艦は水平線の先に遠ざかろうとしていた。

幸いそれ以上の追撃はなかったが、広田が逃げまわる様子は、敵艦長にしてみればさぞかし滑稽な様子だったに違いない。その嘲笑《ちようしよう》が、すぐ耳元で聞こえたような気がした。

「この横暴な振る舞い、絶対に許さん。許さんぞ、絶対に！」

広田は帰投コースに機体を乗せながら、何度も何度も繰り返しつぶやいていた。

二〇一八年四月一五日　バグダット近郊

砂漠は寒暖の差が激しい。夜は凍えるような寒さに見舞われるのに、昼間は灼熱の太陽にあぶられて最後の一滴まで体液をしぼりとられるような感じになる。

その強烈な陽射しの下に、航空自衛隊中部航空方面隊第七航空団第二〇四飛行隊から選抜された六名のパイロットが待機していた。

飛行隊長大門雅史二等空佐、山田直幸一等空尉など総勢六名だ。

「しかし、こんなときに自分たちに中東に行けだなんて、上はなにを考えているんですかね」

口を尖らせながら、山田はミネラル・ウォーターを手にした。

五日前、小松の第三〇三飛行隊が、アラート中に韓国海軍所属の駆逐艦らしき艦からミサイル攻撃を受けたという情報は、山田らにも届いていた。

日韓関係の緊張が高まっている中で、なぜ自分たちが中東に派遣されねばならないのかと、山田は憤《いきどお》っていた。

しかも、韓国海軍の仕業であることは火を見るよりも明らかだったのだが、日本政府はいまだに公式には不明艦などという曖昧《あいまい》な表現を使っているらしい。

その政府の弱腰の態度が、また山田の怒りを増幅させていたのだ。

「幕《ばく》（航空幕僚監部）も幕ですよ。背広組が考えたのかどうか知りませんが、あっさりと了承して命令してくるなんて。しかも、なぜこんな任務を二〇四空がやらなきゃならないんです？」

「まあ、そう言うな。我々の任務もそれだけ重要だということだ。それに、言葉もほどほどにしておかないとな、一尉」

大門は教官のような口調で、山田を諭《さと》した。

「そういった言動が上司批判とされて、どこをどう伝わっていくかもわからんからな。そんなつまらんことでけちがつくのも馬鹿らしいだろう。せっかくの普段の努力が、水の泡になってしまう」

「かまいませんよ。駄目なものは駄目、無能なものは無能です。自分は上の機嫌をとってまで出世したいとは思いません。ごますり野郎は大嫌いです。隊長のことは信頼してますけどね」

「そうじゃないよ。一尉」

ますます口を尖らす山田に、大門は呆《あき》れ顔で続けた。

「自分は良くても、それじゃ奥さんや子供がかわいそうだ。自分一人の問題じゃないんだ。家族がいるってことを忘れてないか」

「そうですね」

途端に山田の表情が軟化した。前面に貼った一枚の写真に目を向ける。最愛の妻・香子と、一人息子の風也の写真だ。写真をとおして伝わる二人の笑みは、山田の力の源だった。たとえ日本から何千キロ、何万キロ離れていようとも、自分たち家族の結びつきは絶対だ。決して忘れることのない家族の絆が自分を支えてくれているのだと、再確認する山田であった。

「また家族か」

山田を蔑《さげす》む声の主は、コール・サイン「ペトロ」こと唐沢利雄《としお》一等空尉だった。今回の任務はエレメント（二機編隊）が三組の計六機で実施されるが、大門と山田、そしてこの唐沢がそれぞれのエレメント・リーダーを務めるのだ。

「家族なんて、邪魔なだけだよ」

唐沢は、嫌味な笑みを投げつけた。

「ペトロ」とはイエスキリストに従った使徒のリーダーの一人のことであるが、それに似合ったように、唐沢は周囲に人気があった。山田にとって実に癪《しゃく》に障ることである。

独身で、自由、気まま。趣味、遊興も多彩とくれば、交際も多種多様になるのが当然かもしれなかったが、それでも得られないものもあるはずだと山田は切り返した。

「お前には一生わからんだろうよ。家族の大切さや重みってものはな」

「ああ、結構。俺は恋愛にはおおいに興味はあるが、結婚に興味はないんでね」

あくまで唐沢は高所から見おろすような態度だった。

「さあ、そろそろ出るぞ」

二人の対立がそれ以上エキサイトしないようにと、大門が割って入った。

「気持ちを切り替えて任務に向かうぞ」と、真顔で二人の背中を勢いよく叩く。

たしかに時間は迫っていた。フランスで核物質を積み込んだ輸送機が、大陸を横断してそろそろこの中東地域に入るころだ。

大門らはそれを無事にペルシャ湾に導き、洋上奥深くへ脱出させねばならないのだ。

高度一万を超えて輸送機と邂逅《かいこう》したのは、すでに日が傾いた夕暮れだった。少し前まで目の覚めるような青色だった空は、真っ赤な夕空へと変わっている。

そんな中、問題の輸送機はやってきた。

ここまで先導してきたフランス空軍のラファール戦闘機が、翼を振って離れていく。

(どうせなら最後までやってくれればいいのに)

核物質精製の契約に関するオプションかなにか知らないが、ここで護衛役がなぜ自分たち空自に引き継がれなければならないのかと、山田は胸中で愚痴った。

(結局、危ないところにはフランスも手を出したくない。そういうことだろうな)

元をたどれば、第一次大戦後のトルコ領の分割に始まって、イスラエルの誕生やら石油の利権やらでほぼ一世紀にわたって世界の火薬庫と呼ばれてきた中東は、今でも不安定な地域であることに変わりはない。

表向き国家の形態は成していても、宗教、宗派、民族間の対立はくすぶり続けており、また国家間の緊張もゼロではない。一部の国家などは、国ぐるみでテロ組織を支援し、世界中に不安を撒き散らしているのだ。

なぜ、そんなことをする？

簡単だ。治安が悪化し、社会が不安定になればなるほど、ものをいうのは現物だ。

通貨や有価証券などは、一つ間違えれば紙くず同然になってしまう。

そして現物でもっとも強いのが、中東が産する原油ということになるのだ。

もちろん、このほかにも旧支配国、すなわち欧米列強への歴史的復讐や本能的な防御活動としての側面、また前述の宗教対立が国家を超えて顕在化するといった理由も、当然ある。

とにかく、中東という地域が安定するのはまだまだ遠い未来の話だろうということだけは、世界中の誰もが認めることなのだ。

「こちらブラック・タイガー。予定どおり六機で任務についた。状況を知らせたし」

「こちらレインボウ。異常なし。護衛に感謝する」

大門が呼びかけた輸送機から返答があった。

輸送機とはいっても、運ぶものがものだけにこれも空自が駆りだされている。小牧をベースとする航空支援集団第一輸送航空隊配下の第四〇一飛行隊だ。

装備機はC－130H輸送機である。初飛行からすでに六〇年以上を経た大ベテランの機であるが、四〇〇〇キロメートルを超える長大な航続距離と、全備重量七〇トンあまりの大容量、そしてなによりも長年の実績が示す高い信頼性とで、開発国のアメリカをはじめいまだに世界中で使用されているベストセラー機である。その特徴的な大型の台形尾翼に、鷲を描いた部隊マークが輝いていた。

（しかしな……）

山田は小さく首をひねった。

空自機が機密物資を運ぶということは、民間には任せられないという政府と防衛省の判断だろうが、カムフラージュという意味では疑問の残るところだった。

当然、二〇四空の護衛任務も極秘のもので、表向き「海外派兵」などないことにはなっているが、他国の領空を公然と飛ぶわけだ。アメリカをはじめ、世界中に情報網をもっている国はいくつもあり、そのどこから機密が漏れるかわからない。秘匿にも限界があるだろう。

それならいっそのこと、まったくの民間機を使って（さすがに旅客機に便乗というわけにはいかないだろうが）しらばくれて運んだほうが、よほど安全ではないか。そんな意見もあったのだが、最終的には空自の輸送機を使って、空自が護衛するという、がちがちの案におさまった。

実績だとか、上にアピールする材料が欲しい防衛省高官が押しとおした話だとか、極度に不安性の首相が空自に全責任を押しつけたとかいう噂はあるが、とにかく今は任務を粛々《しゆくしゆく》と遂行するしかない。

しかし、護衛任務を引き継いで三〇分としないうちだった。突如、雷鳴のような轟《とどろ》きと衝撃波が高空を襲ってきたのである。

レーダーに異常はない。赤外線監視装置も無警報だ。

「な、に？」

大門は眼前の光景に、頬を引きつらせた。

黒褐色の薔薇《ばら》が、忽然《こつぜん》と空中に現われたのである。咲きみだれる薔薇は、怪しげに夕日を遮《さえぎ》っていく。無論、本物の薔薇であるはずがない。血塗られた鉄と火薬の炸裂煙だ。

「砲撃！」

山田も目を疑った。

攻撃を受けたこと自体もそうだが、この誘導兵器全盛の今日《こんにち》で、しかも高速で移動する目標に対しての砲という手段に、驚きを隠せなかったのだ。

「上昇だ。全機上昇せよ」

大門は高度をとって、やり過ごそうと決断した。うまくいけば敵の射程外に逃れられるかもしれないし、少なくとも命中精度を下げることはできる。

問題は、輸送機がどれだけ付いて来られるかだが……。

「テミス。制圧に向かいます」

「SAM（地対空ミサイル）だ！」

唐沢と山田の声が、まるでこだましたように続いた。

砲撃に続いて、SAMの襲来だ。

「ブルー・ソード、レインボウに付け。SAMは俺たちが引きつける。レッド・タイガー行くぞ！」

「隊長！」

大門がウィングマンを引き連れてSAMに向かう。故意にアフター・バーナーを焚いて、熱源としての目標になるのだ。

山田はその危険な光景を横目に、逃げだそうとする輸送機の脇を固めた。

向かってきたSAMは三発。白い航跡が幾重にも絡みあっていく。

背後から射し込む閃光と爆発音に、山田ははっとしてレーダー・ディスプレイに目を向けた。大丈夫だ。敵味方識別信号によって、僚機の無事ははっきりとディスプレイ上に示されている。激しい爆発音は、SAMの誤爆によるものだ。

ところが、一発を躱したにすぎない。残りの二発は……。

「高速で接近する物体あり、不明機！」

レシーバーから、山田のサポート役であるコール・サイン「レイピア」こと小湊琢磨三等空尉の絶叫が飛び込んだ。

不明機とはいっても、敵味方識別信号に応答がないことから味方機でないことは確かだ。そもそも増援の予定など、はなからない。そして、この空域に民間機の存在はないことがわかっている。高速でかつこちらに一直線に向かってきていることからしても、まず敵機と思って間違いはない。

「レイピア、ここを頼む。俺が迎え討つ！」

山田は鋭く操縦桿を左に倒した。主翼が天地を向き、Gが身体を締めつける。燃えるような夕日が、機体全体を赤々と照らしだす。

「敵の数は、五機！　いったいこいつらは……」

山田はうめいた。

本来ならば、機数で上回っているから互角に戦いさえすれば負ける相手ではない。なのに、今こちらの隊列は完全に乱れている。高射砲による砲撃とSAMの接近によって、護衛機は六機から二機に減じている。

そこに、真打《しんう》ちともいえる戦闘機の出現だ。この見事なまでの波状攻撃は、とてもそのへんのテロ組織や反米、反日武装組織ができることではない。かなり大規模な組織がバックで動いているとしか考えられなかった。

「Ｓｈｏｏｔ！」

照準もそこそこに、山田はアクティブ・レーダー・ホーミング式の中射程ＡＡＭ（空対空ミサイル）を放った。

終端誘導まで行きつけるかどうか疑問もあったが、それ以前の牽制の意味合いだ。まずは輸送機に近づかせないことが重要なのだ。

実際にＡＡＭを放たれてしまえば、それを撃ち落とすことなど現実的には不可能に近い。チャフやフレア（ＩＲシーカーの囮《おとり》となるダミーの熱源体）をばら撒いて、誤爆に期待するしかない。鈍重な輸送機では、ただひたすら逃げまわるというのも無理だ。

敵は散開した。どうやら、こちらのＡＡＭの接近に気づいたようだ。

先手を打てているということは、少なくとも搭載レーダーはこちらに分があるということか。

「スプラッシュ！」

レーダー・ディスプレイ上の輝点が一つ、唐突に消滅した。今ごろは夕暮れの空に黄金色の閃光が散って、敵機が粉微塵《こなみじん》に砕け散ったことだろう。

しかし、それだけだった。

山田は二発の中射程AAMを放っていたが、命中は一発にとどまったらしい。もう一発は、目標を捕捉できずに虚空《こくう》を漂ったか、あるいはチャフに幻惑されて誤爆したのかもしれない。

「来るなら来い！」

山田は、自身を鼓舞《こぶ》する意味を含めて叫んだ。

どれから仕留めるなどと考えている暇はない。ここはとにかく、眼前の敵を一機一機落としていくしかない。

「来たか！」

ついに敵機が有視界に入ってきた。落日の赤い光りの中に、黒点が浮かんでいる。

兵装を切り替え、運動性能に優れる短射程AAMを選択する。旋回性能に優れていて、なおかつパワーのあるF－15FXとの組み合わせによって、格闘戦は世界最強クラスといっていい。

「F－16だ！」

山田は左眉を吊りあげた。胴体下に設けられたエア・インテークと大型の単垂直尾翼、そして前後に長い大きめのコクピットは、ロッキード・マーチンF－16の特徴だ。一瞬F－2かと思ったが、さすがにそうではない。

「ロック・オン。Ｓｈｏｏｔ！」

F－16に向いた山田の頭の位置を把握して、ＨＭＤ（Ｈｅｌｍｅｔ Ｍｏｕｎｔｅｄ Ｄｉｓｐｌａｙ＝ヘルメット装着式照準装置）が作動し、目標をロックする。放たれたＡＡＭは一五式空対空誘導弾、通称ＡＡＭ－15である。

オフボアサイト性能、すなわち目視外の敵を追尾する性能に優れたＡＡＭ－15とＨＭＤの組み合わせも、高次元での空対空戦闘を約束する。

パイロットは目標に顔を向けるだけで迅速にＡＡＭを発射できるが、なおかつ従来は不可能だったほぼ真横の敵にすれちがいざまにＡＡＭをお見舞いできるのが特徴である。

このＡＡＭ－15のオフボアサイト性能は、高感度ワイド・レンジのＩＲシーカーヘッドと推力偏向制御装置、そして空力性能を徹底的に追求した可変フィンがもたらすものであった。

シーカーの信頼性が低いために目標の排気口に向けてしか発射できなかったアメリカ軍の初期のサイドワインダー短射程ＡＡＭに比べれば、まさに隔世の感がある。

「何者なんだ？　こいつら」

国籍を示すマークはない。もちろん、部隊マークもない。ただ、機体全体を砂漠の迷彩色ともいえる薄いベージュ色一色に塗りつぶしている敵機だ。

お世辞にも腕がいいとはいえないが、なんともいえない不気味な雰囲気があった。

「えっ、Ｍｉｇ－25？」

驚きは二重三重だった。Ｆ－16に次いで現われたのが、旧ソ連が開発したＭｉｇ－25だったからだ。

チタニウムから成る機首と主翼前縁、強力な双発エンジンは、超高々度をマッハ三の超高速で侵攻してくるノースアメリカンＸＢ－70バルキリーの撃墜のみを目的として、ただただ速度性能を追及した結果だ。

「いかせるか！」

山田はループをうって、ＡＡＭ－15を放った。高速で素通りしようとしたＭｉｇ－25に向かって、ＡＡＭ－15が突進していく。眩《まばゆ》い炎を煌かせて、マッハ二から三に加速していく。

しかし、そこまでだった。敵の総数は五機。一機を撃墜しても、残りは四機。いくら山田の技量が上回るといっても、四倍の敵を相手にするのは無理がある。敵は旧式だが、それを補う数があるのだ。

「熱源接近」の警告表示がヘルメットのバイザーに投影される。ＨＭＤを装着していればバイザーごしに戦闘情報が入手可能だが、今それは山田が直面した危機を示している。

「くっ」

今度は山田が敵のＡＭに追いかけられる番だった。

そのうちに現われた後続の二機が、山田を嘲笑うようにして輸送機に向けてすり抜けていく。

「ミラージュだと？　何者なんだ？　こいつら」

驚きとともに、山田の口から同じセリフが衝いて出た。

Ｆ－16、Ｍｉｇ－25といった米ソ機に続いて現われたのは、なんとフランス・ダッソー社製のミラージュ２０００だった。胴体左右に設けられた半円形のエア・インテークと無尾翼デルタは、ひと目でそれとわかる特徴である。

（死の商人どもが！）

山田は胸中で、怒鳴りつけた。

アメリカ、ソ連、フランスと、ここまでの混合編成とくれば、おそらく国家単位の組織ではない。国家単位の支援を受けてはいるだろうが、高度な傭兵テロ組織なのかもしれない。

「早く振りきらねば」

そう思えば思うほど、敵のＡＡＭは執拗に食らいついてくる。

「レインボウ。早く退避を！　ここは自分が」

「レイピア。こちらブラック・タイガー。救援に向かっている。なんとかこらえろ」

「くそっ。こいつら！」

無線に飛び交うパイロットの声は、もはや悲鳴に近かった。

コール・サイン「レインボウ」こと輸送機の護衛は、コール・サイン「レイピア」こと小湊機わずか一機だ。

ＳＡＭの追跡を躱した大門二佐が向かったようだが、果たして間に合うかどうか。

「くそっ。現場を知らない石頭どもが」

山田は上に悪態をついた。

現代空戦の基本は、二機または四機単位の編成である。今回の六機という機数はいかにも中途半端であり、飛行隊長の大門はせめて四機編成二組の八機での出撃を上申したのだが、「機数が多いと作戦の秘匿が困難になる」「予算にも制約がある」といった理由で却下されたらしい。この決定が、幕（航空幕僚監部）で下されたのか、あるいはもっと上のまったくおよびのつかないところから返ってきたのかは知らないが、現場の者からすれば、いずれも説得力に乏《とぼ》しい納得し難い理由といっていい。

このことも、効果的な編隊空戦による迎撃ができていない理由なのだ。

「ミサイル！」
「フレアだ。フレア！」
「回避ぃ！」
「スプラッシュ！」

男たちの絶叫が、高空に渦巻いた。

一機撃墜して、残りは一機だ。

（耐えろ。もう少しだ。もう少し）

かすかな希望は、赤褐色の爆煙と轟音に彩られた。

白色の閃光が、光りの乏しくなった夕刻の空を切り裂いた。

「！」

声にならない叫びは、大門のものだった。

（輸送機か！）

山田はレーダー・ディスプレイに目を向けた。C－130Hの輝点は、変わらず点灯している。

（良かった）

自分を追いまわしていたAAMも虚空に消えていたので胸を撫でおろした山田だったが、事態はそう甘くはなかった。

「くそおっ！」

怒りとともにコクピットの内壁を叩く音が聞こえた。大門の声だ。小湊の震える声が続く。

「レッド・タイガーが。レッド・タイガーが！」

「！」

山田はようやく事態の真相と深刻さを悟った。

レーダー・ディスプレイ上で、味方機の輝点が一つ消失している。飛行隊長大門のウィングマンを務めていたコール・サイン「レッドタイガー」こと小林三尉機が、輸送機に向かったAAMに体当たりしたのだ。

周囲を見回しても、射出座席の白いパラシュートは見あたらない。脱出する間もない決死の行為だったに違いない。

「…………」

壮絶な事態に、山田は声を失った。

ただ一機残った敵機は、速度を上げて遁走《とんそう》していく。

SAMを振りきり、核物質を積んだ輸送機も守ることができた。しかし、その結果として、二〇四空はイーグル一機と殉職者一名という大きな代償を被《こうむ》ったのだ。

「これが戦争というものか」

宣戦布告なき戦争――それがテロリストとの戦いだ。

たとえ国家間の争いがなくても、二一世紀に入ってからの混沌《こんとん》とする世界には、多くのテロリストたちが暗躍している。その目的は様々だが、もはや世界中どこにも安全が保障されたところなど存在しないというのが、今や世界の共通認識である。

つまり、いついかなる場所でも、テロリストとの戦いは起こりうる。戦争に巻き込まれる危険と日常生活は、常に隣り合わせなのだ。

戦争に犠牲はつきものだと言われる。自分たち自衛官が駆りだされたことで、任務の危険性も充分にわかっているはずだった。

だが、考えることと実際に目《ま》の当たりにすることとは、やはり天と地ほどの開きがあるものだった。悲惨な現実に直面して、山田も小湊も、そして大門さえも動揺を禁じえなかった。

乾ききった砂漠は、水を、血を、そして人の命さえも、たやすく吸い込んでしまうものなのか。

中東に散った一つの命――それはこれから始まる想像を絶する戦いの、ほんの序章にすぎなかった。

イーグルが切り裂く高空の大気は、光りあふれる爽快なものではない。死臭と硝煙にむせぶ、薄汚れた空気であった。

第二章　時空転移

二〇一八年七月二日　硫黄島

梅雨の最中にある日本本土と違って、ここはすでに盛夏だった。低く垂れ込めた灰色の雲も、雨混じりの不快な湿気もない。かびや悪臭の発生とも無縁だ。

だが、その代わりに、ここ北緯二五度の硫黄島には強烈な陽射しが容赦なく降りそそいでいた。ぎらつく太陽というのはまさにこのことを言うのだろうという思いで、上陸した陸上自衛隊の隊員たちは汗を拭っていた。

「これが摺鉢山《すりばちやま》か」

陸上自衛隊北部方面隊第七師団第七二戦車連隊第三中隊長江波洋輔一等陸尉は、太平洋戦争屈指の激戦地といわれる島南端の摺鉢山のふもとで手を合わせた。

太平洋戦争の末期にあたる一九四五年二月、日米の将兵は一カ月あまりにわたって血みどろの戦いをここで繰り広げたという。

陸上兵力二万一〇〇〇対七万五〇〇〇、支援艦艇〇対一五〇——これが当時の日米の戦力差である。

圧倒的な兵力と物量を誇るアメリカ軍に対し日本軍の劣勢は絶望的なほど明らかだったが、栗林忠道《ただみち》少将以下守備隊将兵は、上陸してきたアメリカ軍に徹底的な持久戦でひと泡もふた泡もふかせて多大な出血を強《し》いた。

それまでの日本軍の島嶼《とうしょ》守備隊は、ただでさえ脆弱《ぜいじゃく》な戦力を水際防御に投入して瞬時に玉砕するという拙攻を繰り返していたが、栗林の指揮は違った。

栗林は地形が変わるほど叩き込まれた強烈な艦砲射撃や空襲を、内陸と地下にこもってじっと耐えしのび、ゲリラ的戦術でアメリカ軍を苦しめ続けたのだ。

その結果、この硫黄島攻防は、勝利したアメリカ軍の死傷者数が敗れた日本軍を上回る、異常ともいえる事態を招いたのだった。

今でもこの硫黄島には、そのときの洞窟陣地や地下トンネルがそのまま残されており、朽ち果てたそれらが歴史の悲劇を感じさせている。夜になると、怨念にかられたり行き場を失ってさまよったりする霊がたびたび見られるという噂だが、それもうなずけるというものだ。

「一つひとつ箱を開けて、中身を確認しろよ。実際に使うときになって、なかったとか間違ったじゃすまないぞ。演習と思うな。実戦と思え。銃弾一つ、信管一つなくても、命に関わるんだからな！」

声を張りあげて空輸物資の確認を指揮しているのは、銀色の桜章と金属板二つずつから成る階級章を付けた男であった。

航空自衛隊の二佐を示す階級章だ。おそらく補給課長かなにかの役職に就いている者だろう。たしかネームには「ＤＡＩＭＯＮ」と入っていたように見えた。

もちろんそれ以前の面識はなかったが、優秀な指揮官特有のオーラを発しているように、江波には思われた。

「空も海もか」

江波は振り返った。

日本が誇る陸海空三自衛隊の揃い踏みである。上空からは空自の戦闘機が爆音を轟《とどろ》かせ、沖合には海自の護衛艦が多数遊弋《ゆうよく》している。そして、おおすみ型をはじめとする各種の輸送艦からは、続々と陸自の車両や兵が上陸を続けていた。

陸海空三自衛隊の合同演習のためであった。

参加兵力が、また豪華だ。それぞれ混成編成とはいえ、空自は一個航空団レベル、海自は二個護衛隊に二個輸送隊、それに潜水隊が一隊、そして陸自は中央即応集団プラスアルファの陣容だ。

こうなれば、指揮官もそれなりの肩書きを持つ者が必要となる。そこで指名されたのが、陸自からは幕僚副長岩波厳蔵《げんぞう》陸将、空自からは第七航空団司令飯田健空将補、そして海自からは自衛艦隊副司令官土井隆晴《たかはる》海将の三名であった。

この国を取りまく状況が緊迫している中で、なぜこんな大規模な演習を行なうのか、国境付近の警戒が手薄になったりしないのかと、疑問も浮かぶところだが、実はそうではない。

「緊迫化しているからこその大規模演習なのだ。ここで我が精強なる陸海空の戦力を見せつけることで、いかに我が国に対する挑発がおろかしいものか、どこぞの国もわかることだろう」

というのが、あるタカ派の防衛官僚のセリフだった。

つまりは、陸海空三自衛隊の力を見せて、領海領土でもめている韓国と中国への抑止効果を狙おうというのが真の目的だったのである。

韓国とは竹島とその周辺海域をめぐって、中国とは尖閣諸島および東シナ海の領有権をめぐって、それぞれ対立が先鋭化している。

陸海空合同大演習は、日本がそれらの交渉で一歩も妥協するつもりがないという無言の意思表示なのだった。

モニターは、陸海空それぞれの状況を示していた。

一見、なんの変哲もないライブ映像にも見えるが、実際は違っていた。

空こそ不自然な点はないが、陸はやけに目線が低く、海は水中で、なおかつとても潜水艦や人さえも入れそうにない狭い岩礁地帯をすり抜けている。

「順調ですね」

「ああ」

助手を務める小谷昌人二等陸尉の言葉に、防衛省技術研究本部先端技術推進センター所属の山田智則《とものり》二等陸佐は、視線を動かすことなくぶっきらぼうに答えた。

山田の目はモニターに向かったままである。満足しているのか、あるいは不安を抱いているのか、山田の横顔から内面の感情を窺い知ることはできなかった。

山田は誰に話しかけるふうでもなく、つぶやいた。

「もうこれらは完成されたものだからな。危険な初動任務は、もはや人がやるべきものではあるまい」

モニターの映像は、小型のＵＧＶ（Ｕｎｍａｎｎｅｄ　Ｇｒｏｕｎｄ　Ｖｅｈｉｃｌｅ＝無人陸上車＝陸戦ロボット）、ＵＵＶ（Ｕｎｍａｎｎｅｄ　Ｕｎｄｅｒｗａｔｅｒ　Ｖｅｈｉｃｌｅ＝無人水中艇）、ＵＡＶ（Ｕｎｍａｎｎｅｄ　Ａｅｒｉａｌ　Ｖｅｈｉｃｌｅ＝無人航空機）から送られたものであった。

日本はこれら無人兵器の分野で、世界一、二を争う先進国である。

絶対的な人口もさることながら、徴兵制をもたない日本の陸海空自衛隊にとっては、人的資源の重要性は他国の軍に比べて格段に高かった。

また、ベトナム戦争やイラク戦争でのアメリカの例を見るまでもなく、人命の損失は国民士気を急落させ、現政権の基盤を決定的に瓦解させかねない危険性をはらんでいる。

これらのニーズから、日本はあらゆる分野での無人兵器の開発を積極的に推しすすめたのであった。

特に二〇〇〇年ごろから通信媒体や通信技術などのハードの小型化などが一気に進んだＩＴ革命が勃発すると、それと歩調を合わせて無人兵器の開発も加速し、続々と量産体制が築きあげられていった。政府や防衛省もこれらに関係する企業には税制優遇や補助金を支出し、さらには防衛省および自衛隊内部の優秀な人材をも派遣するといった有形無形の援助を行なった。こうした官民一体の強力な推進によって、陸海空三自衛隊は質的にも量的にも世界屈指の無人兵器を所有するに至ったのである。

この無人兵器の開発にあたって、中心的な役割を果たしたのが山田であった。防衛大学を首席で卒業後、マサチューセッツ工科大学に留学して博士号を取得した天才である。

一応、専門はＡＩ（人工知能）と機械工学だったのだが、山田の天才ぶりは並の天才とは格が違うものだった。

山田はこれらの知識を生かして各種の無人兵器を開発するかたわら、東京大学の付属研究室にも通って原子物理学の研究論文で世界の賞賛を浴びたのだ。

その山田が陸海空合同大演習に参加した理由であるが……。

「こんなところにいる暇があったら、ちょっとは家に顔を出したらどうなんだ」

背後から浴びせられた声に、山田は振り向くことなく苦笑した。

声の主が誰かはすぐわかった。ここ何年も会っていなかったが、やはり幼少期から繰り返し聞いていた声の質とトーンに変わりはなく、またそれを忘れるはずもなかった。

「貴様！　なんだその態度は」

警護担当のリーダー格である一尉が歩みでたが、山田はそれを片手で制して振り返った。

「かまわん。愚弟だ」

「……はっ！　そうでありましたか。失礼いたしました」

ひと呼吸置いて、警護の一尉は姿勢を正して敬礼した。身を横に移して男をとおすと、踵《きびす》を返して退く。

「ええ、兄貴よぉ」

山田に近づいてきたのは、航空自衛隊中部航空方面隊第七航空団第二〇四飛行隊所属の山田直幸一等空尉だった。山田智則二等陸佐の実弟である。

「久しぶりだな、直幸」

「久しぶりもなにもない！　いったい兄貴はどういうつもりなんだ。母さんはいつも一人で兄貴の心配をしているんだぞ！」

兄弟二人に母一人で、智則と直幸は育ってきた。自衛官だった父は早くに他界し、母・幸子の懸命な努力で、二人はここまで来ることができたといえる。

二人とも防大を経て自衛隊に入隊したのは、父の影響もあったが、それ以上に民間大学と違って経済的負担が軽いという理由が大きかった。

だが、その後、智則と直幸の距離は急激に開き、冷えきった関係になってしまっていた。兄である智則が研究開発活動に没頭するあまり、仙台の実家によりつかなくなってしまったからだ。

もちろん、自衛官である以上、自営業者はもとより民間企業のサラリーマンや公務員に比べれば、帰省のチャンスも少なかったのかもしれない。だが、機会をみては妻と子供を連れ帰る弟の直幸に対して、兄の智則は独身のままほとんど帰省することがなかったのである。

そういった経緯からくる直幸の怒りだった。

「ギラファ・ベータ帰還します」

小型UAV（無人航空機）「エレクトリック・ビートル（電子昆虫）」が直幸の前をかすめて着地した。

見た目は大型のクワガタそっくりだ。そんな虫を戦場に飛ばして活用しているなど、たとえわかっていたとしても敵は対応に苦慮することだろう。

しかも、地上と空中、三次元での偵察と監視ができるのは、大きな強みだ。陸戦ロボット単独では困難な渡河はもちろん、狭い地下トンネルなどへも入っていける。

が、感心している場合ではない。

　こうした無人兵器に兄が深く関わっているということを直幸も知ってはいたが、そういった類《たぐい》の兵器の成功を素直に喜ぶことはできなかった。むしろ、そのような感情のないものばかりに接しているからこんな人間になってしまうのだ、と兄への憤《いきどお》りをますます強くしていったのである。

「兄貴はそんなおもちゃのほうが家族より大切だというわけか」

「おもちゃ、か」

　智則は直幸と視線を合わさずに、遠くを見あげた。次いで、顔はそのままに横目で視線を流し、ぶつける。

「そのおもちゃに、お前たちパイロットも助けられているんだろう？　敵が手ぐすねひいて待ち構えている中に、飛び込んでいかなくてすむんだからな」

　智則は微笑した。嘲笑《ちようしよう》が入ったようにも見える笑みだった。

「直幸。ＵＡＶをはじめとする無人兵器は、我が国にとっては必要不可欠なのだ。人的損害を最小限にくいとめるどころか、理想的には皆無にすらできる。将来的には危険性の高い任務だけではなく、今、当たり前に人が行なっている任務さえも代替できる。究極的な話をすれば、人はこれらがどう動いているかを安全な後方からちの平和を守る、人と人とのぶつかり合いなんだ」

「戦争はそんなものじゃない。敵の顔を見て、どう動くのか、どう来るのかを見極めて、対抗策を繰りだす。あるいは先を読んで手を打つ。愛する者を守る、自分た
監視さえしていればいいんだ」

「それは違うな！」

直幸は言下に叫んだ。


智則は、ゆっくりと首を横に振った。話にならないとでも言いたげな表情だった。

「それは分析が足りないからだ。そういった出たとこ勝負の戦いでは、いたずらに犠牲を生むだけだ。可能な限りの情報収集と精密な分析、そして効果的かつ正確な対処が導ければ、必ずしも人が動く必要はない。もちろんそういったバックグラウンドの整備すら、人がいらなくなってきているがね。俺の言うとおりにすれば、一〇年後には自衛隊の人員は一〇分の一ですむようになる。わかってないな」

「わかってないのは、兄貴のほうだ！」

直幸は激昂した。

「そんなのは机上の空論だ。そもそも現場を知らない者に、そんなことを言う資格などない！　現に俺は中東で戦争を経験した。それも、つい最近だ。そもそもがフ

ランスから中東経由でものを空輸するなんて、計画自体が無謀だったんだ。そんなことのために、俺たちは仲間を……」

智則の表情が変わった。針にでも刺されたかのようにぴくりと顔を上げ、視線を直幸の目に合わせた。が、それもほんの一瞬のことだった。

智則は、能面のような表情に戻って言った。

「ほう。あの輸送にお前が関わっていたとは、知らなかったな」

「なに？　なんか知っているのか、兄貴は」

「知っているもなにもな」

次の瞬間、智則は決定的なひと言を口にした。

「あの輸送を指示したのは、この俺だからな」

そのとき、直幸の脳内でボルトが何本か弾け飛んだ。

気がついたとき、直幸は拳を振りあげて智則に飛びかかっていた。

「貴様！　なにをする！」

「拘束しろ！」

屈強な陸自の隊員たちが、次々と制止に入る。

直幸はたちまち羽交《はが》い絞《じ》めにされ、自由を奪われた。

「直幸。聞け。あれはな、どんな犠牲を払ってでも手に入れねばならないものだったんだ」

「ど、どんな犠牲も、だと？」

ぎりぎりと身体を押さえつけられながらも、直幸は疑念と反抗の思いで目を剝《む》いた。

「そうだ。あれで世界は変わる」

「二佐。口外は……」

機密事項に触れると注意を促《うなが》す小谷を目で退け、智則は続けた。

「かまわん。どうせわかることだ」

智則は一直線上に直幸と視線を合わせた。

「お前たちが運んでくれた物資のおかげで、究極ともいえる反応兵器が完成した」

「は、反応兵器だと？　ということは、核爆弾を作っていたのか！」

「ああ、そのとおりだ。非核三原則がどうこう言う輩《やから》もいるようだが、もはやそんな状況ではないことなど誰でもわかるだろう？　この、国が滅ぶかどうかというときに馬鹿げたことを」

智則は鼻で笑った。

「理想を追って自分が死んだのでは、なんにもなるまい。まあ、安心しろ。そんじょそこらの大量破壊兵器や大量殺戮《さつりく》兵器とは違う。いわばクリーンな核兵器とでもいうものかな。離してやれ」

智則は高笑いをして、背を向けた。

拘束を解かれた直幸は膝から崩れ、呆然《ぼうぜん》と兄の背を見送った。兄の行動を、直幸はまったく理解できなかった。独善的で、自分の知力と技能におぼれている独裁者のようにしか見えなかった。

自分の兄は、いつのまにああいった唾棄《だき》すべき人間になってしまったのか。幼いころの優しく、弟思い、母思いの兄は、どこへ行ってしまったのか。

近所の悪がきにからかわれて泣いた直幸を見て、三歳も年上の子どもに必死に立ち向かってくれた兄。母が高熱を出して倒れた夜に、一〇歳に満たない子供ながら隣町まで走って薬を買ってきてくれた兄――兄の心の中には、そういった家族を思う気持ちはもうなくなってしまったのか。

直幸は目を潤ませながら、右拳を地面に叩きつけていた。


第二一護衛隊旗艦DDG（Guided Missile Destroyer

＝対空誘導弾搭載護衛艦）『あしがら』は、右舷の水平線すれすれに硫黄島を仰ぎながら洋上を遊弋していた。

各種のレーダー、ソナー、データリンクを使った搭載ヘリや衛星情報から成る探知システム、表示・指揮決定、武器管制といった情報処理システム、そして各種の武器システムから成るイージス・システムは、邀撃《ようげき》という発想を根本的に塗り替えるいわば究極の防御システムだった。

一五四の目標を掌握しつつ、その中の一二の目標を同時に攻撃することが可能で、なおかつ他艦の管制や情報共有もできるというイージス・システムは、それまでのシステムが赤子のようにも思えるものだ。『あしがら』はこのイージス・システムを搭載し、さらに固有の艦載ヘリを持つ第二世代のイージス護衛艦である。

この『あしがら』の航海艦橋で、一八〇センチをゆうに超える長身の男が双眼鏡を片手に前方を見つめていた。『あしがら』艦長目黒七海斗《ななと》一等海佐である。

親からもらった七海斗という名は、文字どおり七つの海をかけまわって活躍してほしいという願いが込められたものだ。その目黒が海自に入ったのは運命といってもいい。

純白の夏用常装に長身の容姿端麗とくれば、目黒の姿はいやでも目立つ。若いころは両手どころか、「両手両足、首にも花」という噂があったというが、今でもその面影は……いや、今でもそうなのではないかと思える美男子《イケメン》だった。

「機関異常なし」

「兵装異常なし」

「各種システム異常なし」

「うむ」

完璧な艦の状態に、目黒は力強く首を縦に振った。

――いつでも行けます。演習開始のひと言がかかれば、すぐにでも本艦は始動できます。それどころか、仮にここで韓国の潜水艦や中国の航空機が襲ってきたとしても、命令あらばそれを即撃退できる用意があります。

目黒は、そういった言葉を秘めた眼差《まなざ》しを、第二一護衛隊司令大原亮一郎《りょういちろう》海将補に向けた。

大原もその視線に気づいたのか目黒を一瞥《いちべつ》したが、期待した答えを発することはなかった。

なぜなら……。

「『あたご』より報告。『機関復旧は未了。一五分を要する見込み』」

「遅い！　一〇分で完了せよと返信。戦場だったら死んでいるぞ。敵は待ってはくれぬのだからな」

大原は厳しい言葉を投げかけた。

大原が率いる第二一護衛隊は、あたご型イージス護衛艦の『あしがら』と『あたご』の二隻から成るが、特に問題もなく乗組員の士気も高い『あしがら』に対して、『あたご』は災難続きだった。つい数週間前に艦載ヘリが飛びたてなくなったかと思えば、今日の大事なときに今度は機関不調をきたしている。

人にも幸運に恵まれる者もいれば不運につきまとわれる者もいるが、船の世界にもそういった巡りあわせがあるのかもしれない。もって生まれた運勢というか、宿命と言おうか……。

「先行しますか」

「いや、待て。たしかに実戦ならばそんなことは言ってられんが、逆にアクシデント発生時の対処という演習と思えば、それはそれでいいだろう」

大原は顎をなでた。

「そうだな。この状態での空襲というケースでもよかろう。被害艦が出た場合のな。

司令部に進言するとしよう」

「はっ」

大原の言葉に、目黒は引きさがった。

長身の目黒に対して、大原は一六〇センチそこそこしかない小柄な男である。目黒から見おろされる格好にはなるものの、それを感じさせない威厳が大原にはあった。

「体格のマイナスは、なにをするにもハンディになった。しかしそれを克服するために、俺は人の倍の努力をしてきたつもりだ」

という話を、目黒は大原から聞かされたことがある。そういった努力と、自分にも周囲にも厳しい姿勢が、今の大原に威厳を持たせているのだろう。


「レーダーに感あり。高度一万より接近する高速移動物体！」

数分としないうちに、仮想敵機が現われた。

「対空戦闘！　『あたご』に連絡。『迎撃管制は本艦が行なう』。速力このまま。『あたご』から離れるな」

大原は矢継ぎ早に指示を飛ばした。

「対空戦闘！」

目黒が続き、『あしがら』の乗組員らが次々と配置につく。キーボードが叩かれ、次々とセイフティ・ロックが解除されていく。各種のスイッチがオンに切り替わり、グリーンのランプが灯《とも》っていく。

「データ・オンライン」

「目標追尾、SAM（Surface to Air MIssile＝艦対空ミサイル）発射準備完了！」

「低空に新たな目標捕捉。機数五」

新手の出現を告げる報告にも、目黒は冷静だった。

昔ならば、上ずった報告の声にあわてて目標を切り替えたり、退くか進むかといった重大な決断を迫られたりしたかもしれない。しかし、今の『あしがら』は違う。搭載するイージス・システムは、同時多数の目標追尾と脅威度を判定し、複数目標の同時攻撃が可能なのだ。

ここまでに、大原と目黒は艦上部の航海艦橋から内部のCIC（Combat Information Center＝戦闘情報管制センター）に移動している。

薄暗い室内に各種ディスプレイの青白い光が発せられる中、各自の息づかいが静かに聞こえる。

「迎撃開始！」

「はっ。迎撃開始！」

静寂を破る大原と目黒の声が飛ぶ。

音声通信によって、大原の指示は僚艦『あたご』にも伝わっているはずだ。

『あたご』の機関不調のために、護衛隊の速度は二〇ノットにとどまっている。演習は急遽、「手負いの状態に追撃を受けた」という設定に改められていた。

「SAM発射、用意！」

砲雷長の怒声がCIC内に響く。

「三、二、一。撃《て》えー！」

次の瞬間、『あしがら』の甲板上に埋め込まれたVLS（Vertical Launch System＝垂直発射機構）のハッチが開き、SAMが立て続けに飛びだした。

轟音《ごうおん》がCICにまで伝わってくる。眩《まばゆ》い炎が艦上にあふれ、白煙を曳いたSAMがいったん天高く昇っていく。

それらの様子はサブ・モニターで確認可能だが、乗組員の多くはそのライブ映像に見入ることはない。横目で一瞥するだけで、刻々と変わる状況に対応すべく、情報を確認し、伝達し、対処を急ぐのだ。

「『あたご』からのミサイルも、正常に飛翔しています」

「うむ」

大原はうなずいた。

「砲雷長。万一のこともある。近接火器も万全でな。ソナー員も気を抜くな。こちらが空襲への対応に忙殺されている間に、潜水艦が奇襲してこないとも限らんぞ」

目黒は実戦さながらに檄《げき》を飛ばしたが、その裏には確たる理由があった。

今回の大演習については、韓国や中国もスパイ衛星などの手段でかなりのレベルまで情報をつかんでいるはずだ。大規模な艦隊の移動と陸上部隊の上陸とくれば、目立たないほうがおかしい。第二次大戦までのころのような情報収集と伝達の手段が限られていた時代ならともかく、今は正確な情報を瞬時に伝える手段がいくらでもあふれている。だから、日本を敵視している韓国や中国は、間違いなく陸海空三自衛隊の動きに注視しているはずだ。もちろんそれこそが、今回の演習の真の目的だったわけだが。

目黒はかなりの確率で、韓国や中国の潜水艦が付近に潜んでいると睨んでいた。

日本国内に潜伏していた工作員やスパイ衛星によって、自衛隊に動きがあったと知れば、それを追尾してより詳細な情報を得ようとするのは、自明の理といえる。

となれば、そのもっとも簡単で確実な方法は、潜水艦での接近と観察だ。今ごろ、韓国海軍の二一四型潜水艦や、中国海軍の元《ユアン》型潜水艦や商《シャオ》型原子力潜水艦が、海底にへばりつきながらこちらの様子を窺っているに違いない。それらが暴走して向かってくる可能性はあまりないだろうが、警戒するにこしたことはない。

やがて、モニターが切り替わった。

飛翔する標的が目に入る。SAMの弾頭カメラからのリアル映像だ。

海自が装備する最新のSAM、つまり一四式艦対空誘導弾は、前年に正式化されたばかりのものだが、日本の持つ科学技術の粋《すい》が結集されているといっていい。強力なECCM（Electronic Counter Counter measures＝対電子対抗手段）を内蔵して敵のECM（Electronic Counter measures＝電子対抗手段）への耐性を強くしているのはもちろんのこと、レーダー・ホーミングと赤外線画像識別機能とを組み合わせて誘導性能の向上をはかっているのが最大の特徴だ。

「弾着まで、あと五秒、四、三、二……」

モニター上で、標的がはみ出さんばかりに膨《ふく》れあがる。

「弾着、今！」

モニター全体がフラッシュし、轟音がスピーカーを吹き飛ばさんばかりにあふれでた。あまりの音量にリミッターがかかったのではないかと思うやいなや、モニターは完全にブラック・アウトし、映像も音声も次の瞬間にぷっつりと途絶えた。

「成功です。全弾命中と判定。標的はすべて消失しました」

ＣＩＣは拍手喝采に包まれた。

演習のために発射されたＳＡＭは、そのほとんどがダミーだ。一発の単価が億にものぼるＳＡＭを二〇発も三〇発も演習で使ったりすれば、防衛予算などいくらあっても足りない。そこで、標的への誘導とタイミング、それに何発か混ぜていた実弾の結果によって、総合判定がなされるのだ。

結果はパーフェクトだった。

目黒はマイクを手にして、誇らしげに言い放った。

「艦長だ。全乗組員に告ぐ。第一次攻撃は全弾命中した。繰り返す。第一次攻撃は全弾命中。敵は完全に消滅した。第二次攻撃は不要だ。ご苦労だった」

二〇一八年七月三日　硫黄島

三菱一〇ZG水冷二サイクルV型一〇気筒ディーゼル・エンジンのうなりが、夜の静寂を引き裂いた。

「前進！」

陸上自衛隊北部方面隊第七師団第七二戦車連隊第三中隊長の江波洋輔一等陸尉が、配下の一四両に進撃を促した。起伏の激しい道なき道を、九〇《きゅうまる》式戦車が進みはじめた。

広い大陸の原野と異なり、こうした洋上に浮かぶ島、特に環太平洋火山地帯に位置する日本近海の島には、平坦な場所は少ない。広い意味で、日本本土もそうだ。しかし、長く陸自の主力戦車として働いてきた七四式戦車同様に、九〇式戦車もまたこういった地面の勾配や傾斜地によく適応するように設計製造された戦車であった。

前後四軸が油圧、中央二軸がトーションバーのハイブリッド・サスペンションによって、姿勢変換と制御が可能であり、俯仰角《ふぎょうかく》が広く取れる砲は正確に目標を指向できる。

しかし、そういった意味では、硫黄島は日本戦車特有のこういった性能を試すには不向きな場所だといえる。硫黄島は南端の摺鉢山を除けば、日本近海の島としては例外といえるほど平坦な土地だったのだ。

（まあ、いいさ）

江波は胸中でつぶやいた。

（性能は互角。勝敗を決するのは、戦術と判断力なんだからな）

戦力を二分して青軍と赤軍に分かれて夜間演習に入っている陸自の参加部隊であるが、江波の第七二戦車連隊第三中隊は赤軍に属して会敵の機会を窺っていた。

「停止」

江波はサーマル（熱線）暗視装置を覗きながら、唇を舐めた。

韓国軍や中国軍との戦いなら九〇《きゅうまる》ゆえの戦術といったものもあるだろうが、相手も同じ九〇である。戦車戦となれば、砲の威力や装甲厚といった直接的な性能はおろか、射撃指揮装置などの電子兵装やエンジン、トランスミッションまでもが、敵とまったく同じ代物《しろもの》となるのだ。やりにくいといえばやりにくいが、逆をいえばそれだけ将兵の腕が試されるということだ。

もっとも、普通科すなわち歩兵の連中や特殊作戦群の者たちも混じっているため、戦闘がどういった経緯で進むかは未知数だ。歩兵が待ち伏せしているかもしれないし、または迂回した装甲車両が側面から仕掛けてこないとも限らない。

現に赤軍が立てた作戦は、特殊作戦群による敵司令部奇襲だった。

それが成功しさえすれば、大した戦闘もなく演習終了となる可能性もなくはない。

もちろん、昼間の海自の対空演習と違って、相手も生身の人間となるために実弾は用いられない。空砲、閃光弾、模擬弾のみである。

随所に配置されたUGV（無人陸上車）が戦果判定を行なって、司令部をはじめ指揮官や各車の端末に結果を通知するのだ。

「LOST」の通知を受け取った者たちは、演習から退く。実戦ならば死ということだ。

（もう少しか）

江波は夜光塗料に浮かぶ時計の針に、目を向けた。

時刻はAM二時を少しまわったところだ。深夜だが、この季節の夜明けは早い。

あと一時間もすれば、空は薄明るくなりはじめる。

作戦開始は〇二一五《まるふたいちご》。特殊作戦群は、もう狙いの位置についたころだろう。

そんなことを考えているうちに、前方から閃光が射し込んだ。

白色の鋭い光りがまるで木々を貫くようにして、江波の九〇《きゅうまる》にまで到達した。

「早い。早すぎる！」

なんらかのアクシデントがあって決行が早まったのか、あるいは奇襲が失敗に終わったのか。赤軍司令部から指示が入る前に、今度は頭上で閃光弾が弾ける。

しかも一発や二発ではない。派手な打ち上げ花火のように、五、六発がまとめて炸裂する。強烈な青白い炎が、赤軍の戦車隊や随伴歩兵を照らしだした。

「中隊長。突っ込みましょう。敵はこちらの動きを読んでいます。このままでいれば、敵の思うつぼです。死中に活を求めるという言葉もありますし、ここは正面突破でいくべきです」

意見具申は、配下の第二小隊長森雅也三等陸尉からだった。

が、江波はその意見を退けた。敵情が不明な以上、不用意に身を晒《さら》すのは危険だ。前進するにしても、まずは敵の出方を窺ってからだ。

それが江波の考えだった。

「第二中隊全車へ。三時方向の丘陵の裏まで移動。敵の様子を探る。急げ」

「了解」

「……了解」

森の低い声には不満が滲《にじ》みでていたが、江波はかまわず発した。

「移動開始！」


移動後、一分と経たないうちだった。

青軍の戦車隊が丘陵をかすめて進撃していくのが見えた。幸い、数は同等だ。こちらは死角に入って発見されずにすんだが、鉢合わせになっていたらかなりの損害を覚悟しなければならなかったであろう。

ところがその直後、車内にけたたましい警報が鳴り響いた。

「熱源反応？　後ろか！」

振り向いたときには、すでに手遅れだった。対戦車ミサイルを示す画像がディスプレイ上に表われ、「ＬＯＳＴ」の文字が大きく躍っていた。

「やられたか。くそっ」

江波は、平手で膝を思いきり叩いた。

戦車隊は囮《おとり》だったのだ。青軍は戦車隊を前面に立てての強行突破をはかると見せかけ、側面からゲリラ戦を仕掛けてきたのである。

おそらく、大小の火器を抱えた普通科の者たちが数人ずつになって散開し、接近して奇襲を仕掛けてきたのだろう。

死角にいると思った自分たちは、またその逆でもあることを忘れていたのだ。

赤軍司令部も江波も、まとめて青軍の作戦にはまってしまったのである。

完敗だった。

「実戦だったら、俺はもうあの世の住人かよ。ん？」

江波は目を瞬いた。

計器類の様子がおかしい。デジタル数字が、リセットされたり、不規則に点滅を繰り返したりしている。サーマル・ディスプレイは大きく歪《ゆが》み、やがて落雷にでもあったように車内が一閃した。

同じころ、海自と空自は合同の夜間訓練を実施中だった。

夜間強行揚陸をはかろうとする艦隊に対して、守備側の航空隊が立ちはだかるという構図である。

（相手がどこだろうと誰だろうと、我々のイージス防御網を突破することはできん！）

ＤＤＧ『あしがら』艦長目黒七海斗一等海佐は、強い思いを胸にＣＩＣ（戦闘情報管制センター）内を見回した。

昨日までの訓練と違って、今日は空自が相手である。お互い手の内は知れているが、なにか奇策を仕掛けてくるのではないかという予感がする。

（上陸開始まで、あと三〇分か）

輸送艦を伴っているので、艦隊速力はいくら頑張っても二〇ノットがせいぜいだ。その艦隊速力と同様に、時計が進むのも妙に遅く感じられる。襲撃される側にあるという意識が、知らず知らずのうちに焦りに近い感情を芽生えさせているのかもしれない。

「我々の任務は、あくまで護衛だ。上陸支援はほかの部隊がやる」

「はっ」

第二一護衛隊司令大原亮一郎海将補が再確認する言葉に、目黒はうなずいた。

索敵や兵装にたずさわる者たちが、静かに状況の変化を窺う。

何事もないという時間はなお数分間続いたが、レーダー・ディスプレイに現われた輝点がその静寂を引き裂いた。

「レーダーに反応あり。本艦からの距離……三〇海里！」

(近いな)

上ずった報告も、もっともだと目黒は感じた。

この距離まで発見されずに近づけたということは、かなりの低高度を飛行してきた事実を意味する。どんなに技術が進歩したとしても、一度発信した電波を途中で曲げることはできないのだ。

地球が球形である以上、レーダーはその丸みの向こう、すなわち水平線の先は探れないのである。高度が低ければ、それだけその恩恵にあずかることができる。また、海面の起伏に紛《まぎ》れることも可能だ。

状況は急転する。

「反応多数。電波妨害？　いや……」

「やはり、そうきたか」

目黒は顔を跳ねあげた。

(しかし、甘いな。しょせん航空機と艦船ではキャパが違いすぎる。ＥＣＭ(電子対抗手段)にしろ、ＥＣＭ(対電子対抗手段)にしろ、出力は圧倒的にこちらが有利だ。電子戦を挑んでこようとも、こちらが負けるはずがない)

だが……。

「なんだ？」

目黒の余裕は、一瞬で吹き飛んだ。レーダーが復旧するどころか、メインモニターや各種のディスプレイがのきなみ変なのだ。得体の知れない波形を描いたり、乱数表のように文字や記号を片っ端から表示したりしているのである。

「どうした？」

「これは……」

尋常ならぬ事態に、大原と目黒は顔を見合わせて絶句した。

海自と空自の合同演習が硫黄島の南岸沖で行なわれているころ、反対の北側の沖合にも何隻かの船が浮かんでいた。

船はひと目でわかる老朽船だった。船体の塗装はぼろぼろで、錆《さび》も目立つ。ブリッジも、お世辞にも整備されているとは言いにくい。

密閉こそされているが、どれも薄汚れてつぎはぎされている。中には、ガラス窓だった箇所が鉄板で無造作に塞《ふさ》がれているものすらあった。

それでも、これらの船の内部には各種の電子機器が多数積み込まれていた。もちろん、ガラクタではない。立派に動く、稼動中のものだ。

さらには遠隔操作装置や電送カメラも設置されていて、硫黄島からそれらの船の様子を観察できる仕組みだった。

「ついに来ましたね、この日が」

「そうだな」

助手を務める小谷昌人二等陸尉の言葉に、防衛省技術研究本部先端技術推進センター所属の山田智則（兄＝注）二等陸佐は、さらりと答えた。表情は変わらない。さもここまで来るのが当然と言いたげな山田だった。

実験室レベルでの理論証明からたった三カ月しか経っていないが、山田らがこれから始めようとしているのは、新型核爆弾の実用試験であった。

が、核爆発の規模は戦術レベルであり、その中でも小さい部類だ。冷戦期に米ソが大量に保有した戦略型核兵器に比べれば、赤子のようなものである。

とはいえ、それは決して原料や技術の不足のためからではない。それで所定の効果を発揮できるように設計された兵器だからである。

なぜなら、この「きぼう」と名づけられた新型核爆弾は、核兵器は核兵器でも、その核融合や核分裂による放射能、熱線、爆風といった従来イメージの効果で敵に損害を与えるのではなく、エネルギーを取りだすための手段として核反応を企図したものだったからだ。

　行きつく先は、電磁力。

　現代兵器は、電子機器の塊《かたまり》といっても過言ではない。電子戦を制するものは現代戦を制すると言っても、反論する者はいないだろう。

　そこで登場したのが、「きぼう」である。

　核反応によるエネルギーを利用して、強力な磁場を発生させる。その中にいた敵はどうなる？　あらゆる兵器が無効になるわけだ。

　世界各国の一線級の兵器というものは、ＮＢＣ（核・生物・化学）兵器に対する高堪性を持つように設計製造されているが、「きぼう」はその強力な防御を打ち破ることができる革新的な兵器といえるのだ。

（これが実戦配備さえすれば、日本も安泰だな）

　山田の頬が、かすかに和《やわ》らいだ。

　自分が目指すべきところは、ここだった。これまで、自分の生活、家族、ありとあらゆるものを犠牲にしてきたのは、今日この日のためだった。

　そんな山田の内面の気持ちが、顔を覗かせたのである。

「カウントダウン。開始します！」

山田はそこで感慨を断ち切った。

「六〇！　五九、五八……」

起爆装置作動までの時間が読みあげられる中、山田は大きく目を見開いた。

その瞳の中には、新世界の幕開けが映ってくるはずだった。

航空自衛隊中部航空方面隊第七航空団第二〇四飛行隊所属の山田直幸（弟＝注）一等空尉が操縦するF－15FXは、夜の海上を進んでいた。高度は極めて低い。海面すれすれといったところだ。

速度はそれなりに抑えてはいたが、それでも直下の海面は風圧によってさざなみ立っている。

身を隠したい山田にとって、海面が荒れるのは好都合だった。レーダー波が乱反射するため、ノイズが多くなるからだ。一種のステルス効果といっていいかもしれない。

（海自が絶対的な自信を持つイージス・システムも、万能ではないはずだ。世の中に絶対はありえない）

山田は引き連れてきた多数のUAV（無人航空機）を流し見た。

（これらこそ、イージス（Ａｅｇｉｓ）。最高神ゼウスが娘アテナに授けた神盾《かみたて》だ）

山田はほくそ笑んだ。

万が一発見されてＳＡＭが飛んできたとしても、それらが盾になって山田機は進撃を続けるという目論みであった。

もっとも、最低でも億単位の価格のＵＡＶを、そういった使い捨てに供することができるかどうか、実用的戦術に疑問も残るが、それは置いておく。

とにかく今、この演習ではそれが許される。イージス防御網突破の可能性を探る意味でも、重要なテストである。

また、今回の行動で、山田はＵＡＶに新たな価値を見出した。これまで山田は、ＵＡＶというものは人命が危険に晒される可能性が高いケースに投入される兵器、つまりリスクの排除を優先する兵器であり、機能や役割は有人機に比べれば足元にも及ばないものと見ていた。

しかしこれが大きな誤りであったと、山田は気づいた。夜間、この海面すれすれの低高度を飛行するには、相当な熟練と度胸がいるものである。海面はつねに平坦とは限らず、大きなうねりによって変動しているからだ。ひとたび海面に接触すれば、機体はばらばらになって一巻の終わりだろう。

しかし、レーダー探知を逃れてＳＡＭ（艦対空ミサイル）の迎撃を受けにくくするには、そんな危険を冒してでも低高度限界を飛んで敵に接近していかねばならない。

それを経験の浅いパイロットに求めるのは酷《こく》だ。極度の緊張の中で、飛行は甘く不安定になりかねない。

だが、ＵＡＶは違う。不必要な緊張も恐怖感もないＵＡＶは、各種のセンサーの働きによって、ただただ機械的に、ひたすら海面から一定高度を飛び続けることができるのだ。

とはいえ、そうそう都合のいいようにばかり事が運ぶわけがない。

「つかまったか。……だが、こちらも見えているんだぞ！」

山田はコクピット内で、自らに叫んだ。

距離が三〇海里を切ったころになって、警戒装置が敵のレーダー波を探知した。

しかし、水平線の陰から躍りでた山田もまた標的を視界に捉えていた。

「焦るな。まだだ、まだ。最後のつめは、確信をもってからにしろってね」

山田は自分に言い聞かせるように、つぶやいた。

絶好のチャンスを得たことですぐにＡＳＭ（Ａｉｒ　ｔｏ　Ｓｕｒｆａｃｅ　Ｍ

issile＝空対艦ミサイル）を発射したいという衝動にかられるが、ここは我慢だ。せっかく接近して発射にまでこぎつけたのに、そのASMが躱《かわ》されてしまっては意味がない。

短SAMで海面に叩きおとされたり、CIWS（Close In Weapon System＝近接対空防御火器）の火箭《かせん》に絡めとられて破壊されたり、さらにはECM（電子対抗手段）で無効化されたりしたら、ここまでの苦労が一瞬にして水泡に帰してしまう。

山田は迎撃の余裕を与えない極近接距離で、ASMを見舞うつもりだった。UAVの傘をここで捨てるつもりもない。F－15FXはこの低高度でもマッハ二の高速を発揮可能だったが、UAVの限界はせいぜいその半分だ。だが、それにしても、五分もすれば標的に到着できる。攻撃位置という意味でいえば、その二分の一程度の時間でも充分だろう。

（いけよ！）

標的に定めたあたご型護衛艦が、模擬のSAMを放ってくる。が、それは山田が纏《まと》ったUAVの衣を一枚一枚はぎとるだけだ。

山田はこの時点で、まだ一〇機のUAVを引き連れていた。一機また一機と撃墜判定を食らって脱落していくが、もちろん山田機は無傷だ。

「もらった！」

山田は攻撃成功を確信した。

「敵機接近。距離四〇〇《よんまるまる》（四万メートル）、……三〇〇《さんまるまる》！」

見張員の声は、すでに裏返っていた。

「してやられたな。完璧であるはずのイージスがやられるとはな」

第二一護衛隊司令大原亮一郎海将補は、悔しさをとおり超えた感嘆の笑みを見せていた。

「我が空自にも、これほどの猛者《もさ》がいるとはな」

『あしがら』の高性能レーダーでもなかなかキャッチできなかったところからして、向かってくるF-15FXの高度はおそらく一〇メートルそこそこであろう。ちょっとでも操縦を誤れば、即海面に激突だ。常識的に考えればきちがいじみた高度だが、そういったことを実行するだけの腕と度胸がある証拠だろう。

また、それくらいの無茶をしなければ『あしがら』への攻撃がおぼつかないのも確かだ。

さばさばしたようにも見える大原の顔を前にしても、DDG『あしがら』艦長目黒七海斗一等海佐は険しい表情のまま指示を出し続けていた。

まだあきらめない。世界最高レベルの『あしがら』の防御網を突破されたなどという汚点を残してなるものか。『あしがら』の、そして自分の意地にかけてでも絶対にのりきってみせる。そんな言葉を秘めた目黒の形相《ぎょうそう》であった。

空自はよほど強力な電子戦機を繰りだしてきたのか、レーダーをはじめとした電子機器は使いものにならない。

しかし、まだ手段はある。

「砲雷長。なんとしてでも叩きおとせ！　マニュアルでいい。誘導しようと思うな。自分の腕で当ててみせろ」

「オール・ウェポン、フリー。ファイア！」

「距離、二五〇、……二〇〇！」

「敵機、ミサイル投下。向かってくる！」

報告は、もはや絶叫だ。

「回避ぃ！」

目黒は叫びながら、異様な悪寒を覚えた。激しい目眩《めまい》と頭痛が襲ってきて、CI

C全体が歪んだように見えた。

それは目黒だけではなかった。ほかの者たちも、一様に異常を訴えている。ある者は何事かと左右を繰り返し振りかえったりし、またある者は口を半開きにして驚きながらも頭の整理をつけようとしたりしている。

だが、それらの声はいっさい聞こえない。CIC内はかなりの喧騒に包まれているはずだったが、不思議なことにいっさいの音、いっさいの声は遮断されていた。

それが数秒間続いた後、目黒の意識は薄れ、やがて無限の深さの海溝に飲み込まれるようにして消えていった。


標的は目前だった。

昔の雷撃機乗りなら常にこういった光景を拝んでいたのかもしれないと考えながら、航空自衛隊中部航空方面隊第七航空団第二〇四飛行隊所属の山田直幸一等空尉は操縦桿を握っていた。

このミサイル全盛の時代に、こういった肉薄攻撃を行なうなど破天荒極まりない。UAV（無人航空機）を盾にするという戦術がもたらしたものだが、それも実質的には世界初に違いないだろう。だが、こういった大胆な行動が今の成功に結びついている。

多機能液晶ディスプレイの一画に、兵装が表示されている。

制空戦闘機として運用されているF－15FXは、通常ならばＡＡＭ（Ａｉｒ　ｔｏ　Ａｉｒ　Ｍｉｓｓｉｌｅ＝空対空ミサイル）を選択しているものだが、それをＡＳＭ（空対艦ミサイル）に切り替える。

すでにＡＳＭ内蔵のレーダーも標的を捕捉し、攻撃可能を示す「ＡＴＴＡＣＫ」の文字がＨＵＤ（ヘッド・アップ・ディスプレイ）上に点灯している。

「いけ！」

異常が襲ってきたのは、そのときだった。

「ＡＴＴＡＣＫ」の文字がふいに薄らいだかと思うと、兵装のディスプレイが大きく歪んだ。Ｓ字を描くように表示全体が左右に揺れ、瞬間的にフラッシュして消えた。ほかのディスプレイも無事ではない。のきなみブラック・アウトして、いっさいの表示が消えていく。

「これは！」

異常はすぐに操縦系統にまで及んできた。

ＨＭＤ（Ｈｅｌｍｅｔ　Ｍｏｕｎｔｅｄ　Ｓｉｇｈｔ＝ヘルメット装着式照準装

置）が映しだすバイザー上の表示も、完全にでたらめなものになり、高度や速度を示す数字がすさまじい勢いで回転している。操縦桿もまったく反応がない。動くには動くが、機体が言うことをきかないのだ。ギアが外れて空回りしているところを、必死にシフト・チェンジしているような感覚だ。スロットルも同じだ。いくら開こうが、いくら絞ろうが、反応がない。機体は、ただ惰性で飛行しているかのようだった。

「駄目だ」

理由はわからない。だが、危機的な状況にあるのは確かだ。このままでは、攻撃がおぼつかないどころか墜落必至だ。

そう思ったとき、ふいに機体が加速したような気がした。ロールを打ったような気もしたが、はっきりと自分の手によるものかどうかの自信がない。

「なんだ？」

感覚が薄れ、視界が渦を巻くようにしてねじれたところで、山田の意識は完全に吹き飛んだ。

第三章　暴発の東アジア

二〇一八年七月五日　西太平洋

海上自衛隊第三潜水隊群第八潜水隊に所属する潜水艦『そうりゅう』が、深度二〇〇メートルの海中を南下していた。

『そうりゅう』は海自初のＡＩＰ（Ａｉｒ　Ｉｎｄｅｐｅｎｄｅｎｔ　Ｐｒｏｐｕｌｓｉｏｎ＝非大気依存推進装置）搭載潜水艦である。

シリンダーの外で媒体の加熱と冷却を繰り返しながらピストンへの吸排を行なうスターリング機関の働きによって、原子力推進機関を持たずしての長時間潜航が可能であった。

当然、原子力機関が発する特有の振動もなく、静粛性は抜群だ。静粛性と長時間潜航という二つの特性は、作戦行動の幅を画期的に広げたといっていい。海自はそうりゅう型潜水艦の取得によって、遠洋奥深くへの進出能力と、近海に長時間潜伏しての奇襲能力という二つの重要な作戦能力を獲得したのである。

だが、今『そうりゅう』の艦内は息苦しい鬱々《うつうつ》とした空気に包まれていた。

それは、長時間潜航を続けたために艦内空気が汚れたからではない。任務の特殊性がもたらしたことであった。すなわち、「硫黄島演習部隊が連絡を絶った。第八潜水隊の『そうりゅう』はただちに現場海域に急行し、状況を確認せよ」という命令である。

敵の攻撃？　事故？　海底火山の噴火などの天変地異の発生？

原因は様々考えられたが、直接的に結びつく情報を硫黄島演習部隊は発していない。

敵の攻撃にしろ、天変地異にしろ、なんらかの情報発信をして当然なはずなのに、である。

陸自は中央即応集団プラスアルファ、空自は一個航空団レベル、海自は二個護衛隊に二個輸送隊、それに潜水隊が一隊という大規模な兵力があった。とうてい普通の状況とは思えない。

さらに数時間前、驚愕すべき情報が長々波通信によってもたらされていた。

百里の偵察飛行を任務とする第五〇一飛行隊が急遽硫黄島に飛んだのだが、硫黄島そのものを見つけられなかったというのである。

硫黄島そのものが沈んでしまったのか。

――そんな馬鹿な。

乗組員は言い知れぬ不安を抱えながら、該当海域に向かっていたのだった。

「先ほどの電送写真を拡大観察させましたが、やはりなにも写っていません。残骸、救命ボート、油膜……漂流者の一人も見あたりません」

「うーん。そうか」

『そうりゅう』艦長末松亮二《りょうじ》二等海佐は大きくうなると、露骨に怪訝《けげん》そうな表情を見せた。

第五〇一飛行隊がミスしたとは言わないが、なんらかの痕跡がないかと、末松は期待していた。だが、写真に写っているのは変化のない海面だけだったのである。

「まいりましたねぇ。いやいや」

末松は第八潜水隊司令崎山輝生《さきやまてるお》一等海佐の視線を感じて、背筋を伸ばした。

口調が軽く親しみやすさを感じる末松に対して、崎山は無駄口がいっさいない冷静な男である。長身だが、分厚い眼鏡の奥から氷のような眼差《まなざ》しをぶつけてくる崎山は、研究室でフラスコをふっているほうが似合う男だ。「なんで彼が潜水艦なんかに」と思うのは、一人や二人ではないだろう。

崎山は顎をしゃくった。

そもそも『そうりゅう』の任務は、海中からの異変調査である。

上空から識別不能な現象でも、もしかすると海中からならなにかわかるかもしれない。そう、たとえば、沈んだアトランティス大陸のようなものならば。

『そうりゅう』は水中で最大二〇ノットの速力を発揮できるが、その半分ほどのゆっくりとした速度で進んでいく。

第八潜水隊は、そうりゅう型潜水艦の一番艦『そうりゅう』と二番艦『かいりゅう』から成るが、今回は『そうりゅう』単独での任務であった。

現代の潜水艦戦は、索敵、攻撃、航続力などの個艦性能の向上もあいまって、秘匿性と隠密性を重視した単独行動が基本である。

第二次大戦でドイツ海軍が採った集団戦術ウルフ・パック（群狼《ぐんろう》作戦）、すなわち一定海域に潜水艦を集めて、敵を見つけ次第、集団で襲いかかるという戦術は過去のものというわけだ。

「予定海域まで、あと五分です」

航海士の報告に、末松は振り返った。

「些細なことでもいい。異常はただちに報告せよ。某国の潜水艦が現われてもおかしくないから、そのつもりでね」

笑いを見せつつも、末松の表情は引きつっていた。そろそろなにか現われてもいいころだと思うのだが、なんの前兆もない。

「金属反応なし」

「特に報告すべき音源なし」

「潮流、水温異常なし」

報告は〝無〟を繰り返すばかりであった。乗組員の表情にも、焦りが見える。しきりに額の汗を拭う者がいれば、深呼吸を繰り返す者もいた。

不吉な予感が脳裏をよぎる。もしかしたら、硫黄島は敵の核攻撃を浴びたのではないか。それによって瞬時に消滅したとすれば、連絡がないのも説明がつく。

あれだけの大部隊を一瞬にして葬ることができるのは、核をおいてほかにない。核を使うとすればどこだ？　やはり、中国だろうか。

焦りは疑問を呼び、疑問は不安を駆りたてた。自分たちも、もしかするとすでに核魚雷に狙われているのではないか。

末松は落ちつきなく司令塔を行き来した。二歩行っては三歩戻り、三歩行っては二歩戻った。

「予定海域です」

「ソナー音異常なし。アクティブ・ソナー作動させます」

末松はこわばった表情でうなずいた。

独特のピンガー音が伝わってくる。これが相手から発せられたものなら死刑宣告の響きにも聞こえただろうが、そうでなくともこの異常事態の中ではなんとも不気味な音階に聞こえてしかたがない。危機感を助長するインターバルだからだ。

「おかしいです」

ソナー員がヘッド・セットを外して振り向いた。

「海底の隆起が見られません。まるで深海が連続しているような反応です」

「うそだろ?」

末松は思わず発した。自衛隊の幹部らしからぬ言葉だったが、それしか出なかった。言葉を選ぶ余裕は、今の末松にはかけらもなかった。

両眉を大きく吊りあげる末松の後ろで、分厚いレンズの奥に隠された崎山の瞳が鋭く光った。

航法を誤っていなければ、現在『そうりゅう』は硫黄島の北々西一〇海里ほどの位置にいるはずである。一〇海里、すなわち約一八キロメートルといえば海洋では目と鼻の先といっていい。陸地からそれほどの近距離であれば、急激に海底の地形は変化して水深が浅くなっていいはずだ。それなのに、ソナーはその痕跡を確認できないというのである。

海中での探索手段は唯一音を使ってのものだが、こうなるといよいよ最終手段を取らねばならない。

崎山は、大きく顎を上に振りあげた。「浮上せよ」の合図である。

「はっ。ふ、浮上します」

末松は深呼吸して応じた。

「潜望鏡深度まで浮上」

「潜望鏡深度まで浮上。メイン・タンク・ブロー」

「浮上します。深さ、潜望鏡深度」

ひとしきりの復唱の後、圧搾空気の作動音が伝わった。

全長八四メートル、全幅九・一メートル、水中排水量四二〇〇トンの鋼鉄の鮫が、首を振りあげて上昇していく。艦内気圧が変化し、耳鳴りが始まる。標高の高い山から下るときと一緒だ。

発展を続ける海自の潜水艦の中で、そうりゅう型は初のＡＩＰ（非大気依存推進装置）搭載艦であると同時に、最大の艦である。それでいて各種省力化を進めたために、乗員数が六五名と最小なことも特徴の一つだ。レスポンスも鋭い。操舵手のジョイ・ハンドル一つで機敏に動くのだ。

だが、まずは海面に飛びださないように慎重に上がる必要がある。上昇角を抑えめにして、『そうりゅう』は進む。

「深度一〇〇……八〇……五〇……潜望鏡深度です」

艦が水平に戻ったところで、操舵手が告げた。

「通信ブイ上げ」

「敵性レーダー波なし」

「よし。潜望鏡上げ」

末松は崎山を一瞥《いちべつ》して命じた。するするとのびる潜望鏡に取りつく。

今も昔も潜望鏡は、海中をゆく潜水艦にとっては海上の様子を知る唯一の手段であるが、それは同時に大きな危険を冒すことを意味する。たとえわずかな大きさとはいえ、なにもない海面に棒状のものを曳くという行為は、想像以上に目立つからだ。

　航跡を曳くこともさることながら、すでに第二次大戦のころから潜望鏡の先端はレーダーで探知可能なものになっていた。敵を見るということは、同時に敵にも見られるということを覚悟しなければならないのである。そのため、素早くかつごく短時間で観察する必要があった。

　末松は首を二、三度横に振って、恐るおそる顔を近づける。

　海面の飛沫がまず目に入った。

「…………」

「海面まで浮上せよ」

　末松のうなだれた様子に、崎山が命じた。報告を聞かずしてもわかる、有無を言わせぬ崎山の口調だった。

　ふたたび『そうりゅう』の巨体が動きだす。が、その動きは一段と緩やかだ。状況が不明確なからには、派手な行動は慎まねばならない。したがって、艦の傾斜も緩やかだ。

『そうりゅう』は海面を押しあげるようにして、海上に姿を現わした。左右に流れた海水が、海面に帰結していく。

「これは?」

ハッチを開けて艦外に出た面々は、一様に愕然とした。あたり一面、洋上の真っ只中そのものだったのである。

摺鉢山を枕に見たてた平坦な布団のような硫黄島は、どこにもない。前後左右とも水平線にいたるまで、陸地らしきものはまったく見あたらない。

GPS(Global Positioning System=全地球測位システム)を再度確認してみても、位置に狂いはない。今、自分たちが立っている箇所は、たしかに硫黄島があったところなのだ。

その後、『そうりゅう』は周囲五〇海里四方にわたって海上海中の探査を行なったが、なに一つ有用な情報は得られなかった。

陸海空自衛隊の人員一人にしろ、装備や物資の一つはおろか、海底の異常な隆起や沈下、硫黄島の痕跡、そのどれ一つとして確認できなかったのである。

忽然と消えた硫黄島——その原因が新兵器の秘密実験にあったのではないかという噂もささやかれたが、政府、防衛省はその真相をひた隠しにしたまま、〝不幸な災害〟として事件の幕引きをはかっていったのだった。

いっさいの情報を隠匿して、時の流れの中に事件をもみ消す。それが政府、防衛省の取った対応だったのである。

二〇一九年七月一日　東シナ海

東シナ海は燃えていた。轟音《ごうおん》が空いっぱいに響きわたり、海上には無数の航跡が絡みあっていた。海空を闊歩しているのは、中国海空軍の艦艇と航空機である。

日本政府が、地殻変動による〝不幸な災害〟と消極的に発表した「硫黄島事件」から一年が経とうとするころ、東アジアの緊張はおさまるどころかますます緊迫の度を増していた。

一年前、日本が陸海空の一大戦力を投入して周辺国、特に韓国や中国を牽制しようとしたのが硫黄島大演習だったが、今度は中国軍が東シナ海に大集結してその戦力を誇示しようとしていたのである。

目的は簡単明瞭だ。日本に対して、海洋境界線と尖閣諸島の領有権についての譲歩を迫るためだ。もっとはっきり言ってしまえば、脅迫と言っていい。これ以上要求を拒否するならば、実力行使も辞さないという脅しなのだ。

もちろん、位置的には異なるが、自分たちにも天災が降りかかるのではないか、その恐れはないのか、といった意見もあっただろうが、なにかにつけて強行突破が好きなお国柄である。

　おそらく、そういった意見は次のように一蹴されたに違いない。

「天災を恐れるなどとは、ありもしない幻影に恐怖することに等しい。また、仮にそのリスクがあったとしても、ここで演習を実施することはそのリスクを補ってあまりある国益をもたらす。もちろん、それ以前にそういった意思がありさえすれば天災さえも我を避けてとおるだろう」と。

　そういった自尊心の塊《かたまり》というのが、中国の本質なのだ。

　その中国軍の一画に、ミサイル駆逐艦『瀋陽《シンヤン》』があった。

『瀋陽』は二〇〇七年に就役した旅州《ルーチヨウ》型駆逐艦の二番艦である。

　全長一五五メートル、全幅一七メートルの艦体は、海自の汎用護衛艦たかなみ型に匹敵するものであり、ＳＡ－Ｎ－２０ＳＡＭ（Ｓｕｒｆａｃｅ ｔｏ ＡｉｒＭＩｓｓｉｌｅ＝艦対空ミサイル）用ＶＬＳ（垂直発射機構）六基、ＹＪ－８３ＳＳＭ（Ｓｕｒｆａｃｅ ｔｏ Ｓｕｒｆａｃｅ Ｍｉｓｓｉｌｅ＝艦対艦ミサイル）四連装発射筒二基、一〇〇ミリ単装砲一基、三〇ミリＣＩＷＳ（Ｃｌｏｓｅ Ｉｎ Ｗｅａｐｏｎ Ｓｙｓｔｅｍ＝近接対空防御火器）二基の兵装を有し、このほかに艦載ヘリ一機の搭載が可能である。

巨大な箱形の艦橋構造物と独立した塔状の後檣を特徴とする艦容は、アメリカのものとも欧州のものとも違う中国独自のステルス・デザインだったが、随所に甘さも覗いているのが事実だ。

そのため海自やアメリカ海軍は、この旅州型駆逐艦のステルス性は限定的なものと見ていた。


「昔日の怨念を今こそ晴らしてくれようぞ」

『瀋陽』艦長張《チャン》鉄中《ティエツォン》校《シアオ》（中佐）は、一人つぶやいて口元を引き締めた。

張は二〇世紀半ばの日中戦争を直接経験した世代ではない。父や祖父から伝え聞く世代でもない。張は中国が経済成長を背景に「大国」を目指す中で、急速に台頭したナショナリズムに感化されて育った世代であった。

二〇世紀末から二一世紀初めにかけて、中国は驚異的なまでの成長を遂げた。工業生産力は飛躍的に高まり、ＧＮＰ、ＧＤＰも続伸した。

だが、急激な成長は様々なひずみを生んだ。大気汚染をはじめとする各種の環境問題や官僚の腐敗、特に地方と都市部との貧富の差拡大などである。

そういった国内問題をカムフラージュするために、様々な王朝や政府が歴史的に繰り返してきた策が、対外脅威のアピールだった。外敵の存在は国民の結束を生む。

この時代の中国も、まさにそうだった。また、社会に鬱積《うっせき》した不満のはけ口として、若者は熱狂的なまでにナショナリズムに傾倒した。政府の情報操作のかいもあって、若年世代は、中国に巣食う社会問題は国や政府の責任ではなく外的な問題であると信じ込まされていた。

その結果、「国は正しい。国を愛せ。立ちはだかる者は敵だ」と声高《こわだか》に叫び、仲間を募った。集団心理というのは恐ろしい。一人や二人で主張しているうちならまだしも、一〇人、二〇人と人数が多くなると、まったく歯止めが利かなくなる。はじめは誇張して言っていたつもりの言葉が、いつのまにか疑う余地のない〝真実〟に早変わりしてしまうのだ。

また、当然ながら、行動も大胆で派手なものに変わっていく。一人二人のうちは控えめに発していた声も、次第に大きくなり、奇声が混じるようになり、最後には暴力行為に発展していくのだ。

そのいい例が、日本大使館への度重なる投石行為だ。表向き中国政府はこうした民衆の行動を戒めるふりをしていたが、それが単なる形式上のことでしかないのは誰の目にも明らかだった。

「我が国の資源と権益を奪おうとする日帝の暴挙を、許すわけにはいかん」

張は狂気じみたセリフを発した。

もはや冷静に思考できる状態ではなかった。自分が右傾化していることなどまったく気にならずに、思うこと信じることがすべて正しいと、一方的に凝り固まっている張だった。

航空機の爆音が頭上から響き、轟々と艦隊が進む。目指すは太平洋の大海原だ。

これら大部隊の東進する様子は、「ここは中国の海なのだ」という無言の意思表示にほかならなかったのである。

二〇一九年七月三日　小松

勢いよく扉が開くなり、男たちの駆ける音が連なった。

「着上陸、侵攻!?」

誰もが耳を疑っていた。

日増しに危機が高まっているのを感じてはいたものの、七〇年以上も本格的な戦争を経験していない日本は、「砲煙弾雨の世界は、自分たちの世界とは違う」「外敵の脅威が間近にあって命の危険に晒《さら》されるというのは、どこか遠い世界のものでしかない」という認識を捨てきれていないのが実情だったからだ。

より正確にいえば、そういった戦争に対する危機意識に、鈍感というよりはそう感じたくないという逃避的意識が、潜在的に働いていたといってもいいかもしれない。

だが、ここ小松の第六航空団第三〇三飛行隊のパイロットたちは、心の準備いかんにかかわらず、否応なしにその対応にあたらなければならなかった。

しかも、パイロットたちを困惑させている理由は、ほかにもあった。大規模な軍事行動に出ようとしていたのは、中国だったはずである。ところが、敵の奇襲を受けたのは、東シナ海の尖閣諸島や先島諸島ではなく日本海の対馬だというのだ。

「韓国軍の空挺部隊が、電撃的に侵攻してきただと？　そんな馬鹿な」

「西部航空方面隊は、なにをしていたんだ？」

「海自も海自だ。日本海にはミサイル防衛のイージス艦が常時配備されていたんじゃなかったのか。舞鶴には地方隊もいるだろうに」

「全部東シナ海だよ。揃いも揃ってな。艦艇も航空機もすべて南西に出払っていて、がら空きになったところに攻め込まれたってわけ」

「韓国軍もえげつないな」

「それを許した俺たちが不甲斐ないだけさ」

「くそっ」

たしかに真実はそうだった。

海自と空自の目が東シナ海の中国軍に釘付けになっている間隙《かんげき》を縫って、韓国軍は奇襲をかけてきたのである。公式なコメントはまだ日韓両政府からも出ていないが、おそらく韓国政府としても居留民保護や権益保全、あるいは先に撃たれたなどとでっちあげ、いくらでも言い訳を用意していることだろう。真の理由が、国内の閉塞感打破だったとしても。

海自は主力の護衛艦隊と潜水艦隊が南西方面にフル出動していたため、たまたま付近にいた舞鶴の地方隊所属の護衛艦一隻を急派したようだが、攻撃型潜水艦複数の存在を確認してあわてて逃げかえってきたらしい。すでに対馬周辺の海域は、韓国海軍に押さえられていたからだ。

「こんなことはありえない。海も空も、我が国の防衛は鉄壁のはずだったのに」

ある防衛省幹部のコメントだが、いつの時代にも現実に目を背《そむ》ける者はいる。机上のシミュレーションは、しょせん自分たちの描いた想定内のものでしかないからだ。

ここ数年間、日韓の対立が先鋭化すればするほど漁夫の利を得るのは中国だという見方があったが、今回は逆に韓国が中国の動きを利用したわけである。

こうなってくると、中韓が裏で結託して動いているのではないかという疑問が湧くが、ここまで鮮やかな連動となるとさすがに単独別々では不可能に近い。ならば、中韓の間になんらかの密約があると考えるのが妥当であり、それがおそらく真実だろう。

こういった中韓合同の動きも、〝想定外〟だったのだ。

「ついに始まっちまったぜ。山田よ。この大事なときに、お前は本当に海に消えてしまったのかよ」

第六航空団第三〇三飛行隊に所属する広田功司一等空尉は、タキシングする愛機の中でつぶやいた。

広田がこの小松に移ってきた直後に、元いた百里の第二〇四飛行隊は硫黄島大演習に参加して、全員が戻らなかった。もちろん、広田の親友であった山田直幸一尉もだ。

硫黄島そのものが消失してしまった事実を認めつつも、山田だけはそのうちひょっこり現われるのではないかと心のどこかで期待していた広田だったが、そうこうしているうちに一年の月日が流れて、今日この運命的な一日を迎えてしまっている。

硫黄島事件からちょうど一年というのも、皮肉なものだ。

「とにかく正義は守る。不当な要求には断じて屈しない。韓国だろうが中国だろうが、我が国の平和を脅かそうとするものは、絶対に許さない。俺は戦うぞ。山田よ」

法と正義の女神「テミス」をコール・サインに持つ広田は、自分自身を鼓舞《こぶ》する意味でつぶやいた。

飛行隊長機を先頭に、一機二機と僚機が離陸していく。次はいよいよ広田の番だ。

「針路クリア。Ｇｏ！」

「テミス、出るぞ」

管制官の声に、広田は短く応えた。

スロットルを開き、エンジン回転を上げる。吹けあがりは滑らかだ。これも、機付きの整備員たちが日常の手入れを完璧にこなしてきた証拠だ。

金属質の高音があたりに響き、視界が急激に流れだす。尾部の双排気口が最大断面積に開き、アフター・バーナーの炎が大気を焦がす。

強烈な加速に広田の身体はシートに押しつけられるが、対Gスーツが過度な負荷を押さえ込んでくれる。

「テイク・オフ！」

豪快な排気口を残して、広田が操るF－15FXは空中に飛びあがった。大地を蹴り、蒼空を目指す。何度も繰り返し経験してきたことだが、今も初心と変わらない高揚を覚える瞬間だ。

しかし、今日はいつもとは違うのだ。国籍不明機を領空外に押しやることでも、ましてや定例の飛行訓練でもない。自分たちは実戦の場に向かっているのである。

高まる鼓動を鎮めつつ、広田は気を引き締めなおしていた。

「こちらハリケーン。全機付いてきているな」

飛行隊長川中純二等空佐から、無線が入った。

「テミス、音声クリア」

「ニオウ、音声クリア」

広田のウィングマンを務めるコール・サイン「ニオウ」こと植田保三等空尉も、広田機のすぐ後ろに占位していた。敵と遭遇するまでは、翼が触れんばかりの密集隊形で飛行するのが基本だ。

「ブリーフィングで説明したが、念には念を押して再確認だ。俺たちの任務は敵の出方を窺うことである。決して着上陸した敵を殲滅《せんめつ》することや、後方の脅威を取りのぞくことではない。まずは必要以上の戦闘は避けるべしというのが、安全保障会議が下した結論だ。わかったな」

「ラジャ」

「ラジャ」

了解を示す男たちの声が重なった。

日本の防衛は、総指揮官を内閣総理大臣と定め、外務大臣、財務大臣、内閣官房長官、国家公安委員会委員長、防衛大臣らで構成される安全保障会議で、各種の方針や対応が決定される。

日中戦争での旧陸軍の暴走を教訓としたシビリアン・コントロール（文民統制）のために、基本的に制服組（自衛官）は政治に関与することができないことになっているのだ。

戦略的な大方針は安全保障会議で決定され、現場の自衛官たちはそれに絶対服従することが望まれているのである。

「テミスよりハリケーン。自分からも確認しておきたいことがあります」

広田は切りだした。

「敵を発見した場合、先に攻撃してもよろしいでしょうか」

「………………」

川中は、すぐには答えなかった。

答えは決まっているが、それを言葉にするのに苦心している様子が広田にもわかった。

川中はなお数秒の間を開けてから、答えた。

「管制官から指示がくるだろうが、そうでない場合は、攻撃許可は俺が出す。指示が曖昧な場合は、攻撃する、しないは、俺が判断するから安心して任務に励んでくれ」

「隊長機と連絡がとれない場合や、離れてしまっているときはどうしますか」

広田はなお迫った。陸戦や海戦ならまだしも、三次元の機動でなおかつ高速で展開する空戦に関しては、指揮官が戦闘空域の状況をリアルタイムですべて把握することは、甚《はなは》だ困難と言わざるをえない。いや、現実的には不可能といってもよく、個々のパイロットに判断がゆだねられるケースが必ず出てくるのだ。

それを見越して、広田はこの場ではっきりさせておきたかったのだ。

「そうだな。俺の目が行き届かない場合は……」

川中は軽いため息を漏らした。

「俺の目が行き届かずに、個人の判断になった場合は、……不可だ。ROE（交戦規定）は変更されていないからな。敵から攻撃を受けない限り、こちらから攻撃を仕掛けることは許されない」

「そんな」

思わずあがった声は一つや二つではなかった。「そんな馬鹿な」「そんな悠長なことを」などと、疑問や不満を表わすうめきがこだました。

敵から攻撃を受けた場合にのみ、はじめて攻撃が許される。つまり認められるのは反撃だけである――それがシビリアン・コントロール下で自衛隊に長くはめられてきた足かせであった。

しかし、それは戦争の永久放棄をうたった憲法の下で、日本が平和で独立した歩みを続けられていたからこそ成立する考えではなかったのか。

展開の早い空戦では、先手必勝が鉄則だ。各種兵器の誘導性能および追跡機能は日進月歩しており、一度食らいつかれたらそれを引き離すのは容易ではない。そのために、敵に発見されにくくするステルス技術が世界的に研究され、また、より遠くの敵を、より正確に撃破する兵器の開発が進められてきたのではないのか。アメリカ空軍の主力戦闘機F－22ラプターも、そのステルス性を生かした先制発見と先制撃破を基本戦術としているのだ。

この期に及んでまだ上《うえ》はそんなことを言っているのかと、広田や植田ら各パイロットは失望を隠せなかった。

「すまんな」

川中は申し訳ないとばかりに、ぽつりと言った。

空自の幹部とはいえ川中は現役のパイロットであり、自ら操縦桿を握って最前線に出撃する立場でしかない。

不条理な交戦規定を押しつけられるパイロットの苦悩は、誰よりもわかるつもりだった。

「とにかくだ。自分の命は大切にしろ。一五〇億（円）の機体を捨てることになっても、それについてとやかくは言わせん。そこは俺も譲るつもりはない。それはわかってくれ」

「ラジャ」

広田は応じた。

川中は、サラリーマン社会でいう中間管理職の立場だ。上の言うことは絶対であるが、それと同時に下の者たちの主張にも耳を傾けねばならない。いわば、板ばさみになる指揮官なのである。能力のない者であれば、ただ一方的に上の命令を下に押しつけるだけで、隊内に不満が鬱積《うっせき》して士気を著《いちじる》しく低下させることだろう。

だが、少なくとも自分たちの指揮官はそうではない。難しい立場にありながらも、部下のことをよく案じてくれていると、広田は好意的に解釈した。

あとは、許される範囲で、できるだけのことをするだけだ。

「当然だが、対馬周辺には敵戦闘機が進出している。充分注意してかかれ」

「こちらモーメント」

川中の言葉に前後して、福岡・春日の西部航空警戒管制団から連絡が入った。

AWACS（Airborne Warning and Control System＝空中早期警戒管制機）は敵戦闘機の追撃を受けてすでに避退しているため、三〇三空の誘導と管制は福岡・春日の西部航空警戒管制団が代わりに実施してくれるのだ。

もっとも、管制団の「かんせい」は「かんせい」でも、「管制」ではなく「慣性」といえるかもしれない。下手なジョークだが、緊迫する戦場の中で、考えようによっては緊張をほぐすいい材料であろう。

「敵機は対馬東方を周回中。確認されているのは二機、いずれも戦闘機と思われる。会敵まであと三分ほどの見込み。オーバー」

小松を飛びたったF－15FX八機がゆく。

今回は奇襲が目的ではないので、自機のレーダーははじめから作動させている。おそらく敵もそうだろうから、遭遇戦の可能性は少ないだろう。

警戒管制団のフォローがあるから敵を見つけ損なうということはないだろうが、確実に敵を見つけてその出方を見極めなければならない。戦闘ではなく、敵の規模と対応を見るのが、今回の目的なのである。

そもそもレーダーを、作動させる、させないというのは、ステルス機あるいはそれに近い環境にある場合の問題だ。自機のレーダー波を探知されることを恐れてレーダーをオフにしていても、敵のレーダーに探知されてしまえば本末転倒である。

（敵がどの程度本気なのかは、すぐにわかる）

会敵は、対馬の北東五〇海里にさしかかったところだった。

「タリホー」

「タリホー」

敵機発見を告げる報告が、無線にのって飛び交った。レーダー・ディスプレイに、はっきりとそれとわかる輝点が現われた。

わずかに遅れて、敵レーダー波も受信される。戦闘機ならそのレーダーの出力に大きな差はないはずだが、日韓のレーダーの性能にあまり差がないということか。少なくとも、探知距離は同等のようだ。躍進する韓国の弱電技術が、日本のレベルに追いついてきたのかもしれない。

「モーメントより全機へ。敵戦闘機はまっすぐそちらに向かっている。数は二機。いや、一機増えた。三機向かっている。敵機数は三機。速力は……」

管制官が息を呑むのが、わかったような気がした。速力がマッハ二を超えているようだ。韓国空軍の保有機でその高速を出せる機といえば、一つしかない。F－15Kだ。

これは空自のF－15FXのベース機となったF－15Eストライク・イーグルに、韓国製のソフトウェアや電子機器を搭載した機、すなわち兄弟機である。なかなかの強敵だ。

が、すぐに広田は気持ちを切り替えた。自分たちが操縦するF－15FXは、アドバンスト・イーグルという名のとおり、F－15の集大成ともいえる最終発展型の機なのだ。しかも、目的を制空戦闘の強化にしたため、開発の主眼は空対空戦闘能力の向上に置かれているのである。

つまり、機体性能では明らかにこちらが優るはずだ。それになにより、敵がどうであろうと、自分の腕を信じるしかないのだ。そう覚悟を決める広田だった。

彼我《ひが》ともに電子戦機は出撃していないようだ。レーダーに乱れはなく、電子機器は好調そのものである。

「ドロップ・ザ・タンク」

飛行隊長川中二佐から、増槽を切り離すよう指示が飛んだ。空力学的に妨げになるものは、今のうちに取り去っておく。いよいよ戦闘モードに突入するからだ。

「スリー、トゥー、ワン……！」

主翼の付け根付近に懸吊《けんちょう》されていた六〇〇ガロンの容量を持つ増槽八個が、いっせいに切り離された。

残燃料を白い霧状に噴きだしているものもあるが、この際やむをえない。

予算の無駄使いになろうとも、機体や人命を失うリスクをかぶるよりははるかにましである。

また、近海での戦闘なので、戦闘機動での過剰な燃料消費を考慮しても、帰投に見合うだけの燃料は十二分にある。

広田は加速が増したのを感じた。いくら形状を工夫してあるといっても、ＡＡＭ（Ａｉｒ　ｔｏ　Ａｉｒ　Ｍｉｓｓｉｌｅ＝空対空ミサイル）の四、五倍も大きい増槽は、それだけ激しい空気抵抗をもたらしていたのである。

燃料はいいとして、次は兵装だ。

「ウェポン・チェック」

問題ない。いける。

が、そこまでだった。先制攻撃を禁じる交戦規定ＲＯＥがある以上、たとえ有利な状況にあっても自分から攻撃を仕掛けることはできないからだ。こちらが先にロックをかけても、ＡＡＭを撃ち込むことはできないのである。

「ちっ」

広田は舌打ちして、「撃つなら撃ってこい」とばかりにレーダー・ディスプレイに視線を流した。

距離は急速に縮まっている。互いにマッハ二で飛行すれば、一分間に約八〇キロメートル詰まる計算だ。

敵は撃たない。まだ撃たない。

「来た！」

敵がＡＡＭを放ってきたのは、彼我の距離が二万メートルに迫ってからだった。距離からして、ＩＲ（赤外線）ホーミング式のＡＡＭではなく、アクティブ、もしくはセミ・アクティブ・レーダー・ホーミング式のＡＡＭと思われるが、ここまで接近してからの発射ということは、誘導精度に信頼がもてない証拠だ。

（これなら躱《かわ》せる）

そう思ったとき、管制官から待望の連絡が入った。

「モーメントよりハリケーンへ。攻撃を許可する。繰り返す。攻撃を許可する」

「ブレイク。ファースト・アタック。Ｇｏ！」

「言われるまでもない」と、飛行隊長川中二佐から即座に指示が続いた。自分たちは、敵の一撃を受けた。反撃の許可はそこで自動的に出たわけだ。

「こうでなくちゃ（いけない）」

広田は勢いよく操縦桿を左に倒した。

僚機も次々と機体を翻《ひるがえ》している。八機のＦ－15ＦＸが左右に四機ずつ、またその四機がさらに二組のエレメント（二機編隊）に分かれていく。まるで孔雀が羽を広げたような美しい機動は、遠目に見れば感嘆の吐息を漏らすものかもしれない。

「裁きの一撃を受けるがいい」

広田は中射程空対空ミサイルＡＡＭ－13の発射ボタンを押した。

ＡＡＭ－13は、空自の装備する主力の中射程ＡＡＭである。慣性飛行とレーダー・ホーミングで撃ちっぱなしが可能な一方で、射程は五〇キロメートル、最大速度もマッハ三・三だからそれほど見るべきものはない。

それでも、ＡＡＭ－13の最大の売りはその強力な対電波妨害性にあった。弾頭に新開発の小型ＥＣＣＭ（Ｅｌｅｃｔｒｏｎｉｃ　Ｃｏｕｎｔｅｒ　Ｃｏｕｎｔｅｒ　Ｍｅａｓｕｒｅｓ＝対電子対抗手段）を組み込んだことによって、終端誘導時においても固有の高い妨害性能を発揮でき、出力も小型機なみだ。

速力の低下は、その内蔵ＥＣＣＭのせいで弾頭が大型化して空力性能が悪化したためらしい。だが、そのおかげで、テスト結果では電子戦でこのＡＡＭ－13を躱すのはほぼ不可能との結論に至ったという。

なんでも、民間の開発元が海自の一四式艦対空誘導弾を開発したメーカーと同じであり、ＳＡＭ用に開発されていたＥＣＣＭが先行して小型化され搭載されたとの情報もあるが、それが真実かどうかは定かではない。

胴体下に懸吊されていたＡＡＭ－13が点火し、まばゆい炎を発して突進していく。早朝の弱い光りを押しのけて、黄白色の光跡が前方に伸びていく。

それを横目に、広田は再度機体をひねった。主翼が垂直に立ち、視界が急転する。朝焼けの赤い空が右側に移り、代わりにそれまで見えていなかった海面が左側に姿を現わす。

接近戦を挑んで確実に敵を仕留めたいところだが、まずは迫りくる敵ＡＡＭの脅威を振り払うことが先決だ。

敵は一機あたり二発、計六発の中射程ＡＡＭを放ってきたようだ。こちらは総勢八機であるから、八分の六すなわち七五パーセントの確率で自分が狙われていることになる。

「ニオウよりテミスへ、二発来ます」

「ラジャ」

（確率どおりか）

端数はありえないので、広田とサポート役の植田に向かってくるＡＡＭは一発ないし二発のはずだが、そのとおりの二発が向かってくるようだ。

「振りきるぞ！」

「ラジャー！」

今度は広田の声に、植田が応じた。

まずは旋回しつつ様子を見る。緩やかに左旋回してみたが、敵ＡＡＭはそのまま追随してきた。ファイター・パイロットの常識といえば常識だが、ＡＡＭの誘導機能を惑わすにはやはりぎりぎりの挙動が必要だという証拠だ。いちかばちかではあるが、引きつけて対処せねばならない。

「テミスよりニオウ。チャフ散布用意」

「ラジャ」

緊迫した空気が流れる。鼓動が高鳴り、体温が一、二度上がったような熱さを感じる。

「スリー、トゥー、ワン。ナウ！　フォロー・ミー！」

広田はレーダー・ホーミングを撹乱する欺瞞《ぎまん》の金属片をばら撒いて、急旋回をかけた。

植田も続く。

狙いは目標のすり替えだ。自機にかけられた敵ＡＡＭのロックを外し、それを代わりの欺瞞体にすり替えるのだ。

（いったか！）

早朝の薄暗い空を目もくらむ閃光が刺し貫いたかと思うと、次いで腹にこたえる轟音が背後から押し寄せた。欺瞞体にかかったＡＡＭが、誤爆したのだ。

だが、安心するのはまだ早い。躱せたのは一発だけで、残りの一発は変わらず追随してくる。

（しつこい奴だ）

広田としては、せっかく目の前に張りめぐらせたシールドが、目を剝《む》いた敵に簡単に破られたかのような印象だった。

状況はさらに悪化する。福岡・春日の西部航空警戒管制団からの続報だ。

「モーメントより全機へ。はじめの三機のうち二機は撃墜。繰り返す。二機撃墜。北方より新手。機数五機。警戒せよ、警戒せよ」

（警戒って言ったたってよぉ！）

広田は心の中で、罵声を漏らした。

すでにＡＡＭに追いかけまわされている身としては、新たな脅威に対処する余裕などない。まず目前の脅威を振り払うのが優先で、それまでに新たな脅威が発展しないことを願うだけだ。しかし、手をこまねいているだけではそのリスクも高まる。

「テミスだ。ニオウ、聞いているな」

自然に口調も早く雑になっているが、要点だけ伝われば、まずはいい。

「左に行け。俺は右に行く」

「ラジャ」

咄嗟《とっさ》に広田は命じた。

簡単な数の論理だ。敵のＡＡＭが一発だけならば、二機いるうちのどちらかは逃げられる。ほかの僚機がどういう状況にあるか把握する余裕はないが、自分か植田か、どちらかだけでも次の行動に振り向けたい。

「Ｇｏ！」

広田はやや時間差を置いてラダーを蹴り、操縦桿を傾けた。

「よし」

レーダーの反応を確認して、広田はほくそ笑んだ。

広田の真の狙いは、敵ＡＡＭを自分に引きつけることなのだ。大きく右に弧を描く自機を追って、敵AAMが追随してくる。

（付いてこい。付いてこい）

広田は心の中で念じながら、機体をひねった。背面飛行に移りつつ、スロットルを戻して操縦桿を引きつける。失速すれすれのきわどい機動だったが、F－15FXの限界は、ネジ一本、ボルト一つのレベルまで把握しているつもりだった。

視界は完全に逆転している。今まであった薄暁の空が裏返しになった機体の陰に隠れ、朝日が映り込む紅い海面が頭の先に横たわる。

広田機は急降下に入った。バイザー上に投影された高度を示すデジタル数字が、狂ったように変化していく。

高度一万から八〇〇〇へ、八〇〇〇から五〇〇〇へと加速度をつけて降下するのは、敵AAMもいっしょだ。

広田機と敵AAMとが、一本棒のようになって海面へ突きすすむ。そのままいけば海面に激突し、機体はばらばらになる。広田の肉体は、瞬時に圧縮して原型をとどめることなく即死するだろう。

恐怖感も加速度的に増してくるが、広田は強靭な意志で自分を見失わなかった。

「今だ！」

視界いっぱいに海面が広がったところで、広田は力まかせに操縦桿を右に倒した。恐ろしく重いが、左右両手で機体を押すように全力を込めた。

「正義は必ず勝つ。いけえ！」

広田はロールをうって、機体を横向きに投げだした。すさまじいGが肉体を襲ったが、辛くもそれを耐え抜いた。並のパイロットならここで意識を消失し、機体もろとも海上に砕け散ったであろう。ブラック・アウトと呼ばれる症状によってだ。

視界の一画に炎が躍った。大量の水飛沫がバイザーに映り込み、敵ＡＡＭを示す輝点がディスプレイ上から消失した。

「やった」

「タリホー。ナイン・オクロック・ハイ」

ようやく敵ＡＡＭを振りきったと思うのも束の間、息つく暇もない報告の声だった。

声の主は植田である。コール・サインの「ニオウ」さながらに睨む双眸《そうぼう》が、新手を捉えたか。九時の方向、上方に敵機を発見したとの報告である。

「こちらテミス。ニオウ、単独か。今行く」

広田は機体を立てなおして、機首を振りあげた。スロットルを開き、爆発的な推力を呼んで、ふたたび機体を高空に引きあげる。

オリジナルに比べれば、実に五割増しとなる最大推力一万六〇〇〇キログラムを誇るF－一二二－IHI－一〇〇の咆哮が海上に轟《とど》き、タービン音が耳の奥まで響く。

(平和を乱す者は、絶対に許さん)

が……。

「その必要はない」

今度は飛行隊長川中二佐の声だった。

「全機引きあげだ。衛星情報だが、敵の増援がさらにやってくるらしい。我々の任務は、あくまで敵の出方を窺うことだ。もう充分だろう。これ以上の戦闘は無用だ」

「隊長……」

「ここまで来て」

パイロットから上がる声には、どれも無念さが滲《にじ》みでていた。

自分たちはこれほどまでに無力だったのか。自国の領空に侵入した敵に対して、尻尾をまいて逃げださねばならないのか。誇りと自信がずたずたに引き裂かれる思いだった。

「残念だが、航空優勢は敵にある。いったん退いて、策を練らねばなるまい」

悔しさを押し殺して、川中は言った。

八機のF－15FXが、次々と機体を翻《ひるがえ》す。

朝日は水平線を離れ、海上は燦々《さんさん》とした陽光に満たされようとしていた。

だが、川中、広田、植田ら三〇三空の面々、ひいては日本全体にとって、これほどまでに忌《いま》まわしい一日の幕開けはなかったといえる。

雲は少なかったが、海上には強風が吹きつけ、またうねりも高かった。

広田らにとっては、それは今後待ち受けているであろう苦難の日々の象徴のようだった。

同日　日本海・竹島沖

対馬周辺の航空優勢が韓国空軍の手中に落ちているころ、海中にも太極旗を背に目を光らせている者がいた。２１４型潜水艦『チョンジ』艦長朴雲在《パクウンジェ》中佐である。

「ほう。実際にこんなこともあるんだな」

ソナーが二軸の推進器音をキャッチしたとの報告に、朴《パク》は他人《ひと》ごとのように吐息を漏らした。

推定速力は一六ノット。民間船にしては早すぎる。ソナーが捉えた艦艇は、十中八九ターゲットとする艦だった。

『チョンジ』は韓国海軍自慢の最新型潜水艦214型の二番艦である。海自のそうりゅう型潜水艦と同じく、原子力推進機関を持たずして長時間潜航が可能なAIP（非大気依存推進装置）を装備しているのが特徴だ。

金属に蓄えた水素燃料と液体酸素を反応させてモーターへの動力エネルギーを得る燃料電池式AIPの働きで、竹島西方に長い間潜んでいた『チョンジ』だったが、開戦の知らせから間もなく対馬方面への南下を命じられた。

対馬には夜明け前に自軍の空挺部隊が電撃降下し、事実上支配化に置くことに成功した。

日本軍（彼らの言う自衛隊）はすかさず水上艦を繰りだしてきたものの、こちらの潜水艦隊の存在を知って泡を食うようにして逃走したという。

『チョンジ』はその水上艦の捕捉と撃沈を命じられていたのであった。

しかし、「言うのは易し、行なうのは難《かた》し」というのはまさにこのことで、いかの海上艦であっても広大な洋上ではほんの点にすぎない。そのため、洋上の海戦というものは本来双方が相手を探しあって成立するものであり、遭遇戦というのは宝くじに当たる確率のようなものなのである。

もちろん、第二次大戦時に比べれば、偵察衛星やGPS（全地球測位システム）の利用によって、その確率が飛躍的に高まったことも確かだ。

しかし、朴だけではなく、命令を出した司令部もまた、〝当たればもうけもの〟程度に、この任務を考えていたのが事実だったのだ。

が、その宝くじが、見事に当たってしまったのである。広い日本海の一点に、『チョンジ』と敵艦は針路を交差するようにしてぶつかったのだった。

「潜望鏡深度に浮上！　浮上後ただちに潜望鏡上げ」

朴は命じた。

全長六五メートル、全幅六・三メートル、水中排水量一八六〇トンの『チョンジ』の艦体は、海上自衛隊のそうりゅう型潜水艦に比べればひと周りからふた周りほど小さいが、省力化と自動化が徹底されたことで、そうりゅう型の半数以下の二七名で運用できる。それだけ一人あたりの役割も重くなるが、逆に言えば意思疎通がスムーズになり、不徹底や伝達ミスのリスクも少なくなるというものだ。

また、そういった見た目の性能だけではなく、操作性やレスポンスも旧型潜水艦とは比較にならないくらいに良好だった。

エレベーターに乗ったような浮揚感を覚えつつ、艦はぎくしゃくすることなく上向きから水平に戻った。

するすると潜望鏡が海面に突きでていく。潜水艦にとって、もっとも危険な時間帯の始まりである。

高性能の水上レーダーであれば、海面上にわずかに顔をのぞかせた潜望鏡でもキャッチすることは容易であり、また潜望鏡が曳くかすかな白い航跡も上空から見ればはっきりとわかる。

そのため、せっかく海上の様子を探るのだからゆっくりと入念に調べようという発想はもってのほかであり、優秀な潜水艦長であればあるほど、観察する方位を絞って最小限の時間で用をすませるのである。

朴はグリップに手をかけ、素早く潜望鏡を回した。まるで駒をひと回ししただけのような呆気《あっけ》なさで、グリップを畳んで潜望鏡を下ろす。

「発射管開け。魚雷戦用意」

朴の命令に、少人数で一体化したクルーが微笑して応える。

自分たちは今、目標《ターゲット》を完全に捕捉した。日本との戦争は今日の夜明け前に陸空軍が火蓋を切ったが、海軍はまだ事実上の実戦には入っていない。自分たちは今、その先陣をきる栄誉にありつけたのだ。クルーの生き生きとした眼は、そんな内面の気持ちを表わしていた。

（しかし、まあ運もあるだろうな）

と、朴は思う。

朴が対物レンズ越しに見た艦影は、直線的な艦体に箱型の艦橋、それに各種の兵装や補助装備をごてごて積んだ駆逐艦だった。

ステルス性を重視したイージス艦とはまったく異なる艦容は、やや旧式のイメージさえ感じさせる。おそらく情報どおり、対馬から逃走してきた艦に間違いないだろう。

しかし、その敵艦の用兵や戦術は疑問だらけだった。

まずは開戦早々のごたごたのせいもあろうが、相互支援がない単艦であること、また搭載機がないという理由もあったのだろうが、陸上機の支援も仰がずに対潜へリや戦闘機の護衛もないこと、またこれら以上に敵が致命的なミスを犯していると思えるのは、航路だ。

最短距離を行きたい理由はわからないでもないが、洋上を堂々と丸裸で通るのは、潜水艦にとってはテーブル上に並んだメイン・ディッシュのようなものなのだ。「どうぞ食べてください」と言わんばかりの航路採《ど》りである。

これが沿岸付近に貼りついた航路であればそうはいかない。陸上からの支援は受けやすくなるし、第一に水深が浅すぎて潜水艦の行動が大幅に制限されることになるからだ。

大きな艦影は黒々と目立つし、また下手をすれば座礁する危険すら出てくるだろう。速力を落としてでも海岸線に沿って北上するのが、敵にとってベストな選択だったことは間違いない。

そもそも竹島付近から急行した『チョンジ』からすれば、距離がありすぎて追いつけなかった可能性すら大だ。それだけ敵も焦っているという証拠だろう。

今朝のツシマ降下作戦にあわてふためく敵の様子を思い浮かべて、朴は軽く吹きだしそうになった。

「魚雷装塡完了。発射準備よし」

発射管室からの報告に、朴はうなずいた。

（個人的な恨みはないが、祖国のためだ。任務のため、死んでもらう）

「魚雷発射。発射後ただちに潜航。本海域を離脱する」

「魚雷発射」

「魚雷発射」

「潜航用意」

「総員、潜航に備え」

水雷長や副長の復唱と指示が、艦内に飛ぶ。発射管扉が開き、直径五三・三センチのホーミング魚雷が海中に飛びだしていく。

そしてすぐに『チョンジ』はなめらかに反転し、急激に頭を下げて海底を目指す。床が五度から一〇度、一〇度から一五度と傾き、朴らはステーにつかまってその動きに耐えた。

やがて、はっきりそれとわかる音が海中を伝わってきた。水はよく音をとおすというが、あらためてそれが実感できる瞬間だった。大太鼓をゆっくりと打ち鳴らしたような腹に響く音が船殻《せんこく》を二回叩いたとき、朴は親指を突きたてた拳を振ってみせた。

浮上して戦果を確認したい気もしたが、朴はあえてその気持ちを振り払った。

ホーミング魚雷がなにかの囮《おとり》にひっかかって爆発した可能性もなくはないが、あの敵の様子からしてその可能性は極めて低い。

そもそも、そんなことをできるくらいなら、こんな沖合の航路は選択しないものである。

それに爆発音がおさまりさえすれば、推進器音の有無で敵が健在かどうかは確認できるのだ。

ここはいったん海中に潜んで、次の指示を待つべきだと朴は結論づけたのであった。

ついに戦争が始まった。正確にいえば、韓国が戦争を始めたことになる。

その裏にどういった政治的思惑があるのかなどということについては、朴は無関心だった。

北の崩壊と併合によって困窮した祖国が、対外進出に活路を求めた。それで充分であった。

魚雷の命中音は、朴にもはっきりと届いた。朴にとってそれは、国内再生を告げる高らかなホイッスルに聞こえていた。

二〇一九年七月一〇日　沖縄沖

二種類のエンジン音が、入れ替わり立ち代わり夜空に轟いていた。

頭上から響くその爆音に、ミサイル駆逐艦『瀋陽《シンヤン》』艦長張《チャン》　鉄《ティエ》中《ツォン》　校《シアオ》（中佐）は、怪しげに口端《くちは》を吊りあげていた。

韓国の対馬侵攻によって日本と韓国が戦争状態に突入してから、はや一週間が経つ。

その間中国は、この日韓関係を「東アジアの平和と安定を損なう由々《ゆゆ》しき状況」と公のコメントを発表して両国に〝冷静な対処〟を求めてきたが、当然内情は異なる。

対韓戦に忙殺されている日本の足元を見て、かねてから計画していた東進を実行し実現するチャンスととらえたのだ。

具体的には東シナ海での資源採掘を中国が一〇〇パーセント管理するとともに（すなわち東シナ海全域を中国の内海にするということ）、先島諸島と沖縄を飛び越えた太平洋に海軍を侵出させて洋上に防衛ラインを築くことであった。

言い換えれば、仮想敵国であるアメリカに対する第一次防衛ラインを前進させて、より国防のリスクを軽減するといえる。

そもそも中国は、二〇〇〇年代前半から、硫黄島、マリアナ、ニューギニア西端を結ぶラインを第二列島線、また千島列島、日本、沖縄、フィリピン、インドネシアを結ぶラインを第一列島線と位置づけて、二段構えの対米防衛線を構築しようと計画していた。

つまり、この日韓衝突の間隙を衝いての東進は、中国の悲願だったといえるのだ。いまいましいアメリカの支援によっていまだに台湾などと名乗っている〝洋上の領土〟を、ふたたび完全に支配化に組みいれるためには必要不可欠な行動である。

今こそがまさにその絶好機であると、中国の三軍首脳部は、あの手この手で韓国をそそのかしつつ、「偶発的危険が中国本土に及ばないようにするため」「洋上交通路保護など国防上必要な措置」として、艦隊と航空機を大胆に進めてきたのだった。

その先頭が今、オキナワとキュウシュウを結ぶラインを越えつつある。

もちろん、日本がこの行動を黙って見過ごすはずもない。まずは空軍機（奴らの言う航空自衛隊機）が飛来して引き返すように再三警告してきているようだが、中国三軍に共通する数の力、すなわち、赤信号みんなで渡れば怖くないで押しまくっているのだ。

ゆえに『瀋陽』の上空では、銃砲火のない奇妙な状態で、日中空軍機が絡みあって飛行していた。先に手を出してくれればもうけもの、そうでなくとも……。

張は時計の針に目を向けた。

時刻は二三時五九分。もう間もなく日付が変わるころだ。梅雨も明けて夏季に入ったこの地域は、湿度こそ高いものの、雲は少なく無数の星々が天を彩っていた。

「東海艦隊司令部から入電です。『カゴのトリはイキタエタ。バンリをススメ』。艦長！」

「そうか。やったか。見事に時間どおり」

張は手を打ち鳴らした。

潜水艦を使ってオキナワに潜入したコマンド部隊が、駐留日本軍に攻撃を加えて相応の打撃を加えることに成功した。作戦を続行せよ。

それが、入電の意味だった。

「ついにこの日が来たか」

張は興奮ぎみに言い放つと、音をたてて立ちあがった。

東シナ海を我がものにし、太平洋西部に新たな防衛線を構築する。そうすれば、尖閣諸島のようなちっぽけな領有権争いなど無意味に等しい。先島諸島にしても、沖縄にしても、無理に大兵力を投入して占領することなどない。どのみち、そのへんの陸地に価値はないからだ。

価値があるのは、海洋の支配権であり、海底資源だ。それを手中にするには、海上を封鎖して制海権を獲得すればすむ。

それが、中国軍首脳部の狙いだった。

沖縄の東部まで海軍と空軍を進出させて、制海権と航空優勢を握るのだ。

沖縄には、那覇に司令部を置く西部方面隊第一混成団の陸上部隊や空軍（空自）の一部も存在するが、それら邪魔な勢力にはとりあえず少数の特殊部隊で急襲し、動けなくすればいい。どのみち、補給を途絶させれば、じり貧だ。

自分たちが先鞭《せんべん》を付けて、あとは戦略型原潜の配備がすめば完璧だ。日本軍はもう手も足も出まい。

イラクやアフガンで手痛い目にあったアメリカも下手に紛争に介入はしてこないだろうが、もしアメリカが出てきたとしても、この二重、三重の防衛ラインを突破する勇気はあるまい。

戦力的には向こうが上でも、急速に近代化を進めた我が軍と真っ向からぶつかれば大きな損害は必至だ。

そんな被害や損害を許容できるほど、アメリカの世論は甘くないだろう。アメリカはもはや、世界の警察でも、正義を振りかざして血を流す国でもないのだ。

「そして、孤立する日帝は亡びの道を歩むのだよ。ふふ、ふははは」

張は不気味な笑い声を立てた。

日清、日中戦争の屈辱と恨みを晴らして中国が超大国へとのぼる――これが第一歩だと張は信じてやまなかった。

一九世紀から二〇世紀にかけて、西欧諸国に、そして同じアジアの後進国であったはずの日本にさえも苦杯を舐めさせられてきた中国だが、もともとは西欧が未開だった紀元前のころから、高い文明を築いてきた国なのだ。

漢にしても、唐にしても、明にしても、そうである。その大国としての威信をこの自分が担《にな》ってみせようと、張は胸を張った。

野望に満ちた中国と張の行動は、まだ始まったばかりだった。

二〇一九年一〇月一〇日　九州

陸上自衛隊北部方面航空隊第一一ヘリコプター隊所属の小田城太郎《おだじろ》三等陸佐は、いまだに信じられない思いで上空を旋回していた。

小田城が率いるのは、RAH－66J多用途ヘリコプターの編隊であった。

RAH－66Jは、アメリカのボーイング社とシコルスキー社とが共同で開発したRAH－66コマンチの日本仕様機である。日本仕様機というのは、ご多分に漏れず、機密保持や先進技術の流出防止等々の問題から、電子機器やソフトウェアまでの販売およびライセンス契約がアメリカ議会で承認が得られなかったため、それらをすべて国産でまかなったもののことである。

もちろん独自性を保つという点でこれらは日本の防衛省としても望むところであり、NECや東芝らの共同企業体がそれらソフト部分の開発と製造を請け負っていた。

RAH－66は、ステルス性という概念をヘリコプターの分野に持ち込んだパイオニア的機体である。

レーダーの乱反射を防ぐために、垂直に切りたった面は、正面、側面ともほぼ完全に排除されており、機体は世界初の実用ステルス機F－117を想起させる多面体で構成されている。

また、テイル・ローターを排して垂直安定板内にファンを組み込んだファン・テイル方式を採用していること、降着装置や兵装を胴体内に組み込んでいること、それらの物理的な特徴二点もステルス性発揮に大きく貢献している。

それに加えて、日本仕様機RAH－66Jは独自の電波吸収塗装と排熱防止機構を組み込んであり、「ステルス性ではアメリカ陸軍装備のオリジナル機以上」と陸自幹部は豪語していた。

このRAH－66Jの登場は、陸自の作戦立案と推進に革新的変化をもたらすものになった。

極端な言い方をすれば、空自が航空優勢を失っている敵性空域においても、ある程度の作戦強行ができるのだ。

そのせいもあって、もともと陸自の中でパイロットはエリート意識が強くプライドも人一倍高かったが、その傾向がますます近年強くなっていたのだ。小田城もその一人だった。

ＲＡＨ－66Ｊの編隊を率い、困難な局面を先頭に立って打開する。それだけの力を持つ者には、周囲が敬意を払うのが当然だ。

ところが、そういったプライドも、ここ数カ月の激変する環境によって、はるか彼方に追いやられていた。

なにせ、ここは小田城がいるべき北海道ではない。そして、南方転地と呼ばれる有事の出動を想定していた南西諸島でもない。敵の侵攻に備えて小田城らが派遣されているここは、九州北部なのだ！

「江波よ。お前がいれば、俺の出番もいらなかったかもしれんな」

後方に待機する機甲部隊を流し見ながら、小田城はつぶやいた。

硫黄島事件で殉職扱いになった北部方面隊第七師団第七二戦車連隊第三中隊長江波洋輔一等陸尉は、小田城のかわいい後輩だった。

防大では一期下、出身高校も福島県の進学校だ。そしてなにより、趣味のバス・フィッシングが二人を強く結びつけていたといっていい。高校から防大に入学した以後も、バスがいるという噂を聞きつければ、かなりの遠方でもロッドとルアーを手に、沼、川、野池に参上する二人だったのだ。バスのいない北海道の部隊に配属された二人の第一声は「バス・フィッシングができない」であった。

体長六〇センチ・オーバーのメガ・バスを仕留めるという目標を果たせぬまま、江波は自分の前から姿を消してしまった。そして、江波の件を別として、バスのいる九州に移ってはきたものの、魚と人間との頭脳勝負をできる状況にはほど遠い。

小田城は深いため息を吐いた。

ローターのうなりが、否応なしに場の緊迫感を高める。眼下の光景も、ものものしいばかりだ。ずらりと敷き並べられたSAM（地対空ミサイル）の発射台とそれを牽引するトレーラー、大中小口径砲と後方に控える装甲車両や高機動車、補給物資を満載したトラックやローリーなど、完全な水際防衛線だった。

「まるで元寇《げんこう》だな」

小田城は、それらと北西に広がる海面に、交互に目を向けた。

対馬を韓国に、そして事実上沖縄を中国に奪われた日本は、九州を防衛拠点とした厳しい戦いを強《し》いられようとしていた。

かつて鎌倉時代に、遠く東欧までも支配化に組み入れた大陸の超大国元《げん》は、その触手を日本にまで伸ばしてきた。いわゆる元寇である。兵の装備、数とも圧倒的に元側が有利だった戦いであったが、二度の襲来とも嵐にたたられ、元兵はまともに戦うこともできずに荒れ狂う海に飲み込まれて消えた。

ふたたび神風は吹くのか？

そんな神頼みにも近い状況に、今の日本は追い込まれていた。第二次大戦以来の亡国の危機に、日本は瀕していたのである。

政治的な解決策をなおも模索する日本政府だったが、これが韓国と中国が望んだ戦争である以上、交渉の糸口をつかむことすら容易なものではなかった。話し合いによる解決は、すぐには望むべくもなく、仮にその場に韓国と中国を引きずりだしたにしても、かなり思いきった妥協、悪く言えば一方的な譲歩をする以外、解決の見通しもたたないに違いない。

となれば、あとは力と力のぶつけ合いから突破口を探るだけだ。

「とにかく、ここは急場を凌《しの》いでいくしかあるまいな」

自衛隊創設以来の難事にいきなり放り込まれた小田城らは、ただただ目前の対処に追われるだけであった。

希望と勇気をもつよう言うのは簡単だ。しかし今、最前線にあるのは困惑と混乱、そして不安だった。今後どうなってしまうのか。そういった未来の道筋を示すことができる者など、誰一人としていない。

いつ晴れるかもわからない深い暗雲の中に取り込まれた日本の中で、小田城らもまたもがき続けていくのだった。

第四章　空前の大帝国

一九四六年四月二日　硫黄島

ある者は頭痛を訴え、またある者は目眩《めまい》を覚えて、その場にうずくまっていた。

そんな中、揺るがない事実は、硫黄島およびその周辺で演習に参加していた陸海空三自衛隊員たちが、一人残らず生存しているということだった。

なにが起こったのかはわからない。現象そのものも、どういったものだったのか、どんな危害が加わったのか、あるいは計器やシステムが一時的に異常を示しただけなのか。

確認はこれからだったが、少なくとも一部の人間は原因をはっきりと悟っていた。

新型核爆弾の実験が招いた結果に違いあるまい。

具体的にどういった影響を人体や各種の兵器に与えたのかは不明だが、実戦レベルの核エネルギーの電磁波と磁場への変換が、予想もしない作用をもたらしたことは確かだった。

「別命あるまで待機かよ。まあ、しかたないだろうな」

エプロンに並んだ愛機の傍《かたわ》らに立った航空自衛隊中部航空方面隊第七航空団第二〇四飛行隊所属の山田直幸一等空尉は、機首をさすった。

正直、ついさっきまでの記憶がない。時計を見てもなぜか止まったままになっているため、何分間か何時間かはわからないが、自分がどうやってここに戻ってきたかまったく覚えがないのだ。たしか洋上の対艦襲撃訓練中に、機体のあちこちに異常が発生したような気がしたが……。

が、気がつくと、なぜか自分はここにいた。硫黄島の滑走路の脇で、愛機を眺めている。

そしてさらに不可解なのは、記憶が飛んでいるのは自分だけではないということだ。少なくとも周りの者全員が、同じような症状を訴えている。あたかも硫黄島全体がおかしくなってしまったかのように。

とにもかくにも、ひとまず空白は、今回の演習指揮官である第七航空団司令飯田健空将補名で、演習のいったん中止と待機の命令が出された。

陸自も海自も、多分同じようなものであろう。

まずやらなければならないことは、現況を知ることだ。


「『きぼう』の観測データは、すべて失われています。観測機器も測定機器も片っ端からいかれていて、まともなデータが残っていません」

「そうか」

報告に来た助手の小谷昌人二等陸尉に、防衛省技術研究本部先端技術推進センター所属の山田智則二等陸佐はただひと言返して、下がるように伝えた。

あまりにあっさりとしたその態度は、かえって山田の胸中がただならぬ状態にあることを窺わせるものだった。

せっかくの実験が完全なる失敗に終わった失望と、稚拙な計画と計算を招いた自分に対する怒りとがない混ぜになって、山田の胸中をたぎらせていることは想像に難くない。

「幕僚副長（岩波厳蔵陸将＝注）には、はっきり説明せねばなるまい。まずアポの伺いをたててくれないか」

「いえ、二佐。それが、原因の追究はともかく、まずUAV（Unmanned Aerial Vehicle＝無人航空機）が健在なら、ただちに周辺を警戒と探索をせよとの指示がきています。市ヶ谷（防衛省）や練馬（東部方面総監部）ともまったく連絡がつかないらしいですから」

「そうか。そう言われれば、そうだな」

小谷の言葉に、山田は微笑した。

こんなときのための無人兵器だ。どんな危険が潜んでいるかわからないケースでも、積極的に行動を開始できるのである。悪く言えば見切り発車も可能というわけで、それが無人兵器の最大の利点なのだ。

「すぐに準備にかかってくれ」

山田らは「ガーディアン」を送りだした。

「ガーディアン」とは、ステルスUAVという世界でも最先端をいく高性能UAVのことである。

デルタの全翼機で、機体全体を黒色の電波吸収塗料で包んだ外観は、ひと目見ただけでその先進性が窺えるものだった。各種のセンサー類は完璧なまでに機体に内蔵され、断面はどこから見ても三角形に見える多面体で構成されている。

長さ、幅とも五メートルという大きさは、AWACS（Airborne Warning and Control System＝空中早期警戒管制機）らの子機としての運用も考えて弾きだされたものだ。速力は亜音速レベルに抑えられているが、これは機体の大きさの制限とステルス性を重視したためである。

大型のエンジンと大量の燃料を積んで、高速長時間飛行を可能にすることも考えられた。だが、そこで生じる高温の排気は、赤外線輻射になって自機の存在を暴露してしまう。かといって、各種の冷却装置を付けると機体はさらに大型化してしまう。

そこで、戦術戦闘機ならまだしも、ステルス性があれば超音速で接近し離脱するケースは考えにくいとして、開発の要求性能から超音速飛行の項目は外されたのであった。

しかし、持たざる国の宿命か。第二次大戦の秋月型駆逐艦や各種の戦時急造駆逐艦の要求性能に見られたように、日本は二一世紀になってもなお、「ある項目に特化した兵器を開発するのは贅沢だ。それだけにとどめるのはもったいない」という思想から抜けきれていなかったようである。

当初、空自航空開発実験集団と防衛省技術研究本部は、この「ガーディアン」を強行偵察機として開発を進めていた。

ところが、各自衛隊の幕僚監部、特に作戦立案に携わる防衛部から攻撃機としての兵装搭載が強硬に要求されてきたのである。

この解決に設計開発チームはおおいに腐心したと言われているが、プロジェクト・リーダーの山田らは、短射程AAM（Air to Air Missile＝空対空ミサイル）あるいは同等クラスのASM（Air to Surface Missile＝空対艦ミサイル）一発をなんとか機体内にねじ込んで実用化にこぎつけたのである。

要するにこの無人航空機の「ガーディアン」も、山田の自信作の一つだったのだ。

「三機いけるか。よし、発進だ」

小型のカタパルトに設置された「ガーディアン」が、乾いた音とともに空中に飛びあがる。舞いあがるというよりも、手裏剣を投げつけたようにさえ見えるので、風《くう》を切り裂くという表現がぴったりだ。

この「ガーディアン」が選択された理由は、小型の「エレクトリック・ビートル」に比べて航続力が長く、探索範囲が広いこと。また、高空の突風にも耐えられること、の二点だ。それらの点で、「ガーディアン」の信頼性は抜群だったのだ。

「ガーディアン」がどんな情報をもたらすか、一同は固唾《かたず》を呑んで待った。

一回めは空振りに終わった。

進出距離を三〇〇キロメートルにして放った三機の「ガーディアン」が送ってきた映像は、いずれも、蒼空と白い雲、そして七色に光る大洋の海面だけだった。

しかし、二回めの帰路、硫黄島から北々東に放たれていた「ガーディアン」が、白い航跡を曳いて洋上を進む一隻の船を発見した。はじめは遠洋漁業かなにかに向かう漁船だろうとあたりをつけたのだが、それにしては艦容が少しまとまりすぎている気がする。

(どうもおかしい)

山田は、このときすでにただならぬ気配を感じていた。硝煙と血にまみれた殺気のようなものを……。

「ズームアップだ」

「最大ズーム、いきます」

山田の指示に小谷がキーボードを叩く。一四インチの簡易モニターに、艦影が膨《ふく》れあがる。

「なんだ? これは……」

数人がうめくようにつぶやいた。発見した船は、砲兵装を主体にした艦だったからである。

戦闘艦には違いないが、ステルス性などくそくらえと言わんばかりのごつごつとした艦容は、およそ現代の艦とはほど遠い。まるで戦争映画の中か、博物館からでも飛びだしてきたような艦容だったのである。

「旅大《ルーター》級かな」

誰かがつぶやいた。

たしかに中国海軍の旅大級駆逐艦なら古めかしい艦容だから、うなずけないこともない。

だが……。

「いや、違う！」

山田は叫んだ。

「艦尾の旗竿を見ろ」

「あれは……」

一同は絶句した。そこに翻《ひるがえ》っているのは、紛《まぎ》れもない日章旗だったからだ。日本の艦である証拠である。

だが、海自にそんな艦艇があるはずもない。海保や民間であればなおさらだ。

「二佐。どうします？」

「そうだ（な）」

返事半分のところで、山田の思考はけたたましい警報音によって遮《さえぎ》られた。

「国籍不明機が接近。総員警戒態勢に入れ。繰り返す。国籍不明機が接近。総員警戒態勢に入れ」


「驚いたな」

航空自衛隊中部航空方面隊第七航空団第二〇四飛行隊所属の山田直幸一等空尉は、着水し滑走していく飛行艇に目を丸くした。

「どう反応したらいいか、わからんよ」

正直な気持ちだった。

幸い、飛来した飛行艇は敵対的なものではなかった。胴体左右と翼の上下に描かれた日の丸は、明らかに日本国の所属を意味している。

しかし、近づいてきた飛行艇は、どう見ても海自のものではなかったのだ。もちろん、空自や陸自のものでもない。

「二式大艇」

山田はつぶやいた。

全長二八メートルに達する半円形の太い胴体に高翼配置の主翼という、まさに船に翼を取りつけたという表現がぴったりの姿は、第二次大戦時に日本の陸海軍が保有していた各種兵器の中でも最優秀との誉れ高い二式飛行艇である。

七〇〇〇キロメートルにも達する長大な航続力と、飛行艇としては快速の時速四五四キロメートルという最大速度、それに兵装としての二〇ミリ五挺と七・七ミリ三挺の防御火力は、ライバルといえるアメリカのカタリナ飛行艇を総合性能で圧倒し、広大な太平洋を東に西に飛びまわって活躍したという。

その二式大艇が眼下にある。

アラート（対領空侵犯措置任務）さながらに緊急発進した山田だったが、混乱の中で通報はぎりぎりになってしまったらしく、飛行艇はすでに硫黄島への進入コースに入っていた。

海岸線を見ると、整然とした隊列が待ち構えているのがわかる。迷彩服に身を固めた陸自の隊員たちだ。おそらく特殊作戦群の者たちだろう。遠目だが、見るからに屈強そうな身体つきをしていて、銃を手にする姿もぴったりとはまっている。一般の陸自の隊員とは、ひと味もふた味も違う風格が漂っていた。

「ブルー・ソード。このまま警戒飛行を続けてくれ。三〇海里でも一〇〇海里周回でもかまわん」

飛行隊長鳥山五郎二等空佐の声だった。

「こちらブルー・ソード。任務受領。このまま哨戒飛行を続けます。ところで」

山田は切りだした。

「隊長ですね？　その後どうなっているのですか。なにか情報は？」

「わからん。なにもかもさっぱりわからん。俺のほうが聞きたいくらいだ。とにかく、ブルー・ソードは情報収集に努めるんだ。交信終わり！」

そこでぷっつりと無線は途切れた。

短い会話だったが、鳥山の口調にはかなりの動揺が感じられた。たしかに一大事だが、上層部が浮き足立ったら組織は瓦解してしまう。困難な局面にぶち当たったときこそ、芯の強さが求められるのに。

「しかしな」

山田はぐるりと視線をめぐらせた。

演習中の不可解な現象があり、そして一時的な記憶喪失があって、そこにまた二式大艇の出現とくれば、冗談にもほどがある展開ではないか。

（一度自分の目で確かめてみるか）

不穏な考えが、ふと山田の脳裏に湧いてでた。幸い今回の演習は陸海空三自衛隊が揃い踏みし、なおかつ近年にない大規模なものだったため、補助機や武器弾薬も豊富に揃っている。やろうと思えば、那覇や百里はもちろんアラスカやハワイまで飛ぶことも可能だ。

連絡がつかないならば、直接行ってみるのが一番ではないか。

そんな思いを強くしながら、山田は哨戒飛行をまっとうした。


結局、山田の計画は実施することなく終わった。

ブリーフィング・ルームに集められた二〇四空の面々は、一様に驚きを隠せなかった。

「せ、一九四六年って。二〇世紀、ですか」

「終戦の翌年？」

「どうなっているんですか。本当ですか。それは……」

「それが上からの報告だ。それ以上もそれ以下も、俺は知らん」

口々にあがる驚きと疑問の声に、鳥山は不機嫌そうに吐きすてた。

現われた二式大艇は正真正銘の本物であり、乗っていたのは紛れもなく旧海軍の軍人たちだったという。詳細はもちろん不明だが、どうやらその二式大艇が自分たちの前に現われたのではなく、自分たちが突如一九四六年の世界に飛び込んだというのが真実らしい。

その理由として挙げられるのが、前述の二式大艇とUAV（無人航空機）が確認した旧海軍の艦艇、そして決定的だったのが、自分たちがまったく上層部や関連各署と連絡がとれないのに対して、旧海軍はまったく正常に通信ができているという事実だった。

「いったいなぜです？　なぜこんなことに」

「帰れるんですか。自分たちは元の時代に」

「わからん！」

鳥山は声を荒げた。

「俺に聞くな。俺こそ聞きたい」と言わんばかりの鳥山の表情だった。

「みんな、落ちつけ」

山田はその場を鎮めて、鳥山を見つめた。

「隊長。一つだけ伺いたいことがあります」

歪《ゆが》んだ目を向ける鳥山に、山田は続けた。

「我々はどう動くことになるのでしょうか。組織のあり方や方向性そのものが……」

「動くな。それが現時点での命令だ」

鳥山は言下に言った。

「今後どうするか、さらに詳しくどれだけの状況をつかめるか、どうやってつかむか、それらを含めて上が協議中なんだ。それがはっきりするまでは、余計な動きはいっさい禁ずる。それが陸海空三自衛隊に下った正式命令だ」

「そんな！　帰る手段を探すのが先決だろう」

「そうだ。本土に戻ろうぜ。きっとなにかが見つかる」

「馬鹿言え。どうやってこの時代に混じるっていうんだ？　未来から来ましたってか」

「じゃあ、どうするんだよ？」

「わかるかよ！」

「だから、待てって言われてるだろ」

ブリーフィング・ルームには、その後もしばらく男たちの怒号が続いた。

まったく予想だにしない、予想などできるわけがない展開に、動揺が広がるのも当然であろう。二〇四空をはじめとする在硫黄島の自衛官たちが冷静さを取りもどすには、まだしばらくの時間が必要だった。

スクリーンに映された写真は、かすかな望みを完全に打ち砕くものだった。練馬、横須賀、百里、陸海空それぞれの自衛隊の中心基地といえるそこは、自分たちの知るものとは明らかに違っていたからだ。

二式大艇出現による混乱の直後、偵察ポッドを装備したF－2一機が緊急発進して持ち帰った画像である。

「やはりここは我々の時代ではない。少なくとも我々の知る世界ではない。そういうことだな」

自衛艦隊副司令官であり、今回の合同演習で海自の指揮官を務めていた土井隆晴海将は、ため息混じりに言った。

「もう彼らの言うことを否定する材料もない。今後は彼らの言うことを前提に対処を考えていく必要があるでしょうな」

土井に続いて口を開いたのは、空自の演習部隊指揮官の第七航空団司令飯田健空将補である。この土井と飯田の二人に陸上幕僚副長岩波厳蔵陸将を加えた三人が、即席の統合幕僚会議を開いて対応の検討に入っていたのである。

飯田の言う〝彼ら〟とは、二式大艇に乗っていた連合艦隊司令部の一行のことである。

つまり、大日本帝国海軍参謀長石川信吾《しんご》少将と部下三名のことだ。

石川らも硫黄島に自衛隊＝自分たちの末裔《まつえい》＝がいることに大変驚き、「報告と対応の協議のため」にいったん内地に帰還したものの、二日後あらためて話し合いの場を設けさせてほしいとのことであった。

それを受けての統幕会議である。参集しているのは前述の三人のほか、陸海空の在硫黄島部隊の主だった佐官たちだ。それぞれの立場で、最良の意見を出すことが求められている。

「海将と空将補はそう言うが、こうなった原因や可能性については、どう考えるのかね？」

「可能性はあります」

恰幅《かっぷく》のいい身体を揺らす岩波の問いに明確に答えたのは、防衛省技術研究本部先端技術推進センター所属の山田智則二等陸佐だった。

山田は三階級も上の岩波に対して、まったく臆することなく口を開いた。

「陸将。例の件はもうかまいませんね」

「ああ。よかろう。やはり、あれか」

岩波の了承を確認して、山田はきっぱりと言った。

「この現象は、戦術核実験の影響にまず間違いないと思われます」

「核？　核を使ったのか」

怒りが混じった声を上げたのは、前航空自衛隊中部方面隊第七航空団第二〇四飛行隊長であり、現在は中部航空方面隊司令部補給課長に就いている大門雅史二等空佐だった。

極秘中の極秘だった新型核爆弾の存在と実験は、プロジェクト・チームの者以外は、硫黄島合同大演習に参加した自衛隊幹部の中でもごく一部の限られた者にしか知らされていない機密事項だったのである。

「我が国は非核三原則を」

「そう。掲げている」

山田は悪びれることもなく言った。

「あれは大量の放射能物質を撒き散らす低次元の兵器を禁ずるものです。我々の開発したものは違う」

本論から外れていたが、場は静まりかえった。

山田は誇らしげに胸を張って、続けた。

「我々は、核反応兵器を、大量の放射能と熱線をばら撒く大量破壊兵器とは位置づけておりません。あんなものは、原子物理論からすれば初歩の初歩です。マスターの学生すら設計は可能なぐらいのね。少し脱線しました。戻りましょう。我々は核反応のエネルギーを、電磁力に変換する機構を開発した。しかも、発生する放射能を押さえ込んでね。いわゆるスマート兵器ですよ、これは」

「それは詭弁《きべん》だ！」

「最後まで聞いていただきましょうか。冷静な思考でなければ、正しい判断はできません。もちろん高等な技術的理解もね」

大門の反論にも、山田はいたって落ちついていた。

「強力な電磁力は、あらゆる電子兵器を無効化する。これぞ究極の兵器。防衛省と自衛隊が、すなわち日本が開発した究極兵器ですよ。しかし」

そこで、山田は一つ咳払いをうった。自分の失敗を認めたくはないが、それに触れねば話が進まないことを悟っての間合いだった。

「ちょっとした計算のぶれがあったようです」

山田はあえて「ミス」という言葉を使わなかった。世界の先端をいく自分にさえ予期できなかったことは、ミスではない。ミスというのは、予期できたことを防ぐことができなかったときの言葉だ。回避できる問題を回避できなかったことを「ミス」と言うのだ。そのような心理とプライドが働いたのである。

「しかし、これは棚からボタ餅。実にラッキーなことだったかもしれません」

山田は人を食った笑みを見せた。

「我々の実験は、それまでの定説を大幅に覆すほどの結果を得たのです。単なる強力な磁場の構築にとどまらず、なんと時間軸さえもねじ曲げたというのですから」

「なにを言っている！」

「そんな無責任な」

山田が言い終えると同時に、轟々《ごうごう》とした非難の声が湧きあがった。

呆《あき》れた声と怒号とが混じるそれを、岩波が抑える。

「静まれ！　ええい、静まれ、静まれい」

岩波は芝居がかった声を出して、笑った。豪放磊落《ごうほうらいらく》らしい岩波のやり方だった。

「問題はそんなことではなかろう。帰れるのか」

ごく短いひと言に、その場はふたたび静まりかえった。

答えはわかりきっている。絶望的なひと言など、聞きたくもない。そんな心理が働いて、多くの者は耳を塞《ふさ》ぎたい気持ちだった。

だが……。

「理論的には可能です」

「なに？」

涼しげに言いはなった山田に、誰もが目を剝《む》いた。

「本当なのか？」

「できるのか？」

今度は、すがるような眼差《まなざ》しが山田に集まる。

「このようなことになったメカニズムを究明しさえすれば、その逆も然《しか》りということです。だが」

「だが？」

誰かがごくりと生唾を飲む音が聞こえた。

「それなりの機材とバックアップ機器が必要です」

「機材か……」

うなるような、ため息が漏れた。

「なんとか調達せねばならんが」

「ところで」

考え込む岩波を前に、「もっと大事なことがあるでしょう?」と飯田が切りだした。

「ここは一九四六年。おかしいと思わないか」

「そうだな。終戦後にしては変だ」

「硫黄島は米軍に奪われていたはずだ。どこへ行った? どうなったんだ? 米軍は」

「軍が正常に機能していることはおかしいじゃないか。やはりこれはなにかの間違いではないのか。我々は幻を見せられているのではないのか」

次々とあがる疑問に答えたのは、またもや山田だった。

「パラレル・ワールドですよ。おそらく」

「パラレル・ワールド?」

訝《いぶか》しげな目を向ける岩波に、山田は矢継ぎ早に続けた。

「パラレル・ワールドというのは、文字どおり同時並行世界という意味です。私たちの日常には数限りない選択肢があって、無数の変化点が存在します。つまり、どの選択肢を採るかによって異なる世界が無数にできあがっていくということなのです。宇宙にはこの無限の……」

「ああ。二佐。そこまでだ」

岩波は大きくかぶりをふって、山田を制した。学術的説明は抜きにしてほしいと、うんざりした岩波の様子だった。

土井が後を受ける。

「つまり、こうか。この世界も夢や幻ではなく、そのパラレル・ワールドの一つだ。この世界も充分真実としてありうるものだ、と」

飯田が付け加える。

「我々の知っている、いや、我々を生みだしていた過去とは違う。そうだな」

「おっしゃるとおりです」

山田はにやりと笑った。

「これは大発見ですよ。我々はとてつもない技術を見つけたのかもしれない。そもそも革新的な技術の発見というものは、偶然やアクシデントから生まれることが数多い。歴史がそのことを証明していますからね」

「皆さん、お忘れのようですが、もっと重要な死活問題があります」

「そうだったな」

飯田の視線に、大門はゆっくりとうなずいた。

「この世界がどういうところなのか、なぜこうなってしまったのか云々《うんぬん》よりも、我々自身の心配のほうが先です。幸い硫黄島は、戦略拠点として燃料と弾薬の備蓄は豊富であり、また今回の合同演習のためにさらに大量の補給物資を搬入しています。しかし、食料は別です。特に生鮮食料は一週間と持ちません」

「陸自も同様です」

「海自は輸送艦内にある程度の備蓄があるのでもう少し余裕がありますが、それでもたかが知れたものです。保存糧食を食いつないだとしても、これだけの陸海空の自衛隊員をまかなうには、一カ月が限界といったところでしょう。そもそも今回の演習は規模こそ大きいですが、長期持久戦を前提とはしておりませんでしたので」

陸自と海自の補給士官が、大門に続いた。

「となると、彼らがどう出てくるかという以上に、我々から援助を求めねばならないということか」

「遺憾ながら」

大門ら三人の補給士官は、声を揃えた。

「ちょっと待て。どこがどうなっているかわからないところに、援助を要請するというのか。それに、ただというわけにはいかんだろう。人道援助とはいっても、一人や二人ではないのだからな。それなりの見返りも要求されよう」

「当然でしょうな」

土井の言葉に、飯田は答えた。だが、その口元には笑みがこぼれていた。確たる考えがあってのことだからであろう。

「見返りはありますよ。腐るほどにね」

飯田は一同を見回した。目が笑っている。不敵な笑みに、白い歯が覗いていた。なにが言いたいのかは、明らかだった。陸海空自衛隊の戦力のことを指しているのだ。

「空将補。それはいかんよ、それは。我々に軍に加われと言うのかね」

「そうは言っていません。技術の供与や知識を与えるだけでいい。もっとも」

飯田はそこで一度口ごもった。

「それですめばの話ですがな。自分なら、それで満足するはずがない」

「そうでしょうね」

「だろうな」

どこからともなく、声が漏れる。

旧日本軍と自分たちとでは、レベルが違いすぎる。ミサイル一つ見せただけでも、旧日本軍は驚愕して全面参加を望んでくるだろう。そうなったときは、どうするか。

「どのみち、外国に頼るよりはよかろう。同じ日本人だ。パラレル・ワールドの未来から来たなどとはにわかには信じてもらえんだろうが、そこは粘り強く交渉するしかあるまい。そうするしか、あるまいよ」

そこで、岩波は高らかに笑った。

「それに、軍に入れというなら入ってやるだけさ。我々は彼らの末裔なのだからな」

「陸将。それはいけません！　それは」

土井が血相を変えて叫ぶ。

「この世界は、我々の知る日本とは違います。戦争中の可能性だってあるんですよ。そのときは……」

「それらを含めて、情報の取得がまず最優先かと思われます」

「そうだな。大門二佐の言うとおりだ」

「どうでしょう。交渉と同時に人事交換をしてみては？　一週間でも三日でもかまいません。とにかく双方を知らなければ事は進まないと考えます」

「よかろう」

「いいな」という岩波の視線に、飯田はうなずいた。

土井も渋々とうなずく。

「よし。ただちに交渉にかかってくれ」

岩波の言葉で、いったんその場は締めくくられた。

一九四六年四月九日　厚木

「これはすごい！」

それが厚木の飛行場に達したときの一同の第一声だった。

「百里や小松なんか比較になりませんね。成田やセントレアや関空だってここまでじゃない」

「たしかにすごいな」

普段は自分のエレメント（二機編隊）でサポート役のウィングマンを務める植田保三等空尉の感嘆の声に、航空自衛隊中部航空方面隊第七航空団第二〇四飛行隊所属の山田直幸一等空尉は、視線を下にしたまま答えた。

ここが七〇年以上も前の時代の飛行場とは、とうてい思えない光景だったのだ。三〇〇〇メートル級と思われる長大な滑走路が、ぱっと見ただけで一〇本近く並んでいる。当然、その周囲にある航空機の格納庫や整備施設の規模も、半端なものではない。いったい何機の大型機が離発着するのだろうかと、目を見張る光景であった。

しかも、情報交換要員として山田らが乗り込んできた機体も機体だ。全長四六メートル、全幅六三メートル、航続距離は太平洋を超えるどころか、ゆうに日本から欧州まで無補給で到達可能な六発の超大型長距離爆撃機富嶽《ふがく》なのだ。

その巨大な機体は、日本海軍の標準的陸上爆撃機一式陸攻を、縦に二機、横に三機並べられるほどの大きさであり、その巨大な機体を五〇〇〇馬力のハ―五四エンジン六基が、戦闘機顔負けの時速六八〇キロメートルで押しだしていく。実用上昇限度も、この時代としては破格の一万五〇〇〇メートルもある。

迎えの機としてこの富嶽が硫黄島に現われたときは、山田も植田もあまりの衝撃に言葉が出なかったほどである。

「驚かれましたか。あなたがたが未来から来られた客人と聞いて、さぞかしそのころの日本のほうがすごいだろうと思ったのですが」

連合艦隊司令部で首席参謀の要職に就く中島親孝《ちかたか》大佐は、そう言って屈託なく笑った。

山田たちが別世界の未来から来た客人と聞いてもすぐさま信じたわけではないだろうが、頭ごなしに否定したり、ありえないと拒絶したりすることなく、あるときは興味深げに、またあるときは適切な距離を置いて接してきた中島である。かなり柔軟な思考の持ち主であることは、確かなようであった。

そして、立場も階級も異なるが、自分たちの知る歴史＝旧史＝でも、中島は、通信参謀という肩書きを情報参謀と自称して、情報の収集と解析の必要性を誰よりも主張し、乏《とぼ》しい情報の中から的確な判断と対処を行なってきたという人物として知られている。

山田らを乗せた富嶽は旧史では幻に終わった機体だったが、厳密に言えば輸送機型に改修された機体のようだった。キャビンは広く、窓もいくつか備わっている。

その窓の先を、黒い機影が横ぎった。巨大な富嶽は、その風圧を難なく受け止めてふらつきもしなかったが、山田は猛速で横ぎった機影を追って身を乗りだした。

「あれは震電《しんでん》ですね」

ひと目でわかる特徴的な機影だった。機体後部に配されたエンジンと推進プロペラを持つ前尾翼式の機体は、局地戦闘機震電であった。

これも旧史では試験飛行段階で終戦を迎えたためにその高性能を実戦で示すことなく終わったはずであったが、本土防空戦があったらかなりの威力を発揮したであろう。

これもパラレル・ワールドが成せる業《わざ》か。

それにしても、レシプロ機にしては速い。時速七〇〇キロメートルを超える、当時日本最速の機体というのもうなずける。すでに機影は点と化しているのだから。

「失礼しました。ニアミスなどお恥ずかしいところをお見せしてしまいまして。それだけ過密になっておりますからね、この空域は。ところで、震電をご存じとは、あなたがたはつくづく不思議な人たちだ。我々のことを知らないようでいて知っている。なかなかおもしろいことになりそうですな」

その瞬間、中島の双眸《そうぼう》が鋭い光りを放ったように見えた。

「ところで、ここは軍の飛行場なのですか」

「いえ、軍官共用です」

山田の質問に、中島は明解に答えた。

「日本からシンガポール、ビルマ、オーストラリアへと飛ばすには、もはや軍だけでは手に負えませんし、純然たる民間需要もありますからね」

中島は微笑した。

「とはいっても、完全な民間では防衛上の問題が生じますので、国営の航空会社を立ちあげて軍の管理の下に飛ばしているだけですがね。それでも今の我が国の勢力圏からすると、足りないぐらいで」

「足りないって、それほど今の日本は国交が盛んなのですか。外国との貿易とか」

「国交？」

中島は一瞬不思議そうな顔をして、さらりと言った。

「先に挙げた国は、すべて我が国の領土内ですが」

「りょ、領土って。オ、オーストラリアが、ですか⁉」

頓狂な声を上げる植田に、中島はやや間を置いて答えた。

「詳細はおいおい説明することになると思いますが、軍事機密でない限りは私から情報を開示させていただきます」

植田は、ごくりと生唾を飲み込んだ。

「第一次、第二次世界大戦の勝利で、我が国は急成長しています。北は千島、ウラジオを含む沿海州全般から、満州、中国沿岸部、仏印、蘭印、ビルマ、そしてニューギニア、オーストラリア、ソロモン、ウェーキ、ミッドウェイ、ハワイ」

「ハ、ハワイ？」

植田は卒倒しそうになった。

さすがに山田も驚きの色を隠せない。〝違う世界〟だと、ある程度の覚悟はあってもここまでとは……。

もはや日本は文字どおりの大日本帝国なのであった。環太平洋帝国たる日本は、太平洋の支配者といってもいい。自分たちはとんでもないところに来てしまったものだと、山田は改めて感嘆と驚愕の深いため息を吐いた。

同日　横須賀

横須賀の軍港は、厚木の航空基地に優るとも劣らない施設と規模だった。

戦艦『信濃』を建造したと伝えられていた海軍工廠の超大型ドックは三つもあり、それよりやや小型ながらも、重巡クラスなら余裕で入ってしまいそうなドックが、一見して一〇個はありそうな様子である。

それに応じた機材や設備も豊富であった。工作機械や各種の特殊車両が随所に見られ、移動式の大型クレーンをはじめ、航空機の格納庫と見誤らんばかりの大型倉庫も数多い。

埠頭には、明石型らしい工作艦も二隻停泊しているのが見える。これらは、大日本帝国の隆盛ぶりがはっきりと感じとれる光景であった。

「それにしても、連合艦隊司令長官自らのご案内とは恐縮です」

「いやいや、同じ海の武人ですからな。礼儀ですよ」

「あなた方と最初にお会いしたのは、誰あろうこの自分です。自分がここにいるのは、ある意味運命といってもいい」

自衛艦隊副司令官土井隆晴海将ら総勢一〇名ほどの一行を出迎えたのは、海兵三六期の連合艦隊司令長官沢本頼雄《よりお》大将と海兵四二期の参謀長石川信吾少将以下側近の者たちだった。

土井らがこの一九四六年の時代の日本本土に足を踏み入れてから、すでに六日が経過している。

初日は陸軍省や海軍省の高官らと謁見したが、その様子はまるで取り調べのようだった。

たしかに未来から来たなどという言葉は突拍子もなく、疑いなく受け入れられるほうが不自然であろう。それを理解してもらうには三日という時間が必要だった。

そこでようやく、土井らは現在の大日本帝国の状況を詳しく知らされた。

第一次大戦に勝利して列強への足がかりを築いたこと、そして第二次大戦で米英ソを撃破して海外領土を大幅に拡張したこと、その結果として世界最強の大国として君臨するに至ったこと、さらにはこの日本の急進ぶりを他国は快《こころよ》く思っておらず、対日包囲網が形成されていること、などだ。

自分たちの知っている歴史とはまるで違う夢のような話だが、これが事実らしいのだ。実際、それを裏づける強大な軍事力が、目の前に存在している。

当初は、この横須賀軍港への立ち入りなど、すべての軍施設への出入りや軍事機密への接触がご法度《はっと》だった。

たしかに、彼らにしてみれば、突如現われた正体不明の者たちに警戒心を抱いて当たり前だし、ましてや自分たちの心臓部ともいえる軍事情報など、そう易々《やすやす》と明かせるわけがないだろう。

しかし、土井らの代わりに硫黄島に派遣されていった陸海軍の者たちからの連絡によって、上陸後六日が経過した今日、突如軍事施設への接触が許可されたのである。

日本軍してみれば、自衛隊の装備はどれも驚愕に値するものだったに違いない。

だが逆に、今後の身の振りかたを決めていない土井らにとって、このパラレル・ワールドにおける陸海軍の戦力は、興味はあっても、少なくとも現時点でどうしても見たいというものではなかった。

つまり、正確にいえば、〝許可〟ではなく〝招待〟に近い。

が、とにもかくにも、とりあえず食料や医薬品の支給と引きかえに、技術交流という名目で双方の実務者クラスの受け入れが決まった。そして、土井ら交渉団の視察も。今ごろはその実務者クラスの者たちが、厚木に降り立ったころだろう。

長かった、と土井は思う。同じ日本人とはいっても、互いに外国人以上の〝奇人〟である。ようやく最低限の仕事ができたといえよう。

陸海軍を受け入れている岩波や飯田らも、ほっとしているはずだ。

だが、安心するのはまだ早かった。

「それにしても、攻撃的な顔ぶれだな」

というのが、この日本に対する土井の印象だった。

連合艦隊司令長官の沢本から参謀長の石川にはじまって、海軍大臣に海兵三二期の嶋田繁太郎《しげたろう》大将、軍令部総長に海兵三三期の豊田副武《そえむ》大将、陸軍大臣には陸士一八期の阿南惟幾《あなみこれちか》大将、参謀総長に陸士一六期の土肥原賢二《どいはらけんじ》大将、そしてきわめつけが、首相に陸士一七期の東条英機大将である。

いずれも旧史では開戦や継戦を主張した人物であり、少なくとも積極的に非戦に動いた人物ではない。

海自の高官でありながら非戦をモットーとする土井からすれば、思わず眉をひそめたくなる人物ばかりであった。

こういった者たちだからこそ、このパラレル・ワールドの強国日本があるのかもしれないが、逆にこれが自分たちの知る旧史のような敗戦の悲劇を呼ばねばいいがと、懸念を深める土井だった。


一行は内火艇に乗り込み、次いで重巡『伊吹』に乗艦した。

当然、士官待遇のため右舷舷梯《げんてい》をのぼって上甲板に足を踏み入れたのだが、舷側や錨鎖孔《びょうさこう》、上構、甲板、どこを見ても、錆《さび》、シミ一つない見事な姿であった。

竣工間もないという点を差し引いても、乗組員による隅々まで行き届いた清掃が窺える。日本海軍将兵の高い士気が伝わってくるようであった。

「この『伊吹』は、連合艦隊でも最新といっていい艦ですがね」

沢本が胸を張って、言った。

「従来の重巡に比べれば、武装、指揮通信性能、速力、防御力、いずれも最高といっていいでしょう。他国の重巡など、もはや比べるにも値しません。ただ、なにぶんにも兵が艦に慣れるのには今しばらくの時間が必要でしょうから、戦力化は数カ月先と見込んでおりますがね。二番艦も慣熟訓練中で、三番艦も建造中ですが、それまでは既存の艦でやりくりせねばなりますまい」

「電子装備に関してもいいのが揃っておられる様子ですが」

「電子装備？　ああ、電探ですか」

防衛省技術研究本部先端技術推進センター所属の山田智則二等陸佐の言葉に、石川は『伊吹』の上構を見あげた。

ステルス性からはかけ離れたものだが、『伊吹』の艦上には各種のレーダー・アンテナがひしめいていた。対水上、対空、さらに捜索用、射撃用と思われるそれら多くのアンテナが並ぶ様は、往年のロシア製水上艦を思わせるものだった。

「我が国は、電探や逆探といった弱電分野の開発にも積極的に取り組んできましたからな。当初はドイツやイギリスに比べると劣勢だったようですが、今となってはそれらにひけをとるものではない。むしろ優れているとさえ考えています。夜戦の勝利がそれを裏づけておりますからな」

石川は、自信たっぷりに笑った。

「ところで、あの遠方の艦は『大和』ではありませんか」

DDG（Guided Missile Destroyer＝対空誘導弾搭載護衛艦）の『あしがら』と『あたご』から成る第二一護衛隊司令大原亮一郎海将補が、右舷前方に双眼鏡を向けた。

特徴的な艦容だった。長大な艦首に優美な曲線を描いた最上甲板、中央に鎮座したスマートな艦橋構造物、そして前部に二基、後部に一基備えられた巨大な三連装主砲塔……。

日本が世界に誇る連合艦隊の象徴たる大和型戦艦の威容であった。

「『大和』をご存じでしたか」

「もちろんですよ。日本人なら『大和』を知らない者などいません。日本が全身全霊を注《そそ》いで完成させた艦なのですから」

沢本に、大原は続けた。

「全長二六四メートル、全幅三八メートル、主砲四六センチ砲三連装三基九門、速力二七ノット、世界最強の……」

「速力は三〇ノットです」

後ろからしわがれた声が割って入った。

「技術中将。ここにおられましたか。ご紹介します。我が軍、いや我が国で最高の技術者として知られる森脇喜平《もりわききへい》技術中将です」

「いや。連合艦隊司令長官がおいでとは、私のほうこそ驚きましたが……なにか」

沢本が石川に耳打ちし、石川が森脇になにやらささやいた。

「そうか、そうでしたか。ようこそおいでくださいました」

森脇は表情を変えることなく、微笑した。未来からの客人と聞かされても、いたって冷静な森脇である。

「いやいや。今日は『伊吹』に搭載した誘導魚雷の様子を見にきておりましてね。あれはあれでいい兵器ではありますが、ちょっと気難しいところがありましてなあ。女と一緒ですよ」

「まったくです」

大袈裟に天を仰いで笑う沢本の脇で、石川が苦笑した。あまりにもくだけた表現に、大原や土井も小さく吹きだす。

「とにかく繊細すぎて厄介な代物《しろもの》でしてな。普通の魚雷の感覚で海に叩き込んだら、使いものにならんのです。発射角とか発射速度とか、入念に調整しておきませんとな。……おっと、脱線しました。『大和』でしたな。新型の高効率缶《かま》を……」

「中将！」

参謀の一人が制しようとしたが、森脇は「かまわんだろう」とばかりに沢本に目を向けた。

「下がれ」

森脇の要求に、沢本は顎をしゃくって参謀を下がらせた。

「まあいいでしょう。我が国はボイラー技術も一級品ですからな。高温で高圧、二二万馬力を叩きだせば、六万四〇〇〇トンの巨体も三〇ノットで走らせられます。あの『信濃』もね」

「『信濃』？」

「失礼」

苦笑する沢本の後を、石川が継いだ。

「あれは大和型戦艦の三番艦『信濃』です。昨年のハワイ沖海戦で負った傷がようやく癒《い》えましてね」

「『信濃』が戦艦ですか。てっきり空母に改造されたのかと思っていましたが」

「空母、ですと？」

森脇がなにかを含んだ笑みで、土井の疑問に答えた。

「海戦の主役は戦艦ですよ。たしかに航空機の進歩は目覚しく、空母の重要性は増しています。しかし、なにぶんにも航空機は数の勝負でして、消耗品的側面があるのも確かです。機体は作ればいいが、搭乗員はそうはいかん。人的損害は、我が軍にとっては致命傷といってもいい。そこで」

森脇は石川に視線を流した。石川が胸をそらして、自慢げに説明する。

「そう。我が軍では戦闘機を優先配備した制空権確保を絶対命題としております。敵機の跳梁を防ぎ、艦砲で敵を粉砕する。それが我が軍の基本戦術であります。それで米英を撃ち砕いてきたのでありますから、我々の方針は正しかったといえるでしょう」

「参謀長の言うとおりだ。大和型はよく働いてくれたよ。もちろん今後にも期待している。一番艦『大和』、二番艦『武蔵』、そして四番艦『紀伊』は今、真珠湾を母港にしています。『信濃』を加えた大和型戦艦四隻は、第二艦隊の中核として米国の動向に目を光らせておりますので。ついでに左舷のあれは、大鳳《たいほう》型空母の二番艦

『鳳凰《ほうおう》』でして、あの艦は近日セイロンに出港します。インド洋の制海権は現在我が軍のものですが、アフリカ方面から欧州の圧力がかかってくるのも防がねばなりませんのでね」

沢本も自己顕示するように言った。その目は自信と満足感をたたえている。飛ぶ鳥を落とす勢いの日本軍を象徴したものなのか。

「大鳳型も二隻ですか。あの重防御の空母がね」

「いえ、四隻です」

「四隻？　ほ、ほう」

左舷前方に視線を向けながら、土井はふたたび感嘆の息を漏らした。

旧史では幻に終わった艦艇群が、続々と目の前に現われている。しかも、それらは遠く東にハワイ、西にセイロンと、まさに世界を股にかけて行動しているというのである。驚くべく現実だった。

「自分は長く軍政に携わってきましたが、大蔵省があぁだこうだ言うのを説き伏せて、また予算をめぐって陸軍とも凌《しの》ぎを削りながら、ようやくここまで揃えることができた。まあ、ひと安心といったところです」

石川は感慨深げに言った。

「大鳳型空母四隻に、世界最強の大和型戦艦が四隻ですか」

「その世界最強というのも、少々気になりますな」

大原の言葉に、森脇が反応した。

「セイロンには『土佐』『尾張』がおりますからな」

「『土佐』？　『尾張』？」

「大和型をご存じでも、土佐型はご存じではありませんか。なかなか複雑ですな」

不思議そうな顔をする大原に、石川は前置きして答えた。

「土佐型は、大和型の四六センチ砲を上回る五一センチ砲を搭載した戦艦です。ただやたらと艦型が大きくなるのも、防御面や人員、ドックの関係上から好ましくありませんのでね。門数は六門に減じているんです。そこで大和型と土佐型とでは、打撃力はほぼ同等と我が連合艦隊では見ております」

「参謀長。砲戦は破壊力じゃろ」

森脇は石川を一瞥《いちべつ》して、微笑した。

「そのうち、『大和』や『土佐』にもどでかい噴進弾でも積もうかのう。敵艦にぶち当てるような」

（対艦噴進弾？　ミサイルか。それにホーミング魚雷に、高性能レーダー？）

それまで皆のやりとりを後ろからずっと見守っていた防衛省技術研究本部先端技術推進センター所属の山田智則二等陸佐は、技術水準のあまりの高さに不審を抱いた。

どの兵器一つとっても、この時代にはありえないものではないか。歴史的に合わないオーパーツともいえるかもしれない。

（あの顔、どこかで……森脇？）

「も、森脇一佐!?」

唐突に飛びだした山田の声に、森脇の表情が瞬時に変わった。

「いや。ちょっと。あれですな」

森脇はその場を繕《つくろ》い、山田を手招きして二、三歩離れた。

「静かに」

「も、森脇、森脇一佐ですね、あの爆発事故の。オーパーツでもなんでもない。あれらはすべて未来の技術で……」

そう、技術中将として一同の前に現れた森脇喜平技術中将は、実はこの時代の人間ではなかったのである。

二〇年前、原因不明の爆発で全員死亡と確認された先端技術推進センターの事故は、実はタイム・トラベルを引き起こした可能性のあるものとしてセンター内では見られていた。

それが今、ここではっきりしたわけである。タイム・トラベルは、今回の硫黄島合同演習が初めてではなく、未来人は、すでに過去に入り込んでいたのだ。

（だからか）

大日本帝国の躍進には、未来技術が大きく寄与していた。森脇らが持ち込んだ未来技術によって、日本の産業基盤は大幅に強化された。軍事技術や兵器の性能向上は目覚しく、日本はその強大な軍事力を背景に、米英をも圧倒する強国にのし上がっていたのだ。

山田は愕然とした。

パラレル・ワールドだからというだけで、この旧史の変貌ぶりはやはり説明がつかない。

その理由が、ここに隠されていたのだ。

森脇はその未来知識を手に、軍内部で絶対的な地位を築きあげたに違いない。海軍三顕職《けんしょく》の一つである連合艦隊司令長官ですら、かなり気をつかっている様子がある。

（こんなことがあっていいのか）

さすがの山田も、それ以上言葉が出なかった。

「現在、私のグループはそのときのメンバーでほとんど占められている。これ以上しゃべるな。それがお互いのためだ。騒ぎたてたとして、なんの得になるわけでもあるまい」

「…………」

絶句する山田にかまわず、森脇は向きなおった。

「いやいや。技術屋は技術屋同士で、深い話がありますからなあ」

「さあさあ。そろそろ陸《おか》に戻りますか。ささやかですが、会食の場を設けさせていただいております。我々の司令部も、今では陸に居を構えておりますからな。これだけ戦場が広くなると、なにかと艦上では不都合がある。軍令部や陸軍との調整にしても、陸のほうが円滑に進められますからな」

沢本の言葉で、その場はいったん締めくくられた。

「さあ、行きましょう」

退艦を促《うなが》す石川の言葉だったが、山田は呆然《ぼうぜん》としたまましばらくその場を動けなかった。

一九四六年四月一五日　セイロン

日本本土から見てはるか西、地球を三分の一ほども行ったインド洋の西部に浮かぶセイロン島に、旭日旗を掲げた艦艇が砲列を並べている様は、我が世の春を謳歌する大日本帝国の勢いを如実に示すものだった。

今、コロンボ軍港には大小様々な艦艇がひしめきあっている。

日本艦特有の大きなシアーの付いた艦首を陽光に輝かせる妙高型重巡がいれば、三本煙突の古めかしい姿ながら、「まだ若い者には負けけん」とばかりに古武士の風格を漂わせる長良型軽巡がいる。

それらの前で、太刀持ち、露払いとして、外洋に哨戒に向かうのは陽炎《かげろう》型駆逐艦だ。見るからに俊敏そうな細長い艦体と、連装砲塔と魚雷発射管で艦上を占めている強武装は、通商護衛の巡洋艦程度なら同等以上に渡りあえるものである。

そしてそこに、洋上での飛行訓練を終えて帰港してくる巨大な艦影が見えた。

装甲を施した飛行甲板とそれによる重心点上昇を避けるために、飛行甲板が艦首をも包み込むエンクローズド・バウを採用した特長的な艦容、大鳳型の空母である。

世界最強の日本海軍の艦艇中でも一、二を争う巨体で、全長二六〇・五メートル、全幅三三・六メートル、基準排水量二万三九〇〇トンを誇るその異様ないでたちは、敵対国家に対して無言の圧力をかけるはずだ。

しかし、それらの艦艇と比べてもひときわ大きな存在感を放つのは、やはり巨大な主砲塔を据えた戦艦であろう。

左右に大きなフレアのついた艦首、艦体中央に鎮座した筒状のスマートな艦橋構造物、三本のメインマスト——それらは大半の者が大和型戦艦と錯覚してしまいそうだが、実はそうではない。

艦体はほぼ同じ大きさながら、主砲は三連装ではなく連装だ。しかも、その砲身はとてつもなく太い。まさに世界最大にして最強の艦砲に違いない、口径五一センチの砲であった。

その連装砲を前部に二基、後部に二基搭載する艦こそ、日本海軍の最新鋭戦艦『土佐』と『尾張』の二隻である。

この二隻は、西方防衛の要《かなめ》として第一艦隊に編入され、ここコロンボで欧州およびアフリカ方面に睨みを利かせていたのであった。

同日　ハワイ

「それでも『大和』は世界最強、ですか。お久しぶりです。司令官」

重巡『利根』艦長黛治夫大佐は、ハワイ真珠湾に停泊中の第九戦隊旗艦重巡『最上』を訪れていた。

第九戦隊は『最上』『三隈』『熊野』『鈴谷』の最上型重巡四隻から成る強力戦隊である。

なにしろ最上型は、前部に三基、後部に二基の二〇・三センチ連装砲塔五基と、六一センチ三連装魚雷発射管四基を備えた重雷装、重武装の重巡だからだ。

それでいてすらりとした控えめの艦橋構造物と、すっきりとまとめられた誘導煙突、大きなシアーを描いた艦首は、戦闘艦でありながらも優美な、日本艦独特の構造美を放っていた。

その第九戦隊旗艦重巡『最上』の司令官室には、なじみの顔が待っていた。

第九戦隊司令官松田千秋《ちあき》少将である。

「おう、黛。あいかわらず気合充分でやっとるようじゃないか。いろいろと噂は聞こえてきているぞ」

敬礼する黛に、松田は答礼もそこそこに破顔した。

「まあ、座れ」

「はっ」

松田が眺めていた舷窓の先には、第二艦隊の中核である戦艦『大和』が錨《いかり》を下ろしていた。

かつて松田も黛も『大和』に乗り組んで、たっぷりと戦塵《せんじん》を浴びながら数々の修羅場をくぐり抜けてきた。松田は『大和』の第二代の艦長として太平洋戦争初期を戦い、そのときの砲術長として辣腕《らつわん》をふるっていたのが黛だったのである。

「それにしても、自分たちがこの真珠湾を母港にするとは、あの当時は夢にも思っていませんでしたよね」

「そうだな。目的は大きく持てとはいうが、敵太平洋艦隊の母港たるこの真珠湾をものにしようなどということは、たしかに当時は夢想だったかもしれん。だが」

「我々は成し遂げた」

「そうだ。『大和』をはじめとする連合艦隊の奮闘と、基地航空隊や陸軍の協力もあってな」

二人は、顔を見合わせてうなずいた。

約四年半前、太平洋戦争開戦とほぼ時を同じくして竣工した『大和』は、日本海軍の象徴として、太平洋を東に西に、北に南にと縦横無尽に駆けまわった。ときにはインド洋やオホーツク海にも進出して、イギリスやソ連をも圧迫した。

中でも圧巻だったのは、第二次大戦勝利を決定づけたハワイ沖海戦での活躍である。『大和』は僚艦『武蔵』『信濃』らとともに、連合国の中で最後まで徹底抗戦を主張していたアメリカの膝を折るべく、本丸ともいえるハワイに切り込んだのだ。

実はこの時点＝一九四五年四月＝で、第二次大戦は複雑な様相を呈していた。

欧州ではイタリアとドイツが、イギリス、ソ連に敗れて三国枢軸同盟は瓦解し、日本は米英ソを中心とする連合国を相手に単独で戦い続けていた。

しかしながら、太平洋方面での日本の勢いは衰えるどころか、ますます強まる一方であり、イタリアとドイツ屈服という一定の成果に満足したイギリスとソ連は、日本打倒という厚い壁は黙認して放置する態度を示していたのである。

そもそもイギリスとソ連にしてみれば、日本に奪われたのは、民族自決が高まってもはや価値を失いかけた東南アジアの植民地だったり、極東にある辺境の寒冷地だったりで、多大な費用と大量の命をかけて戦争をこれ以上続ける理由がなかったのである。

だが、アメリカはそうはいかなかった。このまま日本が太平洋を東進してくれば、直接脅威に晒《さら》されるのは自分たちである。

そんな理由からアメリカの抵抗は激しく、序盤の水上戦と航空戦は互角に推移し、戦いはオアフ島南岸での夜間砲戦に発展した。

隻数で優るアメリカ太平洋艦隊は、日本軍の輸送船団を葬り去るべく日没とともに猛進してきたが、『大和』らがその面前に敢然と立ちはだかったのである。

背後に守るべき輸送船団を背負うという戦術上のハンディがあったにもかかわらず、『大和』は単艦で戦艦三隻を含む敵艦七隻を撃沈破し、共同では一〇隻以上を撃沈するという大戦果をあげて、アメリカ太平洋艦隊を遠く西海岸サンディエゴに追い払ったのだ。

かくしてハワイは日本軍の手中に落ち、太平洋の制海権は日本海軍のものになった。

この決定的な敗北に意気消沈したアメリカの世論は終戦に傾き、第二次大戦は独伊敗北、日本勝利というねじれの状態で幕を閉じたのである。

「そして、我が軍は今なお拡張を続け、戦後に大和型戦艦に続く土佐型戦艦『土佐』『尾張』を生み出した、というわけか」

「中央は『土佐』『尾張』をセイロンに貼りつけてさえいれば、欧州各国なんぞ足が震えてやってさえこないだろうと、ふんでいるようです」

「馬鹿な。敵を侮《あなど》るにもほどがある」

松田は口上にたくわえた髭を震わせて、険しい表情を見せた。

「黛。もしや、お前までそんな考えでいるんじゃなかろうな」

「まさか」

黛は大袈裟に肩をすくめた。

「司令官。自分は松田大学の出身ですよ。単なる戦術論だけではなく、敵の情報をふまえて二手三手先を考える戦略論を身につけているつもりです。一時の勝利に酔って、視野狭窄に陥《おちい》る者とは違います」

「そうだな」

松田は白い歯を見せて微笑した。

松田大学というのは、『大和』の後甲板上で開いていた松田千秋少将の私塾のようなものだ。そこで松田は部下に対し、自ら身につけてきた技能や知識をくまなく伝授するべく力を注いできたのである。理論派である松田の、説得力ある講義は海軍内でも一目置かれるものだった。

「欧州の状況は、一年前とはまるで違う」

松田は神妙な面持《おもも》ちで言った。

「一年前、独伊の猛攻を退けるのがやっとで疲れきっていた英ソも、かなり回復しているとみていい。そして、欧州に敵はもう存在しない」

「つまり、一年間の充電期間を経て、満を持して我が軍にぶつかってくる可能性があると？」

「そうだ。これは当たってほしくない俺の考えだがな」

黛を前にした松田の声が、ここで一段と低くなった。

「アメリカが積極的に、英ソ、そして仏をそそのかしているらしい。このまま我が国を増長させれば、大陸を押し渡った我が軍が欧州にまで手を伸ばそうとするだろう、とな」

「まさか。ありえない。それこそ夢想だ」

「そう。さすがにありえない。だが、欧州諸国が我が国を脅威ととらえているのは事実だ。当然、単独であたれるわけはないからな」

「連動するとしたら、アメリカしかない」

「そういうことだ」

松田の言葉に、黛は深いため息を吐《つ》いた。

松田が続ける。

「それにな、どうも不穏な動きがあるとも聞いている」

「不穏な動きですと？」

「ドイツとイタリアだ。あの二国は敗戦国になったわけだが、我が国だけは勝利した。それを快く思っていない者たちが、政府中枢にいるらしい」

「自分たちを援護せずに、一人だけ勝ったとでも言うんですかね。ずいぶん勝手な解釈だ」

「第三者的に見てもそうだが、そういうふうにとらえる者もいるということだ。当然、人の考えなど千差万別だが、それを止めることは誰にもできんからな。そこに英仏が付け入っているという話もある」

「どこでそんな話を？」と、あまりに詳細な外交情報に、黛は驚きの声をあげた。

「首席参謀からよ」

「首席参謀？　中島大佐ですか」

「ああ。彼は良い眼をしているよ」

黛は連合艦隊司令部首席参謀中島親孝大佐の端整な顔立ちを思い浮かべた。

理論派の松田と情報の重要性を説く中島とは、相通ずるものがあるのだろう。

「とりわけ海軍という意味では、独伊も無視し難い」

「たしかに」

黛はうなずいた。

イタリアとドイツは敗戦国だが、欧州という地形上、戦争の雌雄《しゆう》を決したのは陸軍であり、陸戦であった。

そのため海軍の出番は少なく、海戦の規模は太平洋とは比べようもなく小さかったのである。それだけ艦艇の喪失は少なく、温存されたものも多いということだ。

特にイタリア海軍などは、主力艦のほとんどが残ったまま白旗を掲げている。もっとも、それがイタリアの手元に残されているかどうかは別だが。

「欧州艦隊が出てきたら、我が軍は、『土佐』『尾張』で……」

「あの艦では敵に、勝てん」

衝撃的な言葉を口にした松田に、黛は身を硬直させた。

「負ける」「下がる」という言葉自体、禁句となっている今の海軍の体質である。

松田のような人物でなければ、こうはっきりとした物言いは絶対にしないだろう。

しかし黛もまた、改大和型たる土佐型戦艦の弱点を悟っている一人だった。

「門数、ですね？」

黛はぽつりと言った。

土佐型戦艦は大和型を上回る口径五一センチの砲を搭載している。しかし、砲戦における投影面積の問題や、建造、修理のために必要となるドックの大きさの制限などから、艦型の肥大化はできるだけ避けたいというのが、用兵と設計双方の共通認識だった。

そこで採られた措置が、門数の制限である。

艦の大きさを大和型なみに抑えるために、搭載する主砲は大和型の四六センチ砲九門に対して、土佐型は五一センチ砲六門になった。

ここが黛の最大の懸念材料だった。黛はこの計画を知って、「門数確保は艦型抑制に優先すべき課題である」との意見書を提出したが、造船部門に影響力のない一介の士官の意見など取りあげられるはずもなく、土佐型戦艦は当初の計画そのものの姿で前線に送りだされることになったのだ。

砲術は基本的に公算射撃だ。一度に多数の砲弾を放って、その砲弾の散らばる範囲＝散布界＝内に敵を包み込んで何発かの命中弾を得るという攻撃法である。

となれば、確率論からいって、砲弾の数は多ければ多いほど命中率が高くなるのが当然だ。たしかに五一センチ砲の破壊力は魅力的である。

だが、かつての東郷平八郎連合艦隊司令長官が残した「百発百中の砲一門は、百発一中の砲一〇〇門に優る」という言葉を聞くまでもなく、当たらなければ意味がない。砲弾の破壊力は、当たってこそのものなのである。

「それだけではないぞ」

松田は舷窓の向こうの『大和』を一瞥した。

「『大和』や『武蔵』と違って、『土佐』『尾張』は苦境を乗り越えた経験がない。爆炎に叩かれ、濁流に洗われたことがないのだ。覚えているか。あのソロモンの夜戦を」

「もちろんです」

黛は目線をやや上向きにして、回想した。

開戦翌年の一九四二年夏、『大和』は米豪遮断の一翼を担ってソロモン海域に進出した。

ニューギニアの東に連なるソロモン諸島は、ハワイあるいはアメリカ本土とオーストラリアとを結ぶ線上に位置するという地理的な要衝ではあったものの、島自体の規模は小さくまた艦隊泊地としても適地ではなかった。そのため、当初日本海軍では、アメリカ軍やオーストラリア軍の駐留兵力は僅少で抵抗も少ないだろう、との見通しをたてていた。

ところが、それはあまりに楽観的かつ希望的観測だったことを、日本軍は身をもって知らされた。ガダルカナル島に上陸した矢先に、日本軍は米豪連合軍の強烈な反撃を受けて大損害を被《こうむ》ったのだ。

アメリカ軍とオーストラリア軍は、周到な準備の下に日本軍を待ち構えていたのである。

『大和』は、ソロモンの狭い海域に入ったところで新型戦艦を含む敵の有力な艦隊の待ち伏せに遭って、集中砲火を浴びる羽目に陥った。

戦艦対戦艦の砲戦はまだしも、危険だったのは敵水雷艦艇の接近である。

ソロモン海域は幅も狭い上に暗礁も多く、大型艦には行動の自由が著《いちじる》しく失われる難所だ。身動きもままならないところで多数の雷撃を受ければ、いかに不沈艦を豪語する『大和』といえども無事ではすまない。

だが、その苦境を当時艦長だった松田と、同じく砲術長だった黛は、死中に活を求める奇策で乗りきった。座礁覚悟で、松田は陸地ぎりぎりまで回避運動を行ないつつ敵艦に向けて接近したのである。

黛は敵戦艦との接近戦に、まさかの照射射撃を選んだ。一見、無謀極まりない試みに見えるが、これがまんまと図に当たったのだ。極めて高い射撃精度で黛は敵戦艦に命中弾を送り込み、中小艦艇を蹴散らした。

松田も卓越した操艦技術で多数の魚雷を躱《かわ》しきり、結局ただの一本の魚雷も『大和』に触れさせはしなかった。

この気迫と勢いに敵指揮官は圧倒されて、退却を余儀なくされていったのだ。

このときの『大和』の活躍によって日本海軍はソロモンの制海権を握り、ひいてはオーストラリアを脱落させるという戦略的な大勝利を導くことになった。

「艦には、それぞれ船魂《ふなだま》が宿っていると言うだろう？」

「はい」

松田の言葉に、黛はうなずいた。

船魂というのは、船乗りの間で語り継がれる伝説のようなものである。

船にしろ艦にしろ、船という乗物にはそれぞれ固有の船魂が宿っており、その運命を見守っているという。船魂が去れば、その船の運命も尽き、海底に飲み込まれたりしてその一生を閉じる。逆に、宿ったままでいれば守り神のようなものだ。

「『大和』や『武蔵』は、熾烈《しれつ》な対米戦を戦い抜いてくれた。特に『大和』は、戦いに勝つなにかを持っている。強運の船魂が宿っているのかもしれん」

理論派らしからぬ松田の言葉だったが、三年半にわたる対米戦勝利に貢献した男の言葉には重みがあった。

普段、そういった類《たぐい》の話をしない松田の口から出た言葉は、かえって説得力を感じさせた。

「修羅場をくぐり抜け、勝つためのポイントも知っている。そういった艦には勝てぬよ」

「戦後に竣工した『土佐』や『尾張』にはそれが……」

「ない！」

松田はふたたび明確に言いきった。

「それなりに優れた乗組員を集めている。艦の性能ももちろん優秀だ。たしかに負けない艦かもしれん。だがな」

そこで松田の声が、さらに低くなった。

「それで勝てるほど戦争は甘くない。苦しいとき、追い込まれたときに、いかに凌ぐか。その先に初めて勝利がある。相手も必死だ。一方的な戦いなど、滅多にあるものではない。逆境をはねかえすのは、経験と研ぎ澄まされた勝負勘だ。もちろん、これは俺の勝手な考えだがな。外れてくれることを祈るか」

「はい。そうならないことを願いましょう。もし、自分たちがセイロンに行くことがあれば、全力を尽くすだけです」

「そうだな」

松田と黛は、ゆっくりとうなずきあった。

舷窓の外では、透明度の高い真珠湾の海水に巨軀を浮かべた『大和』が、強烈な陽光を背に燦然《さんぜん》と輝いていた。

第五章　敵対、全世界

一九四六年四月二三日　フィジー

硫黄島合同大演習に参加していた陸海空三自衛隊の隊員たちが、タイム・トラベルしてからちょうど三週間が経過したこの日、世界の緊張はふたたび頂点に達しようとしていた。

沖合から砲口を向ける巡洋艦と駆逐艦を背に、多数の上陸用舟艇が白波を蹴立てて突進した。

上空には巡洋艦のカタパルトから射出された水上機が警戒に飛びまわっているが、今のところ敵が反撃に出てくる気配はない。

陸地に砲炎が閃《ひらめ》くことも、敵戦闘機がエンジン音をうならせて突っ込んでくることも、ない。ましてや、水平線の向こうから敵艦が現われて砲撃をかけてくることもなかった。

まったく抵抗を受けることなく、日の丸を背負った日本兵は上陸を開始した。

まず先陣を切ったのが、五式戦車の一群である。

砂浜に乗りあげた揚陸艦が前扉を開くと、前方に砲身を二門突きだした魁偉《かいい》な姿の五式戦車が、履帯《キャタピラ》をきしらせて内陸に向かう。

五式戦車は、ドイツやソ連といった大陸国に比べるとはるかに稚拙な戦車しか持っていなかった日本陸軍が、ようやく手に入れた本格的な中戦車だった。全長七・三メートル、全幅三・〇五メートル、全高三・〇五メートル、重量三七トンにおよぶ五式戦車チリは、九九式高射砲をベースにした四五口径八八ミリ砲と、車体前面に口径三七ミリの副砲を搭載している。

火力からいえば、連合軍に恐れられたドイツの重戦車ティーガーに匹敵し、ソ連の傑作戦車T－34を上回るものだ。

全体に角ばった印象を与える五式戦車だが、なんといっても外観上の特徴はその巨大な砲塔である。車体の三分の二に達しようかという巨大な砲塔は自動装填装置を内蔵したゆえのものだが、一見してドイツのヤークト・パンターやヤークト・ティーガーのような駆逐戦車を思わせる。

それは必然的に対戦車戦闘を想定して設計製造された証でもあるが、それでいて車体は生産性を重視した箱型のものを採用している。

車体前面と砲塔前面は、左右ともに後方に傾斜を設けた被弾経始措置がとられており、防御面も優秀だ。

反面、重戦車に近い大重量は軟弱な地盤だと足をとられる危険性もあるが、そこは工兵が素早く展開して砂地に鉄板を敷いていく。

鉄板ごと一度沈み込む五式戦車だが、すぐに速力をあげて固い地盤に向けて脱出していった。

それらの戦車を盾にして、歩兵が続く。

彼らは舟艇から飛び降りるなり、小銃を片手に波打ち際を抜けて海岸線に展開する。

物陰から銃撃が迫ってきはしないか、迫撃砲弾や手榴弾が飛んでくることはないかと身を伏せて様子を窺うが、やはり敵の兆候はまったくなかった。

それもそのはずだ。この南太平洋のフィジー、サモアは、オーストラリアとアメリカ本土を結ぶ中間点にあたり、今では日本とアメリカが対立する洋上の緩衝地帯になっていたからだ。

これが、歴史上の大きな転換点となる一九四六年四月二三日の日本軍によるフィジー侵攻の瞬間だった。

同日　硫黄島

フィジーと日本との時差は三時間。日本軍が早朝フィジーに上陸を開始したとき、日本はまだ夜明け前だった。

その情報が硫黄島の自衛隊員に伝わったのは、さらに半日以上が経過した一九四六年四月二三日の夜になってからのことである。

（やはり自制はできなかったか）

陸上自衛隊北部方面隊第七師団第七二戦車連隊第三中隊長江波洋輔一等陸尉は、軍の方針に落胆を隠せなかった。

たしかに必要な措置だったかもしれないが、その裏にはアメリカの挑発が見え隠れしていたのも事実だ。考えようによっては、日本はまんまとアメリカの策略に乗せられたことになる。

もっとも、強硬派揃いの今の日本政府や軍の面々ならば、策略とわかりつつ「望むところだ」と受けてたったのかもしれないが。

「中隊長。こんなところで、自分たちはいつまでぐずぐずしているんですか」

「ぐずぐずって？」

「ふざけないでください、中隊長。もうすぐ戦端が開かれるっていうのに」

江波に食ってかかったのは、江波の中隊で第二小隊長を務める森雅也三等陸尉だった。

「もう敵が宣戦布告してくることは明らかです。自分たちもそれなりの備えを！」

森の主張ももっともであった。

日本がフィジー、サモアに進出しようとしていることをアメリカはいちはやく察知し、米英ソの共同宣言として「日本がこれ以上周辺の国および地域に対して、武力そのほかあらゆる手段で、侵攻、併合、占領を始めた場合、自分たちは重大な決意をもって、それを阻止する用意がある。特にフィジー、サモアについては、合衆国に対する危険な挑戦と重大な脅威とみなして戦争状態に入ることを、日本は覚悟せねばならない」と、全世界に向けて発信していたのだ。

その状況下での日本軍のフィジー侵攻である。

もちろん、日本にも言い分はある。

このところ、オーストラリア＝ハワイ間を結ぶ海上交通路を行く輸送船が、武装グループに襲撃される事件が相次いでいた。そのような海賊行為をはたらく一味の拠点が、どうやらフィジー、サモアにあるらしいのだ。

また、オーストラリアやニューギニア、ソロモン方面でも、散発的な自爆攻撃や小集団による軍へのゲリラ攻撃が発生するなど、治安の悪化が進んでいる。

そのテロリストたちの訓練施設や裏で手ぐすねをひく組織が潜伏しているのも、フィジー、サモアであるとの予測が色濃いのだ。

それだけではない。こういった南太平洋の動きだけではなく、蒙古方面にソ連の機甲部隊が集結しているとの情報や、インド、ビルマ国境でも、日英の国境守備隊の間で何度も小競り合いがあったと聞いている。

戦争の足音は、もうすぐそこまで迫っているのだ。

「ぐずぐずって言ったって、俺たちは日本軍じゃない。そうだろう？」

「中隊長！　甘いですよ。日本が危ないんですよ。自分たちは国防のための組織なのでは……」

「命令は待機だ。命令は絶対。それが我が自衛隊の掟だ」

言下に言いきる江波だったが、森は引き下がらなかった。

「自分たちには戦う力がある。それなのに黙って見ていろというんですか。時代が違うからと。命令が誤りなら、それを正すよう進言を……」

「大変だ！」

そのとき、同僚の一人が、息を切らして飛び込んできた。江波や森のほか、十数人いるラウンジの空気が一段と張りつめた。

「ラジオだ。ラジオ！」

壁際にいた者が、スピーカーにつながるスイッチをオンにしてチューナーを回した。

館内放送の許可が下りているわけはなかったが、場の雰囲気が規律を破っていたのだ。

雑音がしばらく続いた後、男の声が入った。

英語だ。若々しい声ではない。

「トルーマン大統領？」

江波の言葉に、全員の視線が集まった。

息を殺して、耳を傾ける。

江波をはじめ半数は日常英会話が可能なレベルではなかったが、かたことの英語ならば聞きとれる。ましてや、重要な単語ならば。

「せ、宣戦布告だと？」

「戦争だ。戦争が始まっちまったんだ！」

それは、アメリカ合衆国第三三代大統領ハリー・S・トルーマンの緊急記者会見だった。

現地時間九時、トルーマンは英独仏伊ソの連名で、日本への宣戦布告と、戦争の開始を告げたのである。

「WAR」の一語が耳にこびりついて離れない江波だった。

今は技術供与という名目で、各自衛隊の先端兵器のメカニズムを教えたり、既存兵器の改良を進めたりすることによって食料や医薬品などの供給を受けているが、いざ戦争となれば話は違ってくるだろう。供給が続けられるかどうかにも不安があるし、それよりも参戦を求められる可能性が非常に高い。

自分たちも近いうちに戦争に巻き込まれる。そんな暗澹たる思いに、江波の顔はどす黒く染まっていった。

同日　硫黄島北々西一二〇海里

海上は、不気味なまでに静まり返っていた。空に浮かぶ三日月から降り注《そそ》ぐ光りは弱く、海上を闇が支配している。

米英独伊ソによる連合国が対日宣戦布告に踏みきったという報告は、行動中の自衛艦や哨戒機にもただちに伝えられた。

「ついに来ましたか」

七つの海を駆ける男こと、DDG（対空誘導弾搭載護衛艦）『あしがら』艦長目黒七海斗一等海佐は、やや青ざめた表情で唇を歪《ゆが》ませた。長身の目黒だが、心なしか小さく見える。内面の心情は、どうやら外見にも変化を与えるということか。

かつてない繁栄を謳歌する日本だったが、その代償ゆえか、世界各国との対立は深刻化していた。内戦続きの中国を除けば、全世界が敵といっていいほどである。

遠からず戦争は避けられないだろうという話は聞いていた目黒だったが、それが現実となるとやはり緊張は隠せなかった。

『あしがら』は今、僚艦『あたご』とともに補給物資を満載した輸送船を護衛しつつ、硫黄島への帰途にあった。

鈍足の輸送船でも、明日の朝には硫黄島に到着できる。そう思っていた矢先のことだった。

「哨戒ヘリ、上げますか」

「そうだな。もはや戦時だ。用心にこしたことはないだろう」

『あしがら』の航海艦橋には、目黒のほか『あしがら』『あたご』から成る第二一護衛隊司令の大原亮一郎海将補が座乗していた。

大原もさすがに緊張しているようだった。いつもの堂々とした振る舞いは変わらないが、口数が少ないことに余裕のなさを感じさせた。

「『あたご』にも命令だ。ただ、万一敵を発見しても攻撃はいかんぞ。我々は日本軍ではない。それを忘れてはならん。我々は中立だ。少なくとも今、我々は当事者ではないのだからな」

大原の承諾を得て、『あしがら』も戦時警戒の態勢に入ろうとしたのだったが……。

「左舷より接近する推進器音。魚雷です。近い！」

「対抗手段！」

ソナー員の突然の報告に、目黒は間髪入れずに叫んだ。

敵潜水艦が魚雷戦を仕掛けてきたに違いない。自分たちの時代と違って、大戦型の潜水艦は水中航行時の静粛性が比較にならないほど酷いはずだ。

それを今までなぜキャッチできなかったのか。

「ソナー員はなにをしていた？」と怒鳴りたい気持ちだったが、まずは雷撃を躱《かわ》すのが優先だ。

囮《おとり》となる音源＝デコイ＝を放って、魚雷の注意をひきつける。

（いや、ちょっと待て）

「取舵だ。取舵二〇《ふたまる》！」

目黒は自分の犯したミスに愕然とした。

半ば反射的にデコイの放出を命じはしたが、考えてみるとそれはあくまで自分たちの時代での有効な対策なのだ。

魚雷が先進的なホーミング魚雷、正確にいえば標的の音源をひろって近づく音響追尾魚雷であるからこそ有効な対策だが、ここは七〇年も昔の世界である。なんの誘導機能も持たない魚雷であれば、その対策は無意味でしかない。物理的な回避方法か、あるいは……。

「アクティブ・ディフェンスだ！　アクティブ・ディフェンス、急げ！」

目黒は切迫した声で命じた。

敵の魚雷の面前に、積極的に爆発物を投じて誘爆させる。それがアクティブ・ディフェンスである。

「魚雷三、向かってくる！」

皮肉にも、第三次世界大戦の第一撃は、日本軍に対してのものでも、日本軍からのものでもなかった。

新たな大戦で最初に危険に晒《さら》されたのは、なんと海上自衛隊の護衛艦だったのである。

「魚雷、なおも接近！」

夜の海面を切り裂く白い雷跡は、もう肉眼で識別可能なところまで迫っていた。

見張員の声は、もはや絶叫だった。

同日　ビルマ

硫黄島近海でＤＤＧ『あしがら』が敵潜と思われる相手に雷撃を受けた直後、ビルマとインドの国境でも戦いは始まっていた。

ここ数年で、ビルマ＝インド国境は大きく西に移動していた。

理由は簡単である。第二次大戦の際に日本軍がイギリス軍を蹴散らして、インド方面に勢力を伸ばしたからだ。

その新しい国境線で最初に戦闘の火蓋を切ったのは、イギリス軍の砲兵部隊だった。

世界有数の大河ガンジス川を挟んで睨みあう日本軍守備隊に向けて、イギリス軍の五インチ、六インチの野砲と榴弾砲が吼え猛り、多量の土砂や泥濘《でいねい》を跳ねあげる。

日本軍もただちに反撃を開始して砲弾が河川上を交錯し、両岸をにぎわせる。

はじめは外れ弾ばかりで、草木をなぎ倒したり、川岸を抉《えぐ》ったりするだけだった両者の砲撃だが、発砲を繰り返すたびに精度があがってきた。

やがて、直撃弾が炸裂したのであろう、閃光が夕暮れ迫る空に突きのび、誘爆の炎が南方の大気を焦がしていった。

砲撃は相手の砲座のみならず、それについていた砲手や弾薬運搬手なども容赦なく巻き込み、吹き飛ばしていく。

大小の鉄の塊とともに水面上に血飛沫が飛び散り、人間の内臓や肉片がぶちまけられ、絶叫や悲鳴をあげる間もなく、砲についていた者が即死していく。

運良く伝令に走った者や、交替要員として待機していた者など直接爆死を逃《のが》れた者も、鋭い弾片に身体を刻まれたり、高熱を帯びた爆風を浴びたりして、苦しみ、もだえながら息絶えていく。

日英の砲撃がいっそう激しくなるころに至って、夕闇迫る空を衝いて双方の航空隊が支援にかけつけた。赤い丸のマークを付けた双発の五式地上爆撃機が緩降下しようとすれば、イギリス軍の戦闘機がその阻止にかかる。

五式地上爆撃機は、前年に正式採用されたばかりの新鋭機である。全長一四・二メートル、全幅一九メートルの機体は、前部胴体下面に五七ミリ・ホ―四〇二対戦車砲を装備した大型のバルジを持つのが特徴だ。これを最大出力一九七〇馬力のハ―214Mエンジン二基が、戦闘機顔負けの最大時速六二四キロメートルで飛行させる。

大戦中、日本陸軍は旧式の九九式双発軽爆撃機に頼ってきたが、ここにきてようやく世代交代が進んだのだ。

しかし、対するイギリス軍の戦闘機も、P―51ムスタングやスピットファイアMk12といった大戦後期に活躍した戦闘機であった。そのためいかに五式といえども、強硬突破しようとすればかなりの損害を覚悟する必要がある。

だが、インド＝ビルマの国境付近の制空権は、完全に日本軍のものだった。

いったん離脱する五式に代わって、四式戦疾風《はやて》、三式戦飛燕《ひえん》の大群が現われ、イギリス軍戦闘機を駆逐していく。

特に四式戦闘機疾風は、武装、装甲、速力、運動性能、どれをとっても優秀な万能機であり、ムスタングやスピットファイアを前にしても一歩も退かなかった。

またそれを操るパイロットも、第二次大戦で場数を踏んだ歴戦の者たちが占めており、日本軍の戦闘機隊は極めて強力だった。

機首に高出力の二〇〇〇馬力エンジンハ―45を備え、そこから細く絞り込まれた砲弾のような姿をした疾風が自在に空を舞う。

華麗に旋回戦を挑む機もあれば、一撃離脱に徹する者もいる。

互いの航跡が絡まりあい、銃撃の赤い火箭《かせん》がひとしきり空に注いだあとの上空には、もはやイギリス軍機の姿はなかった。

航空隊が全滅したのを見て地上部隊が高射砲を撃ちあげはじめるが、落胆のためかいかにも弱々しい。

空戦を終えてもまだ余裕のある疾風は、次々と低空に舞い降りる。二〇ミリ二挺、一二・七ミリ二挺の機関砲、機銃が火を噴き、ミシンがけするように地上を掃射する。

台座を破壊された高射砲が地響きをたてて横転し、銃撃を浴びた旋回ハンドルや照準環が鋭い金属音とともにはじけ飛ぶ。

逃げまどう敵兵にも、銃撃は容赦なく追いすがる。

生身の人間を狙うというのは、どのパイロットも気持ちのよいことではない。しかし今は戦争だ。撃たれたくなければ、来なければいい。命が惜しければ、戦争など仕掛けてこなければいいのだ。

慈悲にかられて逃したりすれば、次は自分が撃たれるかもしれない。自分が逃した敵兵に、同僚や部下が何人も殺されるかもしれないのだ。

数十機の疾風が一航過を終えたときにはイギリス軍の高射砲は完全に沈黙し、褐色の煙と時折り爆《は》ぜる誘爆の炎が残されているだけだった。

ふたたび現われた五式地上爆撃機が、今度は悠々と爆撃を開始する。なんの抵抗も受けない爆撃は、訓練といっていいほどやさしかった。

一発また一発と投弾が続くたびに、ガンジス川西岸は閃光に切り裂かれ、炎と黒煙に席巻されていった。

地上の兵たちの歓声を受けて、日本軍の航空隊が意気揚々と引きあげていく。

第二次大戦に勝利した日本軍の勢いは、今なお続いていた。

緒戦の勝利に沸く将兵だったが、その裏に潜む危険な因子に気づいている者は誰一人としていなかった。

同日　ハワイ

日本近海とビルマ＝インド国境で戦端が開かれたころ、ハワイ真珠湾は昼下がりの穏やかな時間帯だった。

暖かい空気は心地よく、潮風は爽やかな海の香りを運んでくる。

ややもすれば昼寝でもしたい気分に襲われるところだが、真珠湾に停泊する艦艇や周辺の航空基地に駐留する将兵に、そういった者は誰一人いない。不測の事態に備えて全員が警戒の目を光らせており、張りつめた空気がぴりぴりと将兵の胸を刺していた。

案の定、ビルマ＝インド国境で砲声が轟《とどろ》いてから一時間としないうちに、空襲警報が港内に鳴り響いた。

それから五分と経たたない間に、オアフ島のヒッカム、ホイラー、エヴァといった主要な航空基地から迎撃の戦闘機が飛びたった。

海軍の主力は烈風、陸軍の主力は疾風であった。

海軍にはレシプロ機としては究極的ともいえる性能を持つ震電があったが、まだ配備数が乏《とぼ》しく本土防空が優先とされているため、ハワイにはその姿はない。ハワイの陸上基地には、艦戦と共有される烈風が数多く翼を並べていたのだ。

烈風ももちろん悪い機ではない。旋回性能に極めて優れ、第二次大戦初期に無敵の強さを誇った零戦の後継機らしく大出力エンジンを搭載して速力を増しているが、大面積の主翼を採用することで翼面荷重の増大を避けて、旋回性能の悪化を防いでいる。

当然、空力学的に有利な絞り込まれた機体形状も零戦ゆずりで、零戦の拡大改良機といってもよかった。

「出港する！」

「出港！」

真珠湾内のフォード島から上がる迎撃機を横目に、各艦が足早に錨《いかり》をあげて外洋に向かう。

港内で空襲を受ければ身動きがとれないまま一方的に叩かれてしまうため、一刻も早く航行の自由を確保できる外洋に出なければならなかったのだ。

しかし、こういったケースも、当然想定の範囲内であった。

第二艦隊が真珠湾を母港に定めて進出してきてからというもの、こういった演習は何度となく実施済みだったのである。

よって、各艦の動きは冷静で素早かった。

「両舷前進、微速」

「両舷前進、微速」

「微速前進、宜候《ようーそろ》」

黛治夫大佐率いる重巡『利根』もまた抜錨《ばつびょう》し、始動していた。

フォード島を右手に仰ぎ、主水道に入る。ワイピオ岬からエントランス水道を抜ければ、太平洋の大海原だ。

「総員、配置につけ。対空戦闘用意！」

黛は他艦に先駆けて、戦闘態勢に移行させた。

『利根』の連装四基の二〇・三センチ砲が最大仰角に上向き、八門の一二・七センチ高角砲が動きを確かめるように上下左右に砲身を揺らす。

「『大和』……」

黛は前方をゆく巨艦を見つめた。

『利根』に比べれば、三倍にも四倍にも見える巨体だ。

その『大和』も砲塔を旋回させて、空襲に備えようとしている。

水偵揚収用のクレーンからカタパルト、第三主砲塔、後檣、斜めに寝かされたメインマスト、丈《たけ》の高い艦橋構造物——本当に美しい艦というものは後ろ姿が美しいとはよく言われるが、まさのそのとおりであった。

戦闘艦としての機能美が、構造美となって映《は》えるのだ。

その後ろに『利根』が続く。

「敵の戦爆連合機、東南東より接近。距離一〇〇海里」

「よしっ！」

電探室からの報告に、黛は両頬を叩いて気合を入れた。

日本近海、ビルマ、ハワイ……。世界各地で同時に炎があがったのだ。

第三次世界大戦勃発は、ドイツ降伏、日本勝利という第二次大戦のねじれ終結後、わずか一年後のことであった。

一九四六年五月一四日　硫黄島

轟音《ごうおん》が滑走路をにぎわしていた。

久しぶりのエンジン音に、胸が躍ってならない。それは、パイロットとしての本能的な欲求からくるものだろう。

航空自衛隊中部航空方面隊第七航空団第二〇四飛行隊所属の山田直幸一等空尉は、タキシングするＦ－15ＦＸに目を細めていた。

「燃料はもともとたっぷりあったしな。補給の目途《めど》もついたから、今日は存分に飛んでいいぞ。山田よ」

「隊長」

「おっと。隊長はやめてもらおうか。今は裏方だからな。俺は」

山田の言葉に白い歯を見せたのは、中部航空方面隊司令部補給課長の大門雅史二等空佐だった。山田ら二〇四空の前隊長である。

中東での任務中に部下を失った責任をとって二〇四空の飛行隊長を退いた今も、山田ら二〇四空のパイロットにとって、大門は頼れる上役であることに変わりはない。信頼は絶大なるものがあった。

「二佐は今の職に満足なんですか。自分たちには二佐が必要です。特にこんな突拍子もない状況では、現場……」

「現場復帰を」という山田の言葉を見透かして、大門は言った。

「俺は今の職に全力を尽くしている。それだけだ」

二〇四空の現隊長鳥山五郎二佐については、「上司の言うことは絶対であり、下の言うことに耳を貸さない」などという悪評を聞いていた大門だったが、それが真実かどうかはわからない。

また、自分にはそれをどうこうできる権限はない。地位も力もない以上、せいぜいできるのは助言だけだと、大門は山田の目を見て続けた。

「上司を信じて飛べ。信頼関係がなければ、隊は半分の力も発揮できん。わかるな。俺はお前たちが飛べるように、お膳立てをするまでだ」

陸海空合同大演習のために硫黄島には各種の補給物資が大量に運び込まれていたものの、さすがに今後の見とおしのたたない状況では、すべての面で節約と省エネをせざるをえなかったのが事実だ。

その一環として飛行訓練も当然のように休止され、各パイロットは悶々とした日々を送っていたのだ。そこにきての、燃料確保だった。

「多少純度は悪いが、イーグルは充分飛べる。遠慮なくいっていい」

　大門は山田の肩をぽんと叩いた。

「ところで、旧軍もよくよこしましたよね。連中にとっては、戦略物資はいくらあっても足りないでしょうに」

　訝《いぶか》しげな目をする山田に、大門は苦い表情で言った。

「裏がある。わかるよな、当然」

「そりゃあ、そうでしょう」

　山田の後ろから顔を出したのは、コール・サイン「ペトロ」こと唐沢利雄一等空尉だった。人あたりがよく上下を問わず人気があるが、山田にはなにかと突っかかってくる男だ。

　ライバル視の裏返しなのかもしれない。

「いったいどこへ飛べと言うんです？」

「そう、焦るなよ」

　挑戦的な唐沢の言葉に、大門は片目をつぶってぐるりと首を回した。

「とりあえずハワイとチッタゴンの飛行場が拡幅強化されるって話は聞いたが、それ以上は俺も知らん」

「その方面の戦線が危ないと?」

唐沢は身を乗りだした。

「それもなんとも言えん。チッタゴンなんかは最前線もいいところだが、戦況は一進一退らしいな。今の日本の陸海軍は強い。俺たちの知る旧軍とは比べものにならん。しかし、相手もすごい。これも想像以上だ。なんせ、日本対全世界だからな。内戦続きの中国は別として、北は対ソ戦、西は対欧州戦、東は対米戦だ。いくらなんでも、これではな。俺たちの世界のアメリカでさえ、全世界が相手となればそう思いどおりにはいかないだろう? いかに大日本帝国が強力だといっても、世界中が相手となれば危険だ」

「指導部がそう考えていると?」

「さあな。しかし、やはり向こうからすれば、俺たちを戦力として加えない手はない」

「そうでしょうね」

山田は小さく息を吐いた。

「もらうものだけもらって、陰に隠れているなんて許されませんよね、普通」

「当たり前のことだ」

唐沢は嘲笑《ちょうしょう》するような視線を山田に流した。

「そのほうがすっきりするものだ。日本が強い？　結構。俺たちもその一員となるべきだ」

「ちょっと待ってくれ」

山田はかぶりを振った。

「ここは自分たちの世界ではない。自分たちは戻るべきだ。本来の自分たちの世界に」

「お前、まだそんなことを言っているのか。いいかげん、あきらめろよ。これだから家族持ちってのは……」

「なんでも自分と一緒にするな。俺は生きて帰るぞ。香子と風也が待っているからな」

「勝手にしろ」

「ああ。そうするさ」

山田と唐沢は、互いに視線を逸らした。

「まあ、戻る手段とか実験がどうとかはわからんが、いよいよ逃れられそうもないのは事実だ」

大門は苦しげに言った。

「大日本帝国に加担しての世界戦突入、ですね」

唐沢の双眸《そうぼう》が輝いた。

「ああ。上は覚悟を決めたようだな。もちろん、俺たち……」

大門は唐沢に視線を向けて、ひとつ咳払いをうってから続けた。

「……の大半は、戦争をしたいわけじゃない。しかし、この状況では中立を保つのは不可能だ。先日の護衛艦雷撃事件をみても、米英らが我々を敵視しないですむといった可能性は一〇〇パーセントないと言っていい。どう説明しようが、理解できないだろうしな。この硫黄島に突然アメリカの艦載機が襲ってきても、なんら不思議なことではない」

四月二〇日の宣戦布告直後のことだった。硫黄島に向かう輸送船団を護衛する護衛艦『あしがら』が、敵潜と思われる潜水艦に雷撃を受けたのである。幸いにも『あしがら』は魚雷すべてを回避して難を逃れたものの、外れ弾を食らった輸送船一隻が被雷し沈没したのだ。

そのほかにも、洋上行動中のSH－60K哨戒ヘリが不審な潜水艦を探知したり、対空機銃を向けられたりしたことも一度や二度ではない。

日の丸や旭日旗を掲げるかぎりは標的になる。それを端的に表わした事件だったと言っていい。

かといって、日本以外に身を寄せるところなどない。

そういった進退窮《しんたいきわ》まった状況に、自分たちは置かれているのだ。

「それにだ。元の世界に帰る手段がないのなら、我々のできることは決まっている。この強国日本を保っていけば、我々の知る悲劇的な未来もないだろうという見方もあるらしい」

「そうですか」

山田は大きく天を仰いだ。

世界に渦まく黒い戦雲――それは否応なしに自分たち自衛隊員らを巻き込んでいくのか。

パラレル・ワールド――異なる同時並行世界は自分たちになにを見せようというのか。

異史――記憶とまったく異なる歴史は自分たちになにをさせようというのか。

偶然？　必然？　事故？　運命？
男たちを翻弄《ほんろう》する時の流れ。
それは、まだ真の姿を見せてはいなかった。

第二部　ハワイ大海戦・米艦隊の逆襲（前）

「旧史」と同じく、日本陸軍は暴走を始めてしまったのか。それを止める術はあるのか、ないのか。

交差する二つの世界は、自らの手で自らを滅ぼす悲劇に向かってひた走る。日本対全世界の戦争は、また新たな局面を迎えようとしていた。

過ぎたこと、ではない。これから起こること、でもない。これは今の、目の前の現実なのだ。

罪を断罪するべき者が、逆に罪を背負う立場になったとき、歴史は……。

第一章　四面楚歌

一九四六年五月二〇日　ハワイ真珠湾

男たちの靴音が艦上にこだましていた。

対空戦闘を告げるラッパの音色を耳に、各員が配置へ急ぐ。

機銃手はすべり込むように銃座につき、銃身を上下左右に振り向けて異常の有無を確かめる。

高角砲も素早く反応して砲身を振りあげ、敵を今か今かと待ち構える。

これら直接的に攻撃に関わる者だけではない。艦内は艦内で別の戦いが始まっている。

万が一の被弾による浸水に備えて防水ハッチは次々に閉ざされ、隔壁ががっちりと密閉され固定されていく。廃止されずに残っている舷窓も残らず閉じられて、不測の事態に備えた。

見張員が前方上空に目を凝らしている間にも、電探は迫りくる敵機の大編隊を追尾する。

「面舵、いっぱーい」

重巡『利根』艦長 黛《まゆずみ》治夫《はるお》大佐は、腹の奥底に力を込めて声を張りあげた。

『利根』は戦艦や空母ほどではないが、基準排水量一万一二一三トンの大艦である。舵の反応は、もどかしいほど鈍い。しばらく惰性で直進することを念頭において、指示を出さねばならない。

「よし」

黛は満足げにつぶやいた。

ようやく舵が効きはじめた『利根』は、白い弧を描きながら艦首を右に振り向けた。予想どおりの動きだ。

『利根』は黛の思惑どおりに海上を進んでいる。自分の艦の癖も完璧に近いほどに把握した、と自信を深める黛だった。右舷上空に視線を向ける。次の命令だ。

が……。

「演習止め」

緊張はそこで唐突に終わりを告げた。

高空からうなりをあげて襲ってくる敵艦爆も、海面に貼りつくようにして忍びよってくる敵雷撃機も、現われることはない。もちろん砲弾はおろか、機銃弾一発として放たれることもなかった。

米英ソ独仏伊六カ国による対日宣戦布告から約一カ月が経つ。この間、宣戦布告直後に艦載機による空襲こそあったものの、それを撃退して以来、ハワイ周辺は戦時とは思えない平穏な日々が続いていた。

だが、それは単に地理的環境がもたらした幸運にすぎないことを黛は知っていた。

誰もが知るように、ハワイは広大な太平洋上に浮かぶ島である。大陸から遠いことはもちろん、設備の整った大きな島も近くには存在しない。つまり、陸上兵器は当然として、航空機すら往復困難なところなのだ。

よって、普通に考えれば、海軍が艦艇を使って攻撃するしかない。つまり、攻めるに難く、守るに易しい典型的な土地柄なのだ。

そのため、ビルマや満州方面では、対欧州、対ソ戦が日に日に激化していながらも、このハワイは戦場に取り残された孤島という感じで、静かな時間が流れていたのだ。

しかし、それも未来永劫《えいごう》続くわけはない。こうしている間にもアメリカは着々と戦力を整え、次に繰りだす一撃を、いかに効率的に、いかに強力にするかを考えているに違いない。

アメリカは必ずやってくる。

その日は一カ月後なのか、一週間後なのか、あるいは明日なのか。

黛はかっと目を見開いた。左舷後方から商船改造護衛空母がやってくる。その後ろには大型の輸送船が何隻も続いているようだ。規模からいって、通常の食料や水を運んできたものでないことは明らかだ。艦艇の代替装備品や各種施設の建築資材、あるいは重機かもしれない。

（あそこ、か？）

黛は急ピッチで拡張が進むオアフ島内部のヒッカム飛行場を思い浮かべた。

オアフ島最大のヒッカム飛行場は、新たに大規模な航空隊を受け入れて前線防衛の要《かなめ》と位置づけられると聞いている。

だが、ここに先進的な自衛隊機が来ることになることまでは、黛は知らなかった。

そして、それが必要不可欠になることも。

同日　満洲里《マンチユウリ》

多数の砲声が共鳴し、爆風が草原をなぎ払っていた。安穏としたハワイと違って、内蒙古方面に突出したここ満州北西部の満洲里は連日連夜轟音《ごうおん》に満たされていた。砲弾の弾着音や装甲車両の走行音に混じって、何十何百という砲声や銃声が重なる。凶暴なまでの意思を剝《む》きだしにして襲いくる航空機のうなりもある。そこに男たちの怒号と絶叫が絡んでいく。

やはり大陸の戦い——陸戦というのは熾烈《しれつ》だ。人間と人間が面と向かって相手に銃弾をぶち込み、ナイフを突きたて、刀で切りかかる。壮絶な殺し合いである。

戦闘の規模からいけば、むしろ何千何万といった数の将兵が艦艇に乗り組みぶつかり合う海戦のほうが、陸戦よりもはるかに大きいかもしれない。

しかし、血みどろで凄惨な現場を目《ま》の当たりにする陸戦は、やはり戦争という人間の悪行をもっとも直接的に、もっとも強烈に実感させてやまないものだった。

対ソ戦の最前線たるここ満洲里は、世界同時多発戦争となっている現在、そのもっとも過酷な惨状を示していたかもしれない。

大地はいたるところが抉《えぐ》られ、荒廃しきっている。草木は根こそぎ焼かれ、炭化した灰と油で地表はどす黒く染まっている。

元がどういった地形だったかもわからないほどに掘りかえされ、埋め戻されもしない地面は、茶色の土などどこにも見えないほどだ。

そこに日ソの将兵の死体や各種の遺棄物資、爆砕、撃砕、四散した車両や砲、それに装備品の残骸が無造作にばら撒かれている。

時折り虹色に見えるのは、ガソリンの油膜だ。

撃墜されたり不時着して大破したりした航空機の残骸も、一つや二つではない。原型をとどめた主翼や機首が、なぜか地面に突き刺さっていたりもする。

かと思えば、ミリオーダーの大きさまで破砕したジュラルミンとガラスが点々と散在していたりもする。注意して足元を見ていないと歩くことすら困難な状態であり、ましてや素足では絶対に歩けない危険な場所と化していた。

日ソ両軍は、この満洲里を中心にした前後一〇キロメートルほどの狭い区域で、一進一退の攻防を繰り広げていた。まさに、地獄の地上戦だった。

数多くの遺体を踏みつぶすようにして装甲車両が進む。その装甲車両が撃破されて、大量の残骸がばら撒かれるとともに新たな死体が積みかさなっていく。

日ソ両軍の死闘は続いていた。

日本軍が三式中戦車を繰りだせば、ソ連軍は自慢のT－34中戦車で迎え撃つ。

ソ連軍がより強力なKV－1重戦車やJS－2重戦車を前面に立ててくれば、日本軍も五式戦車を出して応戦する。

いつ果てるともわからない戦いは、このまま永遠に続くかに思われた。

死体から漂う腐敗臭がたち込め、満洲里はのろわれた死の町と化していく。

生と死の狭間の攻防の中で、理性を失った人間が本能的な行動を取り、相手を倒すという単純明快な目的へ力を行使する。強い者が生き残って弱い者が死ぬという弱肉強食の法則――それが、戦争がもたらすものなのだ。

一九四六年五月二三日　東太平洋

海軍や艦艇は身軽だ。

衣《い》はともかくとして、食住《しょくじゅう》が一体化した艦艇は、ある程度の備蓄物資さえあればすぐにでも作戦開始が可能だった。

DDG（Guided Missile Destroyer＝対空誘導弾搭載

護衛艦）『あしがら』ら自衛艦隊は、硫黄島から途中マーシャル諸島での休息をはさんで、ハワイ・オアフ島へ向かっていた。いよいよ海軍との共同作戦が始まるのだ。

第三次世界大戦勃発から約一カ月。

おおむね陸上自衛隊は南方ビルマ戦線に、そして海上自衛隊はハワイ方面での対米戦に備えることになった。

航空自衛隊は受け入れ施設の関係もあってハワイを重視し、残りが硫黄島と南方に分散配置される見込みだった。

そういった中での先陣をきっての出撃である。はやる気持ちと高揚、戸惑い、個々人それぞれの思いを抱えての航海は、今のところ順調だった。

赤いカバーがかけられた『あしがら』の航海艦橋の左席には艦長目黒七海斗《ななと》一等海佐が、黄色のカバーがかけられた右席には『あしがら』『あたご』から成る第二一護衛隊司令の大原亮一郎《りょういちろう》海将補が腰をおろし、戦場となった海面を見おろしていた。

通常、艦長席は最も右側の席だが、現在は司令座乗時のために左側に移動している。ちなみに司令と艦長に挟まれた中央最前列は当直士官の席である。

また、カバーの色が階級で明確に区分けされているのが、海上自衛隊も軍の流れを汲んだ厳然たる階級社会であることを意味している。

三佐が青、二佐が赤青セパレート、一佐が赤、海将補以上が黄色といった具合である。

今のところ『あしがら』の艦首が切り裂く海面は穏やかで、海上をゆく風もやわらかだった。甲板に散る飛沫は七色に輝き、潮風は艦上に爽快な空気をもたらしていた。

「艦隊の先頭というのは気分がいいな。何事も一番というのはいいものだ」

大原は目黒を一瞥《いちべつ》してにやりと笑った。

一番がいいというのは、これまで人に倍する努力で自分を起《た》ててきた大原らしい言葉である。小柄な体格を感じさせない威厳と風格を備えた大原は、こういった気概を最重要視する人物なのだ。

「第零《ゼロ》艦隊の先鋒、だからな」

大原は付け加えた。

第零艦隊というのは、硫黄島に在泊していた自衛艦隊に与えられた名称であった。

海上自衛隊は海軍の、陸上自衛隊は陸軍の、航空自衛隊は展開するエリアを主導する軍の傘下に入って行動することになったが、そこで自衛隊の××などと呼ばないで済むよう、旧軍風に便宜的名称が付けられたのである。

第零艦隊は、指揮艦として独立旗艦ＤＤＨ（Ｈｅｌｉｃｏｐｔｅｒ　Ｄｅｓｔｒｏｙｅｒ＝ヘリコプター搭載護衛艦）『ひゅうが』を置き、この下に二個護衛隊と二個輸送隊、そして一個潜水隊が所属する形だ。

もちろん戦時に入って輸送隊はすでに別行動に入っているが、『あしがら』はハワイに向かうこの第零艦隊において輪形陣の先頭に立って航行しているのだ。

「重責ですが、本艦の乗組員は意気盛んです。なにも問題ありません」

言いきる目黒に、大原は悪戯《いたずら》っぽい視線を向けた。

「あらためて聞こうか、艦長。迷いはないな」

「はっ。部下に対しては充分にヒアリングとコミュニケーションを重ねております。今回の出撃に関しましても、艦を降りたいという者は名乗りでるよう通達いたしましたが、誰一人としておりませんでした。大丈夫です。そもそも我らの時代もかなりきな臭くなっておりましたから、もともと覚悟はできていた連中です。実戦に入っても問題ありません。もっとも……」

そこで、目黒は一度言葉を切った。かすかに眉間を狭めて続ける。

「一人や二人退艦者がいたほうが現実的だったかもしれません。誰一人いないということは、あまりに理想的すぎて、もしかすると名乗りたくても名乗れない雰囲気にしてしまった可能性は感じております」

「それはそれとして、普段の様子から気を使ってやらねばなるまい。でもな……」

大原は大げさに首を横に振った。俺が聞きたいことはそうではない……そんな大原の様子だった。

「聞きたいのは、艦長自身のことだ」

「はっ？　は、し、失礼しました！」

なにを問われたのかと飲み込むのに、やや時間を要して目黒はかしこまった。身長一六〇センチ台の大原に対して、一八〇センチ超の目黒が逆に小さく見える一瞬だった。

「自分には、疑問や迷いを感じる余地などありません。この『あしがら』を任せていただいた海自に、自分は感謝しております。任務とあらば、それがどういったものであれ完遂して返す。それが自分の答えであります」

「そうか」

大原は再びにやりと笑った。

「俺も正直、戸惑いがないといえば嘘になる。こんな過去の、しかも異世界の対米戦、第三次世界大戦を戦うなどとは誰一人予想もしていなかっただろうしな。でも、ふっきれたよ、俺も。艦長とはうまくやっていけそうだな」

「はっ。自分もそうあってほしいと思います」

そのとき、呼びだしを告げる電子音が鳴った。先任士官が素早く通話器を手にする。

「艦長、CIC（Combat Information Center＝戦闘情報管制センター）からです。敵潜らしき推進器音を探知。攻撃の可否を求めています」

（来たか！）

大原と目黒は顔を見合わせて、うなずいた。ハワイを目前とした今、すでに自分たちはれっきとした戦場に踏み込んでいる。それをあらためて自覚させられる報告だったからだ。

いつのまにか海上の光りは薄れ、夕暮れが空を包もうとしていた。徐々に迫る夕闇とともに、敵は忍び寄っていたのだ。

「総員、戦闘配置。対潜戦闘用意」

（始まる！）

実戦開始を告げる命令とともに、身を引き締める目黒だった。

一九四六年五月二四日　硫黄島

陸海空自衛隊の出撃拠点として残されたここ硫黄島にも、実戦を控えて気持ちの整理をしている者たちがいた。

航空自衛隊中部航空方面隊第七航空団第二〇四飛行隊所属の山田直幸《なおゆき》一等空尉もその一人だった。

「俺は自分が生き残るために戦う。香子と風也のもとに帰らずしてこんなところで死んでたまるか」

愛妻と一人息子の写真を片手に、〝時代を超えた生還〟を誓う山田だった。

「ずいぶん早いじゃないか。それともなにか？　出撃を前に怖くて眠れなかったとか」

嫌味な声は、一応同僚である唐沢利雄《としお》一等空尉のものだった。

時刻は早朝六時前である。前線への移動を控えた朝に基地エリアの外周を散策しながら気持ちを整えていた山田だったが、ほかにも早朝から動きだしていた者がいたらしい。

火山性のガスと酸性度の高い土壌の中、わずかに生えた草木に朝露が滴っている。

唐沢は例によって横に二人を引き連れていた。山田に対するあたりはきついが、人望という点での唐沢の評価は高い。それが事実だった。

「お前こそなんだよ。徹夜か？」

「まさか」

肩をすくめる唐沢に、同意する両脇の二人が大きくうなずく。

「いつものことだよ、俺はな」

唐沢はわざとらしく深呼吸をして見せた。

「こういった早朝の空気を吸い込んでだな、脳と身体をリフレッシュする。それが俺の健康法の基本だ。パイロットとして必要なことだと思うがな」

「睡眠時間を削るデメリットを無視してか？」

「お前！」

「まあ、よせ」

山田の皮肉にいきりたつ二人を、唐沢は微笑して制した。

「どうもこいつとは相性が悪いようだ。これ以上話しても無駄だ。せっかくの爽やかな気分が台無しになる。特に今日は気持ちを乱したくない。崇高な聖戦の始まりだというのにな」

芝居がかったセリフを残して、唐沢は去っていった。

その後ろ姿に不快感あらわな視線をぶつけている山田に、新たな足音が近づいてきた。

振り向いた山田は驚きのあまり、その場で固まった。

「兄貴……」

ゆっくりとした足取りで背後から現われたのは、山田の実兄である防衛省技術研究本部先端技術推進センター所属の山田智則《とものり》二等陸佐だった。

「………」

智則は無言のまま、弟の横にどっかりと腰を下ろした。

「兄貴……。兄貴も早朝のジョギングかよ」

「さあな」

気を取りなおした直幸の言葉に、兄は持っていたペット・ボトルの水を飲みほした。

「今日移動するそうだな。ハワイに」

「ああ。さすが二佐様は情報が早いな」

自衛官だった智則と直幸の父は、直幸が物心つく前に亡くなった。母・幸子に育ててもらった二人だったが、防大入学、そして自衛隊入隊後は好対照だった。なにかと母を心配する直幸に対して、智則はほとんど家に寄りつかずに顔を見せることもなかったのだ。当然、兄の智則に対する直幸の感情は良いはずがない。言葉の隅々にまで皮肉や悪意が込められるのも、そのためだ。

「敵のハワイ侵攻は近い。心して行けよ」

「言われなくてもわかってるよ」

「わかってないだろう。先行している海自の艦隊に敵潜が群がってきている。そういうことだ」

「えっ?」

驚いた表情の直幸に、智則は淡々と続けた。

「もっとも、イージス艦がなんなく処理したらしいが、それだけ敵の包囲網が濃密だということだ。つい数時間前の話だがな」

「そうか。もう海自が」

直幸は視線を伏せた。

自衛隊は、すでに戦争という大きな波に飲み込まれている。自分たち空自も前線に進出する以上、敵との交戦は必至だ。敵は今日明日にでも襲ってくるかもしれない。

ひたひたと忍び寄る戦争という狂気に、直幸は気持ちを新たに強く持った。

自分は生き残る。妻子のもとに帰るまで、自分は絶対に死なない。いや、死ねないのだ！

そこで、直幸は智則に問うべきことを思いだした。絶対に兄に確かめておきたいことがある。ハワイに行ってしまえば、次にいつ会えるかもわからない。この一カ月半あまりずっと考え続けてきたことだ。

「ところで、ずっと聞きたかったんだけど、今回の件に例の反応兵器は？」

「今回の件というのは、時空転移のことか？」

「もちろんだ」

「なら、そうだ。お前の言うとおり、俺の実験が絡んでいる。新型核爆弾の予想外の効果がもたらした結果だ」

「予想外の結果だと!?」

あっさりと認めた智則に、直幸は激昂した。

が、智則はたじろぎもしない。立ちあがることもなく視線を前に据えたまま、淡々と続ける。

「すごい効果だ。俺は強力な磁場で敵の電子兵器を無効化することを目論んでいたが、それが時間軸までねじ曲げてしまったんだからな。今後どこまで利用できるか末恐ろしい限りだ」

「まだ兄貴はそんなことを言っているのか！」

拳を震わせる直幸だが、智則は冷静そのものだった。

「そう、いきりたつなよ、直幸。ここで騒いでもなにも起こりはしない。キーは俺が握っているのだから」

「キーって、なんだよ。元に戻せるとでも言うのかよ」

「ああ、そのとおりだ」

「え？」

またもやあまりにあっさり言う智則に、直幸の振りあげかけた拳はだらりと垂れさがった。唖然《あぜん》として兄の横顔を見つめたまま、声も出ない。

「お前たちがどこまで聞いているか知らないが、幕僚副長（岩波厳蔵《げんぞう》陸将）には正式に報告してある。正直、厳しいのも確かだが、理論的には可能だ。そのための準備もしている」

「そんな……」

驚く弟に、智則はがっちりと釘も刺した。

「あわてるなよ。そうそう簡単なことじゃない。理論と現実とが一致するとは限らない。さて、邪魔したな。そろそろ戻るわ」

（……え？　戻る？）

そう、智則は直幸や唐沢と違って早朝に起きて行動していたのではなかった。徹夜明けだったのだ。戦闘詳報の分析と各種新兵器の試験、検証、そして時空転移の解明と逆送手段の開発など、兄・智則がやるべき課題も山積みだったろう。

「待ってくれ、兄貴……」

なにかを問いたかったが、それ以上言葉が出なかった。呆然《ぼうぜん》と見送る直幸を背に、智則は静かにその場を離れていった。

仮設研究室の照明やパソコンは、すべて電源が入ったままだった。

「気分転換になりましたか？　二佐。外の空気もリフレッシュにはいいでしょうが、ここらで少し休まれては」

助手の小谷昌人《こたにまさと》二等陸尉も、同じく徹夜だった。すでに小谷は三日も寝ていないだろうか、顔は血色を失って青っぽく、目の下にはどす黒いくまが浮きでていた。

「二尉こそ休んでいいぞ。倒れてもここにはろくな救急施設もないからな。もうUGV（Ｕｎｍａｎｎｅｄ　Ｇｒｏｕｎｄ　Ｖｅｈｉｃｌｅ＝無人陸上車＝陸戦ロボット）は大丈夫だろう」

山田智則は小谷が向かっていたモニターを覗き込んだ。

その右半分にはUGVスタンド・アローンの戦闘行動記録が、左半分にはその映像が再生されている。

陸海空三自衛隊の本格展開に先駆けて、山田は各種無人兵器の試験を兼ねての実戦投入を進言し、実現させていた。小谷はその結果の分析と問題点の洗いだしを行なっていたのだ。

ネックだったのは、情報のフィードバックだった。

衛星通信ネットワークさえあれば戦場のリアル映像すら入手できるが、人工衛星はおろかデジタル・ネットワークのかけらもない時代である。

無人兵器を戦場に送り込み、その情報を取得するためのバックアップ機器を内蔵させた無人兵器を後方にスタンバイさせ、移動させる。情報を記録したソフトを取りだし、はるばる硫黄島に空輸する。

そんな手の込んだやり方をせざるをえないため、三日も四日も時間をロスしてしまうのだ。

そのため、小谷ら解析を担当する者には余計な負担がかかっていたのである。

映像はUGV(Unmanned Ground Vehicle=無人陸上車)スタンド・アローンがイギリス軍地上部隊と交戦するシーンだった。

ビルマ戦線はしばらくガンジス川を挟んで欧州軍と日本軍との睨みあいが続いていたが、ここにきて日本軍は欧州軍を寄りきってガンジス川西岸に橋頭堡《きょうとうほ》を築き、インド領内に大きく踏み込もうとしていた。

そこには少なからぬUGVとUAV(Unmanned Aerial Vehicle=無人航空機)の貢献があるとの報告は来ていたのだったが……。

UGVスタンド・アローンは、心配したトラブルもなく所定の性能を発揮できたようだった。UAVによる空輸や高温多湿の厳しい環境にも耐えているようだ。

両腕のガトリング砲がうなり、敵機銃座をなぎ払う。それまでうるさいほどに四方八方に火箭《かせん》を飛ばしていた敵機銃座が一瞬にして沈黙し、日本軍の前進が始まる。

各種の砲弾で掘り返された凹凸のある道なき道を踏破し、起伏を乗り越える。時折り対戦車ライフルと思われる鋭い銃弾が向かってくるが、火花と甲高い音を残すだけでスタンド・アローンの前進は止まらない。

とどめは、レーザー誘導式対戦車ミサイルの発射だ。背中に搭載されていた対戦車ミサイルが、まばゆい炎を残して地表を飛翔する。

それが巡航戦車センチュリオンと思われる敵戦車に吸い込まれたと思った次の瞬間、閃光とともに車体前面が砕け散った。火柱をあげて砲塔が吹き飛び、画面全体が真紅に染まった。あまりの轟音に、音声情報はカットされたようだ。

「推定終速五〇〇メートル毎秒、口径三七ミリの鋼鉄芯弾は未貫通、湿度八五パーセント、一二〇時間暴露でシステム異常なし」

実戦データはきっちりとハード・ディスクに記録されていく。問題はこちらだ。

山田は自分の机上にあった一五・四インチノート型パソコンのキーを叩いた。

三重のパスワードを通過して、ファイルを開く。さらにキーボードを叩いて、エンター・キーを押した。

ステータス・バーが横向きに変化し、デジタル数字がめまぐるしく入れ替わる。

最後に画面は「Ｃｏｍｐｌｅｔｅ」の文字を残してブラック・アウトした。

(駄目だ！　こんなことを何回やっても)

山田は胸中で叫んだ。

画面が映していたのは、核反応と磁気の発生、そのタイミングの差異と磁場の変化を表わす一連のシミュレーション結果だった。だが、何回繰り返してもシミュレーションはシミュレーションにすぎない。それが正しいか否かは、実際にやってみなければわからない。時間軸の変化は当然として、先端兵器の性能ももはや確かめることができないのだ。

なぜか？

材料、端的に言えば濃縮ウランがないからだ。

高度な分析機器やソフトウエアなどは望むべくもないが、山田は幕僚副長岩波厳蔵陸将をとおして公式に、そしてもう一人の未来人こと森脇喜平《もりわききへい》技術中将を通じて非公式に濃縮ウランの提供を陸軍に要請していたのだが、見込みは厳しいと言わざるをえなかった。

朝鮮半島からウラン原石を掘りだしたとしても、この時代の機器でどれだけの時間と精度で濃縮ができるのか……そこは同じ未来人である森脇に期待せざるをえないが、今のところあまりいい反応は得られていなかった。

いらだちと焦りとが胸中に広がっていくのを、山田は感じていた。

時のいたずら、運命、神の気まぐれ……そういった言葉を抜きにして、このまま流されるつもりは毛頭ない。自暴自棄になったり、無力感にさいなまれたりもしない。

弟の直幸とは違った視点だったが、兄である智則も少なくとも前を見ていた。

（これまで培《つちか》ってきた技術と知識をここで失わせはしない。自分の存在を終わらせはしない）

山田智則は自分に誓っていたのだった。

同日　ベンガル湾

戦闘艦艇で構成された自衛艦隊がハワイに向かっているころ、残された輸送隊は旧海軍の護衛艦艇に守られながらネグレイス岬の沖を通過してアンダマン海を後にし、いよいよインドをのぞむベンガル湾に到達していた。

積荷は陸上自衛隊の人員、車両、装備である。海上自衛隊の主力輸送艦であるおすみ型輸送艦は、陸上自衛隊の普通科に換算して三個中隊にあたる三三〇名の人員と戦車一〇両ほどの積載が可能であるが、現在は各種の補給物資を含めて満載状態だ。

各輸送艦は喫水をどっぷりと深めて、南洋を進んでいた。

おおすみ型輸送艦二番艦『しもきた』の甲板上で、陸上自衛隊北部方面隊第七師団第七二戦車連隊第三中隊長江波洋輔《えなみようすけ》一等陸尉は、水平線からのぼる朝日を見つめていた。

旧軍の駆逐艦が前後左右をかためてきたとはいえ、やはり海上自衛隊の護衛艦に比べれば、対空、対水上、対潜、あらゆる点で大きく性能が劣るのは否定できない事実である。

しかも、艦隊決戦を重視してシーレーン護衛を軽視するという悪しき慣習は、この時代の海軍も記憶にある「旧史」の海軍と変わらないらしく、護衛にまわされてきた駆逐艦はどれも旧式のものばかりのようだった。

「敵が実際に襲ってきた場合に、こんな戦力で本当に守ってもらえるのか？」と、感じたのは江波一人ではなかっただろう。

しかし、制海権を日本海軍が握っているこの海域で、あるとすれば夜襲だろうという懸念はどうやら杞憂に終わったらしい。

「旧史」の第二次大戦では、アフリカ戦線に向かうドイツ軍は、地中海の輸送を受けもつイタリア海軍が非力だったために、敵水上艦艇に対して輸送艦の甲板上から戦車砲で応戦した例があったという。

江波も最悪それに倣うつもりだったが、今となっては取り越し苦労で済んだようだ。

今思えば、それだけ旧海軍も自信があったということかもしれない。

輸送艦隊は雄大なベンガル湾を粛々と進み、大きく右に転舵して大陸に向かっていた。

朝日が海上に伸び、『しもきた』の全通甲板を覆った。

おおすみ型輸送艦は一見、空母と見誤るような艦容を呈している。艦上に島型の艦橋構造物以外に目立ったものはないからだ。もっとも、その島型の艦橋構造物は艦幅の二分の一に達し、全長も一七八メートルと短いために空母として使えるものではないが、『おおすみ』の竣工時に、「日本が対外脅威を与える空母を建造した」と、見かけから中国が大騒ぎをしたのもうなずけないことはない。

その平坦な全通甲板が朱色の塗料をぶちまけたように、紅一色に染まった。だが、そのような自然の美しさにひたっているのもわずかだった。

「来た」

江波は小さくつぶやいた。

前方の水平線が、うっすらと茶色に変わってきている。目的地となるインドがそこにある。

陸上自衛隊は対欧州戦の最前線たるカルカッタに向かうため一度後方のチッタゴンに上陸し、旧陸軍に合流して南方戦線を支えるのだ。

海上自衛隊や航空自衛隊とともに、陸上自衛隊も本格的な実戦に突入しつつあった。

その第一陣として、江波らはいよいよインドの地に足を踏み入れようとしていたのだった。

一九四六年六月一〇日　オアフ島北東沖

発艦を促《うなが》す旗が振りおろされるたびに歓声が沸いていた。

各空母の飛行甲板を蹴って、次々と艦上機が蒼空に舞いあがっていく。

戦艦『ワシントン』艦長トーマス・クーリー大佐は、なげきと怒り、そして悔恨とがない混ぜになった気持ちでその光景を見つめていた。

（なさけない）

『ワシントン』を含む総勢三〇〇隻を超える大艦隊が進撃する様は、勇壮そのものだ。

だが、クーリーの胸中は梅雨空のようにどんよりと曇っていた。

原因は簡単だ。この太平洋艦隊をあげての攻撃目標がハワイ・オアフ島だからだ。

オアフ島は本来アメリカ海軍のもののはずだ。そしてその南端にあるパール・ハーバーは太平洋艦隊の根拠地にほかならない。

それがどうだ。敵に奪われたばかりに、逆に自分たちは西海岸サンディエゴからはるばる遠征してきているのだ。

（それもこれも、あの戦いに敗れたばかりに）

クーリーの胸中で、血流がふっと沸いた。

一年半あまり前のバーバース岬沖海戦（日本名第一次ハワイ沖海戦）で、クーリーは『ワシントン』の副長にして中佐として日本艦隊を迎え撃った。日本艦隊の攻撃は苛烈で、海空の波状攻撃によって『ワシントン』も艦長を失い、中破と判定される深い傷を負った。

だが、クーリーは次席指揮官として艦を立てなおし、手負いの野獣さながらに猛烈な反撃に転じた。襲いくる敵艦上機を次々と海上に叩きおとし、突進してきた敵水雷戦隊を力任せに蹴散らしたのである。この功績のために、大佐に格上げ、艦長就任と、クーリーが昇進するのも極めてスムーズに運んだといえるのだ。

しかし、『ワシントン』の粘りと奮戦も海戦の一局面の打開にすぎなかった。

アメリカ太平洋艦隊は、ヤマトタイプの戦艦を中心とする日本艦隊との艦隊決戦に敗れ、また在ハワイの基地航空隊も決定的な打撃を受けて日本軍の上陸を許したのだ。

日本軍の上陸部隊は決して大兵力ではなく機械化率も満足なものではなかったが、制海権と制空権を失った状態で陸軍や海兵隊がいかに抵抗を試みようとも、それはもはや悪あがき以外のなにものでもないだろう。

一カ月としないうちにオアフ島は陥落し、ハワイ島もマウイ島も雪崩《なだれ》をうって日本軍の手中に落ちたのである。日米の境界線はここで大きく東進し、アメリカは本土そのものが最前線として晒《さら》されるまでに凋落したのだ。

その結果としての敗戦と、今日がある。

アメリカ太平洋艦隊は、バーバース岬沖海戦敗戦の責任を問われて更迭されたハズバンド・キンメル大将の後を受けたチェスター・ニミッツ大将のもとで、必勝を期して今回の戦いに臨んでいる。ニミッツ大将が総指揮官として直々《じきじき》に艦隊を率い、配下の艦隊は大きく四つに分けられていた。

ウィリアム・ハルゼー大将率いる第三一任務部隊は、空母を主体として敵艦隊、特に空母機動部隊を捕捉し撃滅することが任務だった。

クーリーの『ワシントン』が所属する第三戦艦戦隊は、護衛の要としてこの第三一任務部隊に所属している。

ジョン・マッケーン中将率いる第三二任務部隊も空母主体の機動部隊だが、こちらは敵陸上部隊への攻撃と上陸支援が目的だ。

トーマス・キンケード中将率いる第七一任務部隊は、戦艦を主とする水上打撃艦隊だ。第三一任務部隊の空襲であぶり出された敵艦隊の捕捉撃滅と、上陸地点の制圧が目的だった。

この後ろに多数の揚陸艦や輸送船を抱えた第八〇任務部隊が続き、オアフ島の奪還を目指していた。

「ジャクソン少将より入電です。『現海域で護衛任務を続行せよ。日没とともに前進し、敵の主要施設に対する艦砲射撃を予定す。充分注意せよ』とのことです」

「充分注意、か。わかっているさ、痛いほどにな」

戦艦『ノースカロライナ』に座乗し、『ノースカロライナ』と『ワシントン』の二隻を束ねるダニエル・ジャクソン少将からの連絡に、クーリーは小さくつぶやいた。

二週間あまり前に先行してハワイ周辺に展開していた潜水艦隊が、艦型不詳の新型艦五、六隻を含む新たな艦隊がオアフ島に向かっているとの情報をもたらした。

接触、攻撃した五隻はことごとく未帰還となりそれ以上の詳しい情報を入手するのは叶わなかったが、逆にそれだけ敵の新型艦は優秀な対潜性能を持つということが明らかになったともいえる。

「敵は狡猾《こうかつ》だ。そして、想像以上に勝利への執念が強く、また死を恐れず勇敢だ。決して奴らは劣等民族なんかじゃない」

日本人は物まねしかできない猿だ。近眼で、眼鏡を外せばろくに前も見えず、木製の兎《うさぎ》小屋に住む非文明人だ。

そういった根拠のない蔑視と侮《あなど》りが一年前の敗北を招いたのだと、クーリーは正確に状況を把握できていた。アメリカだけではなく欧米一帯に広く深く浸透してきた白人優越思想が、知らず知らずのうちに油断を生み、最後に屈辱的な敗戦を導いてしまったのだと。

日本人は自分たちと同等もしくはそれ以上の戦力を持ち、正面にどっしりと構えて正攻法で立ちはだかる。

そう思っていると、航空機や潜水艦を使って側面から奇襲をかけてきたり背後から挟撃してきたりと、戦術も多彩だった。正直、こちらの戦略戦術のほうが稚拙であったとクーリーは悟っていた。

「だがな」

クーリーは司令塔内の艦長席から立ちあがった。

「今日はそうはいかん。いかせんぞ、日本人」

クーリーの双眸《そうぼう》が秘めた闘志にめらめらと燃えた。


「輪形陣形成完了。対空戦闘準備よし」

艦隊中心で二隻ずつ並ぶ大和型戦艦四隻『大和』『武蔵』『信濃』『紀伊』を取りかこむ形で展開している配下の艦を確認した第九戦隊司令官松田千秋《ちあき》少将は、目を細めた。

敵機到達までにこれほどの迎撃態勢を整えられたのは、かつてないことだ。

敵機の予想到達時刻までゆうに一時間以上あるが、艦隊は対空戦闘に適した輪形陣で配置を完了し、上空にはオアフ島の陸上基地から飛来した直衛機が轟々とエンジン音を響かせている。

対空戦闘としては、磐石の態勢といっていい。この状況であれば、敵機はまさに撃墜されるために飛び込んでくるようなものだ。

(素晴らしいじゃないか)

松田は新たに戦力として加わった自衛隊の実力に、舌を巻いた。

未来から来たという経緯と、装備品があまりに隔絶した性能を持っていたため、海軍の中には嫉妬の意味を含めてあからさまに拒絶反応を示した者もいた。

だが、松田は違った。松田大学と呼ばれる私塾さえ開き理論派として知られる松田は、たとえ信じ難いレベルのものでも、その信憑性を見抜いて受け入れる度量と、それを自分に生かす柔軟性とを併せもっていた。それになにより、近代戦争の勝敗を決する鍵は情報であると、松田は正しく理解していたのである。

艦隊の前方には早期警戒機と呼ばれる特殊な偵察機が先行しており、それは半径六〇〇キロメートルもの捜索範囲を持つらしい。海軍の持つ対空捜索レーダーの探知距離はせいぜい二〇〇キロメートルであり、当然ながら松田の指揮下にある最上型重巡はおろか、『大和』や『武蔵』でも敵機の兆候はつかめていないはずだ。

（本当に来るのか？）

あまりの間合いにそう思いかけたときだった。

「直衛機、敵制空隊と接触。交戦に入りました」

「そうか！」

松田は前方上空を仰ぎ見た。点々と浮かぶ雲間に、閃光が散ったように見えた気がした。


ウィリアム・ハルゼー大将率いる第三一任務部隊は、オアフ島北西に発見した敵機動部隊とがっぷり四つの航空戦に入っていた。ハルゼーらは知らなかったが、この敵機動部隊は猛将として知られる海兵四〇期の山口多聞中将率いる第二航空艦隊であった。

互いに敵を発見して攻撃隊を放ちあったが、その戦果が届く前に敵艦上機は殺到してきた。

「対空戦闘！」

第三一任務部隊は二重の輪形陣を敷いていた。

ハルゼーの旗艦である『エンタープライズ』をはじめとする空母群が中心にまとまり、その外周を戦艦と巡洋艦が覆う。そのさらに外周に多数の駆逐艦が展開して敵の侵入をブロックするという計画である。

「ファイア！」

戦艦『ワシントン』は空母群の側面で応戦を始めていた。

艦長トーマス・クーリー大佐は、司令塔に残ったまま対空戦闘の指揮を続けていた。

本来、戦闘になると情報が集中し、なおかつ安全性の高い艦内部のＣＩＣ（戦闘情報管制センター）に移動して指揮するのが普通だが、クーリーの考えは違った。

そもそも、射撃にしても損害対処にしても、実際の指示を下すのはそれぞれの部門長であり、クーリーの仕事は少ない。また、艦長自らが危険だからとここそと隠れていては、乗組員の士気にかかわる。それであれば、実際にこの目で、この耳で、敵を感じて戦い、後進に伝えることこそ自分の使命であろう。

クーリーはそう持論を主張して、艦上部の司令塔に残っていたのである。

『ワシントン』は、防御を重んじる代わりに速力を犠牲にするというアメリカ戦艦の伝統と呪縛をかなぐり捨てて建造された新型戦艦である。

主砲こそ四五口径一六インチ砲を三連装三基九門ととりたてて強力というわけではないが、全長二二一メートル、全幅三一・九メートル、基準排水量三万五〇〇〇トンの艦体は、最大出力一二万一〇〇〇馬力のジェネラルエレクトリック式オールギヤード・タービンによって、最大二八ノットの速力が発揮可能である。また、ワシントン海軍軍縮条約明けの新型艦にふさわしく、台頭する航空兵力の脅威に対抗して対空兵装も強力だ。

『ワシントン』は、空母や駆逐艦に遅れることなく、白波を蹴立てながら二〇門の両用砲と八八挺の機銃を撃ちあげた。

敵の艦爆はジュディ（彗星）、艦攻はジル（天山）が主流だったが、中に逆ガル翼の新型機が混じっている。

新型機を擁《よう》していることから、対峙しているのは敵の精鋭部隊だろうと、クーリーはあたりをつけた。本当にそうであれば、それなりの心構えや対処が必要になる。（こういった細かな敵情把握や分析は、奥に引っ込んでいたのでは絶対にできん）

クーリーの考えどおり、逆ガル翼の機体は第二次大戦の最終期に量産が開始された新型艦上攻撃機流星だった。

従来機の天山は、爆弾搭載量や速力で劣るために、攻撃力に乏《とぼ》しく敵戦闘機に食われやすかった。その欠点を補うために開発された流星は、それらの要求を満足する高性能機だった。

爆弾搭載量八〇〇キログラム、最大速度は時速五四三キロメートル、二〇ミリ二挺、一三ミリ一挺の防御火力、航続距離一八五〇キロメートルという性能は、いずれも従来機を大きく上回るもので、かつ急降下爆撃も可能というのが特徴だ。

アメリカ軍もその存在を知って「グレイス」という名称を付けてはいたが、クーリーをはじめとする現場の将兵たちが実際に目にするのはこれが初めてのことだった。

その流星の一群が海上を突進してくる。中翼配置の主翼と細い機首が印象的だ。小型で大馬力のエンジンを搭載しているのだろう。空冷にしては異様なまでに径が小さく、それがまた空気抵抗の減少を生んで速力向上に結びついていると思われる。

しかし、それ以上に目立つのは、やはりくの字に折れ曲がった主翼の形状だ。中翼配置と着陸安定性とを両立させるために主脚を短くしようという狙いだろうが、自分たちにも同様の主翼形状を持つＦ４Ｕコルセアという秀逸な戦闘機がある。そのコルセアが攻撃機になったと思えば、それなりの高性能ぶりが予想できるというものだ。

『ワシントン』の火箭が横殴りの夕立のように海上を突きさしていくが、流星は右に左に機体を振り、あるいは嘲笑《ちょうしょう》するかのごとくフル・スロットルで火箭の合間を直進してくる。

（速い！）

やはりジルやケイト（九七式艦上攻撃機）とは比べものにならない。

「フル・スターボード（面舵一杯）！」

右舷から向かってくる流星の一群に、クーリーは艦首を向けるよう指示を出した。敵が投雷してからでは遅い。あらかじめ対向面積を最小にして被雷のリスクを極小化しようというクーリーの考えだった。

だが、敵の目標は違った。

「お前など眼中にない」とでも言いたげに、エンジン音を最大にうならせて『ワシントン』の艦上を飛び越していく。すれ違いざまに浴びる機銃掃射に、『ワシントン』の機銃座が一つ、二つと潰されていった。

上空も同じだった。

『ワシントン』は奮戦し、両用砲はつかみ取るように、機銃は斬りつけるようにジュディを海上に叩きおとしたが、所詮『ワシントン』一隻で阻止できるはずがない。

多くのジュディが、轟々と輪形陣内部に侵入してくる。

認めたくはないが、敵パイロットは優秀でなおかつ勇敢だ。最適な隊列を保って突入してきたかと思うと、アクロバティックな機動でこちらの攻撃を躱《かわ》したりもする。指揮官機や僚機が撃墜されても、まるでその遺志を引き継ぐように怯《ひる》まずに向かってくる。および腰の投弾などせずに、必中を期して肉薄攻撃してくる。

クーリーは日本軍に対して人一倍敵愾心《てきがいしん》を燃やしていたが、その一方で敵の実力を冷静に見る目もあった。敵を侮ったり必要以上に恐れたりしていては、戦果は望めないからだ。

『ワシントン』の艦上を通過したジュディやグレイスが、輪形陣中央の空母に殺到していく。

「Ｓｈｉｔ！」

クーリーは罵声を漏らした。

自分の艦は無事だが、それは決して喜ばしいことではない。自分を犠牲にしてでも、主は守らねばならない。それが衛兵の務めなのだ。

クーリーは護衛任務の本質を正しく理解していた。

戦いは、まだまだ序盤だった。

振動が伝わる旗艦『エンタープライズ』のCIC内で、第三一任務部隊司令官ウィリアム・ハルゼー大将は口をへの字に曲げながら戦況に耳を傾けていた。

「空母『フィリピン・シー』、被雷三、大傾斜」

「空母『ヴァレー・フォージ』、被雷二、被弾四、大火災」

「空母『ベニントン』、被弾二、速力二〇ノットに低下」

「戦艦『ノースカロライナ』、被弾二あるも戦闘、航行に支障なし。そのほか、軽巡『ヴィッグスバーグ』、被雷二、総員退去。駆逐艦『コンプトン』『ゲイナード』『ソーレイ』沈没といった報告が入っています」

報告を受けるハルゼーはひと言も発しなかった。一つ一つ報告を受けるたびにただうなずくだけだった。

だが、ハルゼーは冷静に現実を受けとめようとする男ではなかった。険しく鬼のように赤々とした表情は、爆発寸前にまで膨《ふく》れあがったハルゼーの憤怒を示したものだった。

（『ベニントン』は連れ帰ることができるだろうが、『フィリピン・シー』と『ヴァ

レー・フォージ』は駄目かもしれんな）

再びけたたましい金属音をともなって、ＣＩＣに衝撃が訪れる。また一発、被弾したか。

「いったい、なにをしている！」

ところかまわずわめき散らしたハルゼーだったが、その一発を最後に敵の攻撃はやんだ。

そしてそれを待っていたかのように、待望の報告が飛び込む。

「提督。攻撃隊から戦果報告です。読みあげます」

参謀長マイルズ・ブローニング少将の声は上ずっていた。その表情から、緊張ではなく興奮によるものだと悟ってハルゼーは期待感に頰を吊りあげた。

「撃沈および撃沈確実、空母二、巡洋艦三、駆逐艦六。撃破、空母一、戦艦二、巡洋艦四……」

「ドロー（引き分け）か。いいとこ辛勝というところだな」

戦果報告には誤認がつきものだ。また、戦闘の混乱の中で重複したカウントもかなりの確率で起こりうる。よって、実際の戦果は報告された内容からいくぶん差し引いて考える必要がある。

そういった意味で、受けた被害と与えた損害とでは均等だとハルゼーは考えたのだった。

期待に満ちていたハルゼーの顔が、不満なものに変わった。

「提督。ここはいったん……」

「いや、ここでやめるわけにはいかん」

退くべきだと主張するブローニングの言葉を、ハルゼーは遮《さえぎ》った。

「ですが、提督」

普段はハルゼーと同じく猛進型のブローニングも、ここは慎重だった。

海上は日が傾き、夕刻に向かっている。明るいうちに第二次攻撃隊を出すことができるかもしれないが、帰投は夜になってしまう。敵と戦って死ぬならまだしも、夜間に帰路を見失ったり、暗中での着艦に失敗したりして兵を失うのは得策ではないとブローニングは考えていた。

「先にマッケーン提督のタフィー32（第三二任務部隊）も地上基地から発進したと思われる敵戦爆連合の空襲を受けています。これ以上、戦力をすり減らしますと、作戦全体の成否に重大な影響を及ぼしかねません。ここは自重を」

「どうした、参謀長らしくもない。ここで怖気《おじけ》づいていては敵を利するだけだぞ。苦しいのは俺たちだけじゃない。敵も苦しいはずだ。違うか?」

「たしかにそうですが」

歯切れの悪いブローニングに、ハルゼーは豪快な笑みを返した。

「だったらだ! 俺たちにはやるべきことがあるだろう? 最小限のリスクでな。もっとも」

そこでハルゼーは一つ咳払いした。

「やる、やらないは、向こうの勝手だがな」

「最小限のリスク? 向こうの勝手?」

「だからな」

目を白黒させるブローニングに、ハルゼーは一転して耳元でささやいた。

言い終えてにやりと笑うハルゼーに、ブローニングも笑みを返した。

第二幕の始まりだった。

その場に似つかわしくない甲高いタービン音が、強風を切り裂いていた。

「レイピアよりブルー・ソード。速度過剰と思いますが、どうぞ」

「こちらブルー・ソード。音声クリア。このまま隊長機に続く。遅れるなよ。ただし自分を見失うな。気負いは無用だ」

「ラジャ」

ウィングマンの小湊琢磨《こみなとたくま》三等空尉の声には不満が残っていた。

それもそうだと思うが、ここで自分たちだけが隊列を乱すわけにはいかない。

空襲警報の発令とともに、ハワイ・オアフ島のヒッカム飛行場に進出していた山田直幸一等空尉ら航空自衛隊中部航空方面隊第七航空団第二〇四飛行隊は、ただちに緊急発進して邀撃《ようげき》任務についていた。

ハワイに来てから二週間あまりが経過している。早いとも遅いとも言うべきものではないが、手荒い祝福というのはこのことだ。敵は数百機単位で空襲を仕掛けてきたらしい。

心の準備はできていた。だが、数百機という数を聞けば、平静でいられなくなるのも無理からぬことかもしれない。

しかし、それも隊長機となると話は別だ。そのときのリーダーの動揺は、尋常のものではなかったのだ。

二〇四空飛行隊長鳥山五郎二等空佐は視野狭窄に陥《おちい》ったのか、巡航速度を無視した高速で敵に向かっていたのである。

山田も何度か呼びかけたが、納得のいく答えは返ってきていない。自分が異常な状態にあることすら自覚できていないのかもしれない。

「ラウディより全機へ」

その隊長機から連絡が入った。

「前方海上では空母機動部隊同士が衝突しているが、ミッションは空母の護衛ではない。邀撃だ。敵航空戦力を撃滅してオアフ島に近づけないようにする。それが我々のミッションだ。ＡＷＡＣＳ（Ａｉｒｂｏｒｎｅ　Ｗａｒｎｉｎｇ　ａｎｄ　Ｃｏｎｔｒｏｌ　Ｓｙｓｔｅｍ＝空中早期警戒管制機）は高々度から侵入してくる敵編隊を報告してきている。その進撃を阻止して航空優勢を確保する。以上だ」

「ラジャ」

「ラジャ」

了解の返答はしたものの、小湊は戸惑いを隠せなかった。

たしかに高々度の邀撃となれば、旧陸海軍機には荷が重いだろうから自分たちが適役だとはわかる。だが、この時代に高度一万を超える高々度巡航飛行が可能な機などそうそうあるものではない。

しかも、ここは洋上のど真ん中だ。敵はいったいなにを繰りだしてきたのかと小湊は不安を抱えつつ、操縦桿のグリップを握りしめていた。

不安や驚きといった点では、侵攻してきたアメリカ陸軍飛行隊のほうも同じだった。

第五八爆撃航空団所属「ラスト・サンセット」機長エディ・ジョーンズ少佐は、異変に真っ先に気づいた一人だった。

「最前列でまた爆発です。一機墜落。欠陥機か。くそっ」

副操縦士ジョーイ・ハンクス中尉の罵声は、第五八爆撃航空団が装備する機体についてのものだった。

高々度巡航飛行が可能な機体といえば、四発以上の重爆となるのが普通だ。その代表例が第二次大戦末期に登場したアメリカのボーイングB－29スーパーフォートレスといえるだろう。

だが、高速で重武装、そして六六〇〇キロメートルにおよぶ大航続力を誇るB－29といえども、アメリカ本土からハワイへの往復攻撃を仕掛けるのはさすがに不可能なことだった。それゆえ、ハワイの戦略的価値は極めて高いといえる。

ところが、アメリカの高度な技術はその前提を打ちやぶった。アメリカ本土からハワイへの往復攻撃――それを可能にした機がここにあるのだ。

その名もB－36ピースメーカー。平和をもたらすというアメリカの威信を象徴するような名称だ。もちろんその平和とは真の世界平和を指すものではない。アメリカの主導する新秩序を示すものだ。

全長四九・四メートル、全幅七〇・一メートルの機体は、空前の巨人機といわれたB－29をはるかに凌駕《りょうが》するもので、その四機分にも相当する大きさを感じさせる。エンジンもB－29の搭載エンジンの四割増しとなる三〇〇〇馬力もの出力を叩きだすR－4360－25エンジンが、左右に三つずつの六発機という豪勢ないでたちだ。

これに最新空力学に基づいた後退翼を組みあわせることで、戦闘機なみの時速五九五キロメートルの最大速度を実現している。そして肝心の航続力は、B－29のほぼ倍の一万二八〇〇キロメートルだ。B－29が時代の頂点に立つ優秀機であれば、このB－36は時代を超越した異次元の機体といってもいい。

これだけを見れば、「今度こそ敵を圧倒できる。苦杯を舐め、汚辱にまみれて後退するのは敵のほうだ」と考えがちだが、現場の第一線で戦う者はそれほど楽観的な人間ばかりではなかった。

新型機の配備を手放しで喜ぶわけではなく、信頼性という疑問のフィルターをかけて見る者も多かったのだ。

特に新機軸を多用したものほど予想外の不良が多発することが多い。現にB−29も、配備直後は度重なるエンジンのトラブルで洋上に不時着水する機が相次いでいたのだ。

副操縦士のハンクスも、そう考えたようだった。

だが……。

「違う！」

レーダー・ディスプレイと前方空域とを交互に見て、ジョーンズは叫んだ。

レーダーが捉えたかすかな軌跡と正確な状況判断から、ジョーンズは爆発が敵の攻撃によるものだと見抜いていた。

「ロケット弾かなにかわからんが、あれは事故なんかじゃない。事故ならあんなに様々な墜落の仕方をするものか」

たしかにそうだと、クルーの目が変わった。

事故ならば、エンジン部など発火箇所や断裂箇所がほぼ同じであるはずだが、墜落していくB−36は様々だったのだ。爆弾槽が誘爆して大音響とともに果てる機もあれば、主翼が切断してスパイラル・ダウンに陥る機もある。さらには機首が潰れて前のめりに墜落していく機さえある。事故では考えられないものだった。

（だとすれば、どうする？　敵の新兵器に対抗するか、少なくとも逃れる手段はないか？）

ジョーンズは各種の計器類や通信装置を睨みつけた。

だが、有効な対策は思い浮かばない。

現在、高度は一万二〇〇〇まで上げており、これではエンジン性能に乏しく与圧キャビンのない艦載戦闘機では上がってこられない。かといって高度を下げれば、それこそ敵の艦戦や小型戦闘機が群がってきてなぶり殺しにされるのは目に見えている。

いつ自分のところにも敵の新兵器が飛んでくるかわからないという恐怖の時間は続いたが、しばらくしてはっきりとした敵機の兆候をレーダーが捉えた。

ほどなくして、僚機も肉眼での確認を報告してくる。

「なにい！」

ジョーンズは、信じ難い状況に目を剝《む》いた。

敵機の高度は、はるかにこちらの上をいっている。さらに驚くべきは、その速さだ。

「これは！」

音速を超えているのではないかと思ったときには、敵機はすぐ間近にまで迫っていた。敵機の翼下が次々と閃《ひらめ》き、白い棒状のものが突進してくる。

「あれか」

ジョーンズらを襲ったのは、航空自衛隊中部航空方面第七航空団第二〇四空のF−15FX二四機が放ったAAM（Air to Air Missile＝空対空ミサイル）であった。

先に到達したのはアクティブ・レーダー・ホーミングの撃ちっぱなし中射程ミサイルAAM−13であり、今まさに迫ってくるのはIR（赤外線）ホーミングの短射程ミサイルAAM−15だった。

当然、ジョーンズらがそれを目にしたことなどあるはずがない。

B−36配備の第五八爆撃航空団の飛来は日本軍にとって予想を超える脅威だったが、七〇年後のF−15FXの邀撃はジョーンズらにとってそれ以上の災厄だったのだ。

異世界を感じさせるほどの洗練された機体形状の敵機が、またたくまに左右をすり抜ける。あまりの速さに、二機、三機が固まって通過したようにすら感じられる。

プロペラがないことから、ジェット推進機であることはわかる。アメリカにもロッキードP－80シューティングスター、同盟国イギリスにはグロスター・ミーティア、そしてかつての敵国ドイツにもメッサーシュミットMe262といったジェット推進の戦闘機があったが、日本軍が繰りだしてきた目の前の敵機はそれらとは明らかに次元が違う。とてもこの世のものとは思えないほどだ。

敵機通過のたびに、衝撃波がびりびりと機体を襲ってくる。「次はその機体ごと叩き落としてやる」といった死刑宣告のように。

「応戦だ。応戦しろ！」

驚きのあまり固まってしまっている機銃手らに、ジョーンズは命じた。

ひと呼吸あって銃口が橙色《だいだいいろ》に閃いた。僚機も次々と射撃を始め、日がかげりつつある高空の冷気をずたずたに切り裂いていく。

しかし……。

「速い！」

敵機は唖然とするほどの速さだった。

縦横に交錯する火箭を難なくすり抜けて攻撃してくる。二機、三機と、B－36の巨大な機体がまとめて消し飛ぶ。胴体が真っ二つに断ち割られる機があれば、膨れあがる火球の中で木《こ》っ端《ぱ》微《み》塵《じん》に砕け散る機もある。

一〇〇機ほどいたはずの第五八爆撃航空団の機数は、ごく短時間のうちに半減した。

敵は次第に左右に散り、こちらを包囲殲滅《せんめつ》する態勢に入ろうとしているようだった。

「初陣でむざむざ落とされてたまるものか」

状況は極めて悪い。日本軍をサプライズさせて痛打を与えるはずだった自分たちが、逆にサプライズを受けて大きな損害を被《こうむ》っている。

なにか切り抜ける手はないかと、ジョーンズは思考をめぐらせた。次々とアイディアが浮かんでは消える。ともすればマイナス思考に陥ってなにもかもが絶望的に思えるところだが、ジョーンズはそこであきらめる男ではなかった。

「ボブ。降下だ。雲の下に出ろ」

「降下、ですか?」

「そうだ。いったん三〇〇〇まで降りろ。それと爆撃用意だ。爆撃用意!」

「イ、イエス・サー」

はじめは疑問に思った操縦士のボビー・グウィン大尉も、ジョーンズの勢いに気おされたのか、機内通話の受話器を通じた声にはいい意味での開きなおりがあった。

「今ここで撃墜されるわけにはいかんのだ。なにせこの機体は……」

そう、ジョーンズが指揮する「ラスト・サンセット」はB－36ピースメーカーではなかった。

第五八爆撃航空団に例外的に加わった唯一の異形機が降下を始める。

爆煙をふり払って、薄い空気を巨体が押しのける。轟音が連続した。


耳慣れない電子音が、鼓膜をつついた。

航空自衛隊中部航空方面隊第七航空団第二〇四飛行隊所属の山田直幸一等空尉は、多機能液晶ディスプレイに「ATTENTION」の文字が点滅しているのを見つけた。

「『WARNING（警告）』ではなく、『ATTENTION（注意）』だと？」

不可解に思いながらも、山田はディスプレイを切り替えた。

「ATTENTION」の元となる映像が、液晶ディスプレイにリアルで流れる。

どうやら発信元はAWACS（空中早期警戒管制機）の子機として展開していた

UAV「ガーディアン」だったようだ。映像の左下隅に「GUARDIAN」の文字が表示されている。

（この戦闘空域で飛行を続けていたのも驚きだが、AI（人工知能）まで搭載しているとはな。これも兄貴の開発品か。なんというイロモノを）

UAVガーディアンは観察飛行を続けていて、脅威度の判定や異質のものを見極めようとしていたようだ。

しばらくして、乱れていた映像が鮮明さを増してきた。

「これは！」

山田は息を呑んだ。

B－36ピースメーカーの登場だけでも充分衝撃的だったのに加え、ディスプレイには目を疑う異形の機影が現われていたのだ。全翼機だ！

「レイピアです。ブルー・ソード聞こえますか？　これって、まさかB－2のわけありませんよね」

ウィングマンの小湊琢磨三等空尉の声は、興奮に震えていた。本格的な戦争に飛び込み、大規模な空戦に入っただけでも緊張感たっぷりなところに、B－36に続いて謎の全翼機の登場である。並の神経だったらぷっつりときれてしまったかもしれない。

「こちらブルー・ソード。レイピア聞こえている。見ていたか。もちろんB－2なんかじゃない。よく見ろ。レシプロ機だ。四発のレシプロ機だ」

山田の言うとおり、異形の全翼機はプッシャー式の四つの推進プロペラを備えていた。ブーメランのような形状をした機体の、中央寄りに左右二つずつ、しかも二重反転式という手の込みようだ。

「レシプロの全翼機って」

「俺の記憶が正しければな。あれは、たしかノースロップ・B－35フライング・ウィングとかいうやつだ」

山田は記憶の糸を辿った。

第二次大戦の勃発でナチス・ドイツを直接叩くことを想定し、一万ポンド（四五〇〇キログラム）の爆弾を一万マイル（一万六〇〇〇キロメートル）離れた目標に投下するというテン・テン・ボマー構想にしたがって開発が始められた機のはずだ。

しかし、動力系のトラブル解決に手間取っているうちに競争相手であったコンソリデーテッド社のB－36に敗れ、開発は迷走したあげく頓挫したのではなかったか。

戦勝国の特権で、敗戦国ドイツから半強制的に連れてきた科学者によって開発が継続されていたとの噂もあったが、それは真実だったのだろうか。

　未来のB－2にもつながる異形の機体が、そこにある。

「どこだ？」

　山田は大きく頭を振った。

「ガーディアン」の位置はつかめている。そこからそう遠くないところにB－35がいるはずだ。

「ターゲット、インサイト（目標視認）！」

　B－35を発見したのは小湊のほうが先だった。

「セブン・オクロック（七時の方向）」

（急降下して逃げるか？）

　小湊の報告に、山田は急速に高度を下げるB－35を発見した。

「追いますか？」

「いや、ちょっと待て」

　山田はレーダーの反応を再確認した。

　空戦は二〇四空が圧倒している。二四機のF－15FXは敵機を翻弄《ほんろう》してAAM（空対空ミサイル）を叩き込み、銃撃を浴びせている。

Ｂ－36という思いもよらぬ敵が相手だったにもかかわらず、すでにその半数を撃退し任務成功は目前と思われた。ここは一機しかいない得体の知れない敵機を深追いするよりも、残存のＢ－36を叩けるだけ叩いたほうがはるかに得策ではないかと、山田は考えたのだ。

それに……。

「やはり」

山田はうめいた。

Ｆ－15ＦＸは、従来型に比べてエンジン換装と推力偏向機構の採用という見た目の改良以上に、火器管制装置をはじめとする各種の電子機器やソフトウェアの換装によって、大幅な性能向上がはかられている。自機のレーダーはもちろん、場合によっては他機ともデータの共有が可能である。他機からもたらされたのは、現在いる空域の下部では、旧式レシプロ機が群がって艦載航空戦が展開されているという情報だった。

敵はそのどさくさに紛《まぎ》れるつもりなのかもしれない。

（たとえ相手が蜜蜂でも、敵味方が入り乱れる混沌《こんとん》とした空域には足を踏み入れるべきではない）

小型のレシプロ機という、速力が乏しく武装も貧弱な相手といえども、それが一〇〇機、二〇〇機集まるとなれば話は別だ。一対一で撃墜される確率は一〇〇パーセントないにしても、流れ弾を食らったり、十字砲火のようなところに飛び込んだりしないとも限らない。運悪くフラップを飛ばされたり電子機器を破壊されたりしたら、思わぬ事態にもなりかねないだろう。

山田は断を下した……つもりだったのだが。

「隊長機が追います！」

小湊の声は悲鳴に変わっていた。

「戻ってください。早く！」

B－35フライング・ウィングは、雲間を突き抜けて海面を臨むところまで降下してきた。

（いいぞ）

第五八爆撃航空団所属「ラスト・サンセット」機長エディ・ジョーンズ少佐は、望んだとおりの光景がそこにあったことにほくそ笑んだ。

日米の艦載機が空域を埋め尽くしている。いくつもの航跡が絡みあい、時折り火球が湧いたり閃光が宙を裂いたりしている。やや前方で海面に不幾何学的な模様を描いているのは、日本の艦隊に違いない。

ジョーンズはこの密集した空域に飛び込むことで、敵の目をくらませようとしていたのだ。

「敵機、追ってきます。一機、その後ろに二機」

「かまうな！　近づかれなければ大丈夫だ。あのロケット弾はもうない」

ジョーンズは危機的な中でも冷静に状況を見極めていた。

高速かつ長射程で、なおかつターゲットを追尾する敵の新兵器はたしかに恐ろしいものだったが、数に限りがあるのか敵の攻撃は途中から機関砲に切り替わっている。多数の艦載機の中に紛れてしまえば、追撃はできまいとジョーンズは考えていた。

それだけではない。

「爆撃用意！」

ジョーンズは機内マイクにかすかな笑い声をこぼしつつ、命じた。

「せっかくの土産だ。このまま持ち帰ったのでは敵も気の毒だからな」

「ラスト・サンセット」の鼻先をヴォートＦ４Ｕコルセアが横ぎっていく。左右にすれ違うのは、グラマンF6Fヘルキャットとカーチス SB2Cヘルダイバーだ。白色の日本軍レシプロ戦闘機とも交錯するが、こちらに向かってくる気配はない。F4UやF6Fとの空戦に忙殺されているようだ。

(オーケー！　いける)

ジョーンズは、してやったりと頬を吊りあげた。

「目標は手前のウンリュウ・タイプの空母だ」

第五八爆撃航空団の任務は、敵地上施設への爆撃だ。その中、「ラスト・サンセット」は堅固な港湾施設を破壊するために多数の徹甲爆弾を積んできていた。たとえ装甲を纏《まと》った敵艦が相手でもいけるはずだと、ジョーンズはふんでいた。

「敵機、急速接近！」

「かまうな」

爆弾槽の扉が開く。その外鈑に紅蓮《ぐれん》の炎が映り込んだ。

前方をゆく隊長機が炎の尾を引きずる様子は、航空自衛隊中部航空方面隊第七航空団第二〇四飛行隊所属の山田直幸一等空尉とそのウィングマンを務める小湊三等空尉からもはっきりと見えた。

（だから言ったんだ！）

山田は胸中で叫んだ。

非力な小型レシプロ機といえども、その銃撃の網に絡まればただでは済まない。その網の目が、注意を要するほど細かいことは容易に予想できていたはずだったのだが……。

送油系統に火がまわったのか、主翼の付け根付近から出た炎はみるみる機体全体に広がっていく。操縦系統もやられたか、あるいは隊長自身が負傷したのか、炎に包まれた隊長機は右に右に流されるように墜落していく。

「ラウディ、ペイルアウト（脱出してください）！」

「ペイルアウト、ラウディ！」

山田と小湊は、コール・サイン「ラウディ」こと二〇四空飛行隊長鳥山五郎二等空佐に呼びかけた。

だが、応答はない。

「ペイルアウト、ペイルアウト！」

必死の叫びもむなしく、やがて隊長機はスパイラル・ダウンに陥るなり悲鳴じみた音を立てながら海面に激突していった。

「！」

目を背《そむ》けたくなる光景だったが、山田は両目を大きく見開いてしっかりとそれを瞳の奥に焼きつけた。

戦争というのはこういうものだ。いつもいつも、格好の良い勝ち方ができるわけではない。同僚や部下、上司を失って、惨敗を喫することもある。そもそも命をバジェットに相手と凌《しの》ぎを削る戦場というものは、凄惨であることが常なのだ。当然、自分自身に明日があるかどうかもわからない。その現実を身をもって自分たちは知らねばならないのだ。

海面が白く弾け、水柱とともに白煙がうっすらと立ちのぼった。

「……ん、な。……！」

言葉にならない小湊の叫びが、レシーバーから伝わった。

この時代に来ての初陣で、しかも飛行隊長が戦死するとは……衝撃などという言葉では言い表わせない出来事であった。

「これが現実だ」

山田は小湊と、そして自分にも言い聞かせるようにつぶやいたが、さすがに動揺は隠しきれなかった。

隊長機が粉々に砕け散った海面に呆然と視線が注がれる中、その後ろでは艦載機の蓑《みの》をかぶったB－35が黒光りする爆弾を投下しはじめていた。それが雲龍型空母の艦上に吸い込まれた次の瞬間、おどろおどろしい爆音が海上を揺るがした。

第二章　オアフの日章旗

一九四六年六月一一日　オアフ島東方沖

「旧史」とはうってかわって、情報戦は常に日本軍が先手を取っていた。

森脇喜平技術中将がもたらした先端技術によって生みだされた固有の装備も優秀だったが、アメリカ軍に対する優位性を決定づけたのは、言うまでもなく自衛隊の各種装備であった。

音声、映像の通信、共有、解析、サーマル映像に関わる各種のセンサー、機器類もそうだが、やはり特に目をひいたのは無人兵器の活躍だった。

昼間の防空戦ではUAVガーディアンが早期警戒と敵情把握に活躍したが、太陽が完全に水平線の下に隠れた夜間になってからは、UUV（Unmanned Underwater Vehicle＝無人水中艇）ポセイドンの出番である。敵水上部隊の接近に備えて海中で聞き耳をそばだてていたポセイドンが、首尾よく敵を発見してみせたのだった。

「大型艦が少なくとも七、八隻。小型艦はその倍はいますね」

DDG(Guided Missile Destroyer＝対空誘導弾搭載護衛艦)『あしがら』のCIC(Combat Information Center＝戦闘情報管制センター)では、艦長目黒七海斗一等海佐がポセイドンがもたらした情報の解析結果に静かにうなずいていた。

ポセイドンはソナー式に「音源」として情報を拾うのは当然として、温度や水流の変化から目標を探知することが可能だ。

もちろん光学映像を送らせることもできるが、夜間の水中で得られる映像など見られたものではない。ライト・オンしたり浮上してカメラを向けたりすれば別だが、そんなことをしてはせっかくの隠密性が水泡に帰してしまう。また潜水艦がいれば別だが、赤外線解析から得られる映像もどれもかすかな「艦艇のかげ」を映すだけで、それ自体はあまり役に立ちそうにない。

「攻撃指示出しますか？」

「そうだな」

目黒の問いに、第二一護衛隊司令大原亮一郎海将補は軽く首を縦に振った。

「『ひゅうが』の司令部から許可は出ている。たいした戦果は挙げられないかもしれないが、敵に心理面での打撃を与えるには有効だろう。いこうか」

「はっ」

全長一メートルに満たないポセイドンは魚雷やUSM（Underwater to Surface Missile＝水中発射対艦ミサイル）といった攻撃兵装は持たないが、自爆装置を兼ねた高性能炸薬内蔵の吸着機雷を携行している。それを敵の針路にばら撒くことで、実質的な攻撃が可能というわけだ。

機雷は地味な兵器だが、風貌に似合わず威力抜群であることは古くから知られている事実である。そして、「現代兵器」としては当然のごとく、そのまま浮遊して危険物としてさまよわないように、任意の時間で自爆する機能が組み込まれていた。

「よし。攻撃開始。それと第二艦隊司令部への通報忘れるな」

（努力なきものに成功なし。常に前を向く者にのみ、勝利する機会が訪れる）

大原は命じつつ、自身の格言を確認するようにつぶやいていた。

「やはり来たか」

敵艦隊接近の報告に、第一艦隊司令長官角田覚治《かくたかくじ》中将は満足げに白い歯を覗かせた。

うっすらと笑みさえ見せる角田の表情には、「望むところだ」といった内心の気持ちがありありと浮かんでいた。

別に戦うことを欲するつもりはないが、やはり水上艦隊の指揮官としては、砲を撃ち、魚雷を放って敵を撃退したい。敵が攻めてくる以上、それを叩き潰すのは自分である。自分の手で敵を追いかえし、自国の領土を守りたい。

そう思うのが、軍人なら当然のことだ。特に角田は、海軍の中では闘将と呼ばれる勇猛果敢な男であった。

海兵教頭の大佐時代に、「航空機の台頭は目ざましく、これからの海軍は航空機主体で戦うことになる」という教官の言葉に、「我々は航空機がなくとも戦わねばならん」と言い放ったのは有名な話である。

こんな角田であるから、当然指揮官先頭という海軍の伝統を重んじ、最強の戦艦に座乗して真っ先に敵陣に切り込んでいくつもりだった。

近ごろは「指揮官喪失の場合の、艦隊の混乱を避けるため」「戦場全体の把握には、小回りの効く艦がいい」などといった理由をつけて、標的になりにくい巡洋艦を旗艦に定める提督も少なくない。しかし、こういった傾向は角田のような男にとっては言語道断のことだった。

「指揮官が逃げていては、将兵の士気に関わる」「死地に進んで赴《おもむ》くのが上に立つ者の使命である」と、真っ向から反論する角田であった。

「航空戦はいささか消化不良に終わった感じがありましたからね。敵にもまだ水上部隊を投入する余裕があったということでしょう。二群ある敵の機動部隊のうち、一つは基地航空隊が叩きましたが、もう一方の艦載航空戦は、互角か我がほうに若干分が悪いというのが正直なところのようですから」

「多聞丸《たもんまる》がそこまで苦戦するとはな」

参謀長阪匡身《ばんまさみ》少将の言葉に、角田はうめいた。多聞丸というのは、角田の第二艦隊とともにハワイ防衛に就く第二航空艦隊を率いる山口多聞中将のことだ。

角田から見て一期下の海兵四〇期の出である山口も、角田に並ぶ有名な猛者《もさ》である。山口は航空を専門としていたが、部下に科す訓練は並大抵のものではなく、「人殺し多聞丸」という仇名《あだな》がつくほどのものだった。

しかし、それは山口の自己満足や悪意からくる過酷な訓練では決してない。技量がない者は、いざ戦いとなった場合に真っ先に死ぬ。特に小単位で戦う航空屋の場合は、個人の力量が生存性に直結するのだ。軍人であれば、戦って、そして勝て。自分の不甲斐なさで死ぬようなことは絶対にやめろ。少なくとも自分の部下にはそういった真似はさせたくないというのが、山口の考えだったのだ。

そのかいあって、山口の率いる飛行隊は常に海軍で一、二を争う技量に仕上げられてきた。その機動部隊が苦杯を喫するとは、角田にとっても衝撃であった。

「報告によりますと、二航艦は正体不明の重爆の空襲にも遭ったとか。敵も二重三重の罠を用意していたのかもしれません」

「そうか。まともにやりあえば多聞丸が負けるとは思えんからな」

角田はいったん言葉を切って、口元を引き締めた。

「とにかく、我々は我々のなすべきことをしっかりとこなさねばならん」

DDG（対空誘導弾搭載護衛艦）『あしがら』『あたご』から成る第二一護衛隊は、単縦陣に移行した第二艦隊主隊の最後尾で夜間水上戦の開始に備えていた。

「第二艦隊司令部より入電。『攻撃を許可す。第二艦隊はこれより夜間砲雷戦に突入せんとす。貴隊の健闘を祈る』以上です」

「そうか」

『あしがら』に座乗する第二一護衛隊司令大原亮一郎海将補は、口を真一文字にしてうなずいた。CICの薄暗く青白い光りの中では表情こそ定かではなかったが、大原の心中では強い意気込みが炎となって渦まいていた。

昼間の航空戦では防空戦闘機隊の誘導に一役かったものの、持ち前のイージス・システムを使っての個艦対空戦闘という場面はとうとう訪れなかった。それだけ海空の防空システムが有効すぎるほどに機能したということなのだが、護衛隊の隊員らにとってはやはり物足りないという意識があって当然だろう。

なにも闘争本能を満たさないからというわけではないが、一度戦場に入る覚悟をした者であれば、他人の戦果を聞くよりは自分で戦果を挙げたいというのが本音というものだ。

その昼間の不完全燃焼を晴らすときが来た。

しかも、今度は自衛隊開隊以来初といっていい本格的な艦隊戦である。

第二一護衛隊は、UUV（無人水中艇）ポセイドンを使っての敵艦隊発見と機雷戦で戦闘の口火をきっていたが、それに続いて個艦水上戦闘の開始にこぎつけていたのだ。

これまで肝心なところで、システム・ダウンだ、機関不調だ、と災難続きだった

『あたご』も異常なしとの報告を寄せてきている。

選択肢は言うまでもない。SSM（Surface to Surface Missile＝艦対艦ミサイル）を使ってのアウトレンジ攻撃である。

『あしがら』と『あたご』は射程四〇海里のSSM－13を積んでいた。これは航空自衛隊のAAM－13から派生したミサイルであり、アクティブ・レーダー・ホーミングと高いECCM（Electronic Counter Countermeasures＝対電子対抗手段）機能を特徴とするものだ。

大原は命じた。

「対艦攻撃用意。『あしがら』『あたご』SSM目標、敵一番艦」

「対艦攻撃用意！　目標、敵一番艦。しかし、UUVをそういった目的で使用することになるとは思いませんでした」

『あしがら』艦長目黒七海斗一等海佐は、CICで弱い光りを放つモニター類を流し見た。

SSM－13はOH（Over Horizon＝水平線越し）での攻撃が可能であるが、まずは目標の座標を入力する必要がある。自艦のレーダーでは原理上、水平線の先を見渡すことができないため、通常ならば艦載ヘリを飛ばしてデータを得る。しかしながら、経験のない夜間の砲戦ではどのようなリスクが潜んでいるかわからないし、多数の砲弾が飛び交う恐れのある戦場にいきなりヘリを出すのは危険すぎるという判断で、UUVポセイドンの出番となったのだ。

幸い、UUVポセイドンは機雷で敵艦一隻を撃破し、その後も海中に健在である。敵艦隊の追尾は完璧だ。UAV、UGV、UUVと、無人兵器の活躍は目覚ましい。

今後も、人命重視、各種兵器の高機能化といった傾向はますます加速していくに違いない。もはや、戦場に無人兵器は必要不可欠なものなのだ。無人兵器の出来《しゅったい》は、今後あらゆる戦闘の勝敗を握る鍵になるかもしれない。

そんな思いを抱きながら、目黒はメイン・モニターに視線を移した。

「二〇一〇年代の世界で一線級の本艦が、大戦型の艦にまごつくわけにはいかんぞ」

目黒の声に呼応するように、砲雷長から報告が入る。

「SSM発射準備よし」

目黒は大原を一瞥《いちべつ》してうなずいた。

大原の表情は厳しさを増していた。CICの青白い光りの中に爛々と光る大原の眼光は、決して妥協を許さない鬼教官とでも形容される風だった。

「攻撃開始！」

「ＳＳＭ発射用ー意。三、二、一、発射！」

『あしがら』と『あたご』が、立てつづけに二発ずつ計四発のＳＳＭを発射した。噴煙が闇を焦がし、轟音《ごうおん》が海上にあふれでた。

「反転一八〇度。二一護隊はいったん戦闘海域より離脱する」

（戦闘の推移次第では、すぐにでも戻ってくるさ）

大原は不承不承に命じた。

水上戦闘艦としては世界最新の部類に入る『あしがら』『あたご』だが、残念ながら近接戦闘の兵装は乏《とぼ》しい。ＳＳＭの残弾にも決して余裕のない今、あとは第二艦隊の奮戦に期待しようというのが指揮艦『ひゅうが』からの指示だった。

『あしがら』の鋭く突きだした艦首が漆黒の海面を切り裂き、弧を描く航跡を追って逐次回頭した『あたご』が続く。

今宵は新月の夜だった。一面、闇が支配する海上を、ＳＳＭ−13が突き抜けていく。弾着はまもなくだった。

まるで、水平線そのものが燃えあがったかのようだった。漆黒の夜空に閃光が突き刺さったかと思うと、複数箇所から紅蓮《ぐれん》の炎が湧いて出た。

勢いある炎は、たちまちひと塊になって海上を照らしていく。それまで墨一色だった海面に垂れ込めた鮮紅の幕は、いかにも妖艶《ようえん》といった輝きを放っていた。

「敵は混乱している。一気に叩くぞ」

旗艦『最上』の艦橋から見おろすような眼差《まなざ》しで、第九戦隊司令官松田千秋少将は叫んだ。

(昼間の航空戦もそうだったが、やってくれるじゃないか。予想以上だ)

松田は自衛隊の働きを素直に認めていた。

昼間の完璧なエア・カバーに続いて、夜になれば敵水上艦隊の接近をいち早く察知し、噴進弾による先制攻撃を加えるときた。松田らはUUVによる奇襲は知らなかったので、その驚きもひとしおであった。

第二艦隊にとっては、これ以上ないお膳立てが整ったといえる。

「二水戦突撃します」

首席参謀宮田嘉信《よしのぶ》中佐の声に、松田は右舷前方に目を向けた。

阿賀野型軽巡三番艦『矢矧《やはぎ》』に率いられた陽炎《かげろう》型駆逐艦一六隻が、炎渦まく水平線めがけて突進していく。まるで獲物に向かって放たれた猟犬のようであった。

おそらく最大戦速だろう。推進スクリューで撹拌されて盛りあがる艦尾波は高く、夜目にも白く見える。

「自由に戦えるというだけでも、羨ましいですな」

『最上』艦長今村了之介《りょうのすけ》大佐は、皮肉っぽく言った。

速力では決して『最上』もひけをとらないが、最上型重巡四隻から成る第九戦隊は戦艦部隊の護衛が任務である。やみくもに持ち場を離れて進むわけにはいかない。

「なあに。嫌でも出番はやってくる。敵も必死だろうからな。もっとも、出番がないということはそれだけ我が軍が圧倒しているということだから、喜ばしいことではあるのだがな」

松田はそう言って、口上にたくわえた髭を震わせた。

海空自衛隊の活躍によって、ここまで日本側は有利に戦いを進めている。

だが、そのままあっさりと引きさがる敵ではないと松田は考えていた。

その程度の気構えだったなら、そもそもハワイ奪回になど来やしない。空襲が駄目なら水上艦でなんとか突破口を開こうと、敵は考えてきたはずだ。ならば、ちょっとやそっとの打撃で敵を撃退できるなどと楽観視しないほうがいい。むしろ、敵は全滅覚悟で突っ込んでくると思ったほうがいいだろう。油断や隙を見せれば、足元をすくわれかねない。松田は自身の気を引き締めなおした。

水平線上の炎はなおも衰える気配を見せなかったが、それをバックに連続した閃光が飛び散りはじめた。

突撃した第二水雷戦隊が、敵の前衛とぶつかったのだ。

「来るぞ」

「はっ」

松田の視線に答えた今村の表情は硬かった。久しぶりの実戦に緊張を隠せないのであろう。

「電探に感あり。大型艦一、小型艦二」

（おいでなすったか）

頬を伝う汗を拭う今村を一瞥して、松田は舌なめずりをした。

やはり二水戦（第二水雷戦隊）を振りきった敵が向かってきたようだ。合計三隻と少ないとはいえ、このまま行かせるわけにはいかない。

「敵艦の針路一八〇《ひとはちまる》、速力三〇《さんまる》、距離三《さん》、〇《まる》、〇《まる》（三万メートル）」

「ほう」

電探室からの報告に、松田は小さな笑みをこぼした。

針路一八〇ということは、敵は真南に向かっているということだ。それに対して第九戦隊は針路二七〇《ふたななまる》。つまり真西に向かっている。敵の頭を押さえる絶好のT字態勢といえた。

日米艦隊が激突しているここは、オアフ島の東海域である。仮にここで敵にとどめを刺せずに突破されたとしても、取舵をきって同航戦に持ち込むことができる。

敵は最重要目標である南端の真珠湾には、どのみち容易に近づくことはできないのだ。それもこれも、事前の敵情把握が正確なために成しえたことだ。

松田は張りのある声で命じた。

「第九戦隊、針路そのまま。砲雷同時戦用意！　主砲、距離一五〇《ひとごまる》（一万五〇〇〇メートル）で射撃開始。雷撃は追って指示する」

「宜候《よおそろお》。砲雷同時戦用意。距離一五〇で主砲、射撃開始します」

今村が復唱して、艦内に通達する。

すでに右舷を指向していた『最上』の主砲一〇門が、今度は仰角を上げていく。

砲戦距離一万五〇〇〇メートルというのは、重巡の二〇・三センチ砲にとっては昼間砲戦とさしてかわらない距離だが、夜だからといって近距離戦にこだわるのは昔の話だ。光学照準に頼っていた時代と違って、電探すなわちレーダー装備が当然となった今の日本艦艇にとっては昼戦も夜戦もないのだ。

「距離二《ふた》、〇《まる》、〇《まる》……一《ひと》、八《はち》、〇《まる》。敵の針路変わりません」

（ほう。たいした度胸だ）

敵としても、すでにこちらの存在を知らないわけがない。

レーダーなどで隻数や戦艦の有無などを確認できているかどうかはともかく、それ相応の規模の艦隊が待ち受けていることは素人目にも明らかなのだ。その中にたった三隻で突っ込んでくるとは、なかなか敵の敢闘精神も捨てたものではないようだ。

（だがな）

「距離一《ひと》、六《ろく》、〇《まる》。……一《ひと》、五《ご》、〇《まる》！」

「撃ち方はじめ！」

今村の号令一下、『最上』の二〇・三センチ砲が轟然と吼えたけた。

セオリーどおり、一射めは各砲塔一門ずつの試射だ。五基の連装主砲塔の右砲がいっせいに閃《ひらめ》くなり、毒々しいまでの鮮赤色の炎を海上に噴きだしていく。

「『三隈』撃ち方はじめました」

「『鈴谷』『熊野』撃ち方はじめました」

後続の三隻も、次々と砲門を開いていく。

口径四六センチや四〇センチといった戦艦の主砲とまではいかないが、重巡の二〇・三センチ砲はそれに次ぐ大口径砲である。砲声はずしりと重く、それを受けとめる耳には痛みともいえる衝撃が訪れる。

敵はまだ撃たない。先頭のやや大きめの艦は巡洋艦クラスと思われるが、必中を狙っているのか、ぎりぎりまで撃たないつもりなのかもしれない。

「第一射、全遠。続けて第二射」

今度は連装五基の左砲が吼える。

再び重量一二五・八五キログラムの二〇・三センチ弾五発が、闇の彼方に放たれる。

初弾はすべて全遠、つまり一発残らず目標を飛び越えてしまったので、次のために砲の仰角が下げられる。複数の砲弾は、当然ながらある程度の範囲に散らばって弾着する。その「ある程度の範囲」を散布界と呼ぶのである。

散布界を移動させながらその中に目標を包み込み、何発かの命中弾を得る。それが公算射撃と呼ばれる艦砲射撃の基本なのだ。

「夾叉《きょうさ》しました。次から全門斉射に切り替えます」

二射めはすべて近弾だったが、『最上』は三射めで夾叉、すなわち散布界内に敵を捉えることができた。四射めからは、主砲一〇門すべての全力射撃になる。

今村の緊張感もだいぶ取れてきたようだった。砲戦でも先手を取れたことで、安堵感があるのかもしれない。

「使えるな」

松田は生き生きと動いているであろう砲術長と電探室の面々を思い浮かべた。

電探射撃そのものは大戦中に確立された戦術だが、当初は電探の精度が不満足だったためなかなか昼間光学照準なみの結果は得られなかったものだ。

それが今夜はどうだ。度重なる電探の改良で、三射めで夾叉を得ることができた。昼間光学照準と同等か、それ以上の結果といえよう。

こうなれば、真の意味で昼戦も夜戦もないといえる。

海軍も変わったなと松田は思う。松田が海兵四四期を出て少尉に任官したてのころは、リベラルといわれる海軍にもまだ旧来思想や精神論がはびこっていたのが事実だった。

だが、ここ一〇年ほどは各種の技術革新が進んで、戦術も戦略も大胆に変わってきており、その潮流にのれない者は次第に隅に追いやられ、海軍の主流派は柔軟な思考を持つ者で占められているのだ。

そういった脱皮を遂げた海軍だからこそ、第二次大戦の勝利があり、今のこの日本の繁栄があるのだろう。

「撃《て》っ」

主砲一〇門の全力射撃は、強烈だった。

足元から脳天に衝撃が突き抜ける耳鳴りに、松田はしばし聴覚を失った。

発砲の反動は、基準排水量一万二〇〇〇トンの『最上』の艦体をのけぞらせ、爆風と衝撃波は右舷一帯の海面を真っ白にさざなみだたせた。

『最上』に続いて、『三隈』『鈴谷』『熊野』も全力射撃に移っていく。

敵巡洋艦が炎の塊に変わるまで、そう時間はかからなかった。

「ペンサコラ級あるいはノーザンプトン級だったか」

炎の中に、敵の艦容を象徴する三脚檣が見える。アメリカが好んで採用した戦艦にも通ずる重厚なものだが、今では落城寸前の砦《とりで》にしか見えない。炎に見え隠れする様子は、苦しみもだえながら助けを求める人間の腕のようにも見えた。

ほとんど停止しかけている巡洋艦を追い越すようにして、敵駆逐艦二隻が代わって前に躍りでてくる。

「甘いな」

松田はつぶやいた。敵が浮き足立っているのがはっきりとわかる。

夜戦では、炎上した艦からはすぐに離れるのが常識だ。炎を背負う格好で進んでくれば、自分の姿を進んで暴露することになるからだ。

どうせ電探で探知されているのだからと、敵がわりきって最短コースを選んだ可能性もなくはないが、単なる焦りか、それだけ余裕がない証拠かもしれない。

おそらく後者だろうと、松田は考えていた。

「『最上』『三隈』目標、敵二番艦。『鈴谷』『熊野』目標、敵三番艦。撃ち方はじめ」

「はっ。目標を敵二番艦に変更。準備でき次第、砲撃開始します」

今村が復唱して、射撃指揮所への電話を取る。

松田は敵が格下と見て、二隻ずつ目標をわりふった。単に砲力で圧倒できるからという理由ではない。その裏には、松田の確かな砲術理論の裏づけがあったからだ。

敵はまだ撃たない。そもそも駆逐艦の五インチ砲では射程そのものも短く、最大射程近くではどうせ当たらないだろうという判断だ。

（だが、いつまで我慢できるか。米軍よ！）

砲撃再開は思ったより早かった。目標指示から三〇秒と経たないうちに、『最上』

の主砲は再び闇を切り裂くように閃いた。先の巡洋艦への砲撃途中で勝負ありとみた砲術長が、あらかじめ次の目標の測的を始めさせていたに違いない。

『三隈』『鈴谷』『熊野』の三隻はそうはいかなかったが、それでも『最上』が第二射を放つころには砲撃を再開する。力任せに叩く陣太鼓のようなずしりとした砲声が海上に轟《とどろ》く。

「命中です」

速力があり、また蛇行ぎみに航行する敵駆逐艦は先の巡洋艦のようにはいかなかったが、それでも『最上』は五射めに命中弾を送り込むことができた。

だが、主要部は外したらしい。敵駆逐艦は炎に焼かれながらも、そのまま突進してくる。速力が衰えた気配はない。

『最上』『三隈』が交互に吼える。暗い海上をひと飛びした全長九〇センチあまりの二〇・三センチ九一式徹甲弾が、海面を突き破って派手な水柱を立ちあげた。

二射ほど空振りさせられたが、二発めの命中弾は敵駆逐艦の息の根を止めるには充分すぎるほどのものだった。

命中の閃光が走った次の瞬間、多数の火柱がいっきょに噴きだした。火柱はすぐにひと塊の火球になって海上に膨《ふく》れあがり、そして数秒後に弾け散った。

時間差を置いて、腹にこたえる重低音が伝わってくる。轟沈だ。

『最上』の戦果か『三隈』の戦果かは判然としなかったが、敵駆逐艦を襲った二〇・三センチ弾は、弾薬庫という心臓部をひと突きしたらしい。

爆発の規模は二〇・三センチ弾炸裂の力をはるかに上回り、艦長以下の乗組員はおそらく一人残らずあの世に送り込まれたに違いない。

「目標を敵三番艦に変更します」

艦内電話を通じて今村が指示を出し、『最上』の五基の主砲塔が旋回する。

外界が一望できる艦橋にいる松田や今村と違って、密閉された砲塔内にいる砲術科員たちは、自分たちの戦果を知らない。だが、砲塔や砲身が素早く反応して動く様子に、それらの士気が高いことが窺えた。

「一番主砲塔、射撃準備よし！」

「三番主砲塔、射撃準備完了！」

次々と報告があがってきて『最上』がいよいよ射撃を再開しようとしたとき、敵駆逐艦に変化が生じた。

「敵艦、取舵に転舵。逃走する模様」

おぼろげながらも、その変化は松田や今村の目にも見えた。

前進する艦の航走に伴って、合成風で後ろに流れていた炎の向きが変わっている。闇夜の海上のため艦そのものの動きははっきりとは見えないが、敵艦が背負った炎がその動きを報せていた。

「逃すなよ！」

今村が檄を飛ばすが、もはやその必要はなかった。『鈴谷』『熊野』の追撃の射弾が、敵駆逐艦を包み込んだからだ。林立する水柱に隠された敵駆逐艦は、そのまま二度と現われることはなかった。

第九戦隊は、第二水雷戦隊という防衛網を突破してきた敵艦三隻を確実に葬りさったのだ。

「とにかく、雷撃さえ受けなければな」

松田が二隻ずつ目標をわりふった理由が、ここにあった。

敵艦一隻に四隻で集中射撃を浴びせれば、撃退するという意味ではより確実であったろう。

だが、松田は敵が駆逐艦であるという事実をよく理解し、ベターな対処を選択したのだ。

駆逐艦の最大の武器は魚雷だ。ちっぽけな駆逐艦といえども、一撃必殺の雷撃が成功しさえすれば戦艦や重巡にも対抗しうるのだ。

それを封じるために、松田は早め早めの射撃を試みたのである。

仮に致命的な打撃を与えられずに戦闘が長引いたとしても、雷撃さえさせなければ怖くはない。敵艦を射点につかせなければいいのだ。駆逐艦の豆鉄砲を食らったにしても、重巡の装甲ならば耐えられる。

そういった理論的な裏づけがある松田の指示だったのだ。

結果は？

敵に一本の魚雷を打たせないどころか、一発の弾も撃たせないパーフェクト・ゲームであった。

緒戦は第九戦隊の完勝だった。

「次は？」

松田は両腕を組んで、次の敵艦が現われるのを待った。

遠方では二水戦が敵艦隊と交わしているであろう砲火が、花火のように明滅して見えた。

あの中から再び抜けでてきた艦は、自分たちが食い止める。

何十、何百という男の視線が闇の彼方に注がれたが、一分、二分、そして五分経っても敵艦が現われることはなかった。

代わって訪れたのは、全身の毛を逆立たせる強烈な砲声だった。

『最上』『三隈』『鈴谷』『熊野』の四隻の左舷が、照り返しに赤々と染まった。

「『大和』……」

振り返った松田は、小さくつぶやいた。

発砲の残照に、丈高い艦橋が浮かびあがっている。長門型や伊勢型戦艦などのように、砲術の進歩にしたがって雛段式に積みあげられていったものとは明らかに一線を画す、すらりとまとめられた艦橋だ。

その洗練された姿は、大和型戦艦に相違ない。そして、これもまた特徴的な後方に傾斜した三本のメイン・マストに、旭日に赤帯一本の中将旗が翻《ひるがえ》っている。

第二艦隊司令長官角田覚治中将が座乗する艦隊旗艦である証であった。

いよいよ海戦は佳境に入った。

日米の誇る海獣《リヴァイアサン》——戦艦が、大上段に構えた巨砲をついに振りおろしたのである。

「う、撃ってきました」

報告の声は裏返っていた。

それを苦々しく思いながら、戦艦『ワシントン』艦長トーマス・クーリー大佐は前方に噴きあがった水柱を睨みつけた。

いい意味でも悪い意味でも、誤算続きだった。

第三一任務部隊に所属する『ワシントン』は本来、艦隊の中核である空母の護衛が任務だ。

クーリーはその役割を充分理解し、『ワシントン』の充実した対空兵装を生かして多くの敵機を海上に叩き落とし、あるいは空中に粉砕してみせた。

しかしその一方で、「いかに任務をまっとうしたといっても、戦艦の戦うべき相手はちっぽけな航空機ではない」「大口径の主砲という刃《やいば》を交わし、巨弾を叩きつけあって雌雄を決する戦艦同士の戦いこそが、あるべき姿なのだ」と考える自分もいた。

これは、戦艦に乗る者ならば自然に行きつく道理である。

そしてこの潜在した希望は、思わぬ形で叶えられた。なんと、第三一任務部隊司令官ウィリアム・ハルゼー大将が、自分の配下にある戦闘艦艇を第七一任務部隊に貸しだすと申し出てくれたのだ。トーマス・キンケード中将率いる第七一任務部隊は、戦艦と重巡などの戦闘艦艇から成る水上打撃部隊である。キンケードはこの申し出を快諾し、夜戦による日本艦隊の撃滅を決意したのだ。

クーリーは僚艦『ノースカロライナ』とともに勇躍第七一任務部隊に合流し、オアフ島東岸を南下してパール・ハーバーを目指すことになった。

そこまでは良かった。いい意味での誤算であった。

ところが、この後がいただけなかった。『ノースカロライナ』と『ワシントン』の第三戦艦戦隊らを加えた第七一任務部隊は、オアフ島南岸に潜むと思われる敵艦隊を捕捉し撃滅すべく進撃を開始したが、進撃後すぐに正体不明の奇襲攻撃を受けて大混乱をきたしたのである。おそらく潜水艦の仕業だろうとは思われたが、駆逐艦がいくら駆けずりまわっても、それを撃沈するどころか発見することすらできなかった。

被害そのものは駆逐艦『ギアリング』が沈没、軽巡『サヴァンナ』が中破と許容内といえたが、それ以上にここで貴重な時間を浪費したのが痛かった。

夜が明ければ生き残りの敵空母とオアフ島に駐留する敵の基地航空隊が、猛烈な空襲をかけてくることは間違いない。

最悪、味方の機動部隊にエア・カバーを要請しなければならないが、できれば夜明け前に空襲圏外に避退したいというのがキンケード中将の本音だったろう。

第七一任務部隊は艦隊の巡航速度を無視し、二〇ノット超の速力でパール・ハーバー目指して驀進した。もし敵艦隊の捕捉に失敗しても、敵の港湾施設や飛行場、物資集積所を焼きはらってしまえればそれでいい。そうすればハワイ奪回という戦略目的の達成に大きく前進するはずだった。

しかし、敵はまたもや恐ろしい罠をはってこちらを待ち構えていたのである。

次は、噴進弾の洗礼だった。

かつてドイツがイギリスに向けて放ったV1、V2のような兵器が日本に渡っていたのか、あるいは独自に開発していたのか。敵がどうやってこの洋上に大型の噴進弾を放ったのかもわからなかったが、その噴進弾が驚くべき精度でこちらの艦を襲ったのである。

今度の被害は甚大だった。戦艦『ウィスコンシン』『アラバマ』が中破し、大型巡洋艦『グアム』と『フィリピンズ』が大破炎上という、目を覆わんばかりのものだったのだ。

これによって、第七一任務部隊の進撃はさらに遅滞し混乱した。

第七一任務部隊の中核となる戦艦や大型巡洋艦は、キンケード中将が座乗する旗艦『イリノイ』以下、『ケンタッキー』『ミズーリ』『ウィスコンシン』のアイオワ級戦艦四隻に、『サウスダコタ』『アラバマ』のサウスダコタ級戦艦二隻、それに第三一任務部隊から合流した『ノースカロライナ』『ワシントン』のノースカロライナ級戦艦二隻、『グアム』『フィリピンズ』のアラスカ級大型巡洋艦二隻の計一〇隻だったが、このうちの四隻が敵艦隊との本格的な接触前に脱落するなど、完全な誤算だった。

隊列は乱れ、艦隊は戦隊ごと、あるいは個艦それぞれに右往左往している。

敵はそこを衝《つ》いてきたのである。

クーリーは、ふと我に返った。

敵の砲撃を受けてはいるが、標的となっているのは自分の艦ではない。敵弾がぶち上げる水柱は、もっとも近いものでも少なくとも一〇〇〇メートルは離れた前方にある。明らかに『ワシントン』を狙ったものとは思えない。

クーリーは状況を整理して考えた。ともすれば焦りから思考が硬直化しそうな場面ではあったが、クーリーにはまだ冷静な思考と判断を行なう余裕があった。

クーリーは、一つひとつ置かれた状況を丹念に拾いあげた。

敵の攻撃は始まった。だが、まだ自分が狙われている形跡はない。

当然、損害は皆無で、戦闘にも航行にも支障はない。隊列は乱れに乱れている。戦艦とその両脇を固める巡洋艦と駆逐艦による単縦陣は寸断されている。『ワシントン』も僚艦『ノースカロライナ』と離れ、第三戦艦戦隊は個艦ごとの戦闘を余儀なくされている。

日本艦隊は、こちらの針路を横切る格好で進んでいるらしい。全力射撃を浴びせるための、セオリーどおりの態勢だ。

（どうする？　このまま艦隊が態勢を立てなおすのを待つべきか、それとも……）

「取舵三〇度！」

クーリーは意を決して命じた。

「取舵、ですか？」

確認を求める航海長ジョー・ビエイラ中佐に、クーリーは即答した。

「そうだ」

ここで取舵を切るということは、敵の針路とは逆方向に向かうということだ。単艦で勝負を挑むのは無謀にしても、逃避するのはまずいのではないか。ビエイラの表情には、そういった気持ちが滲んでいた。

「安心しろよ。一人で逃げようなどと考えているわけではないわい。俺は卑怯者にはなりたくないのでな」

クーリーは微笑した。

「駆逐艦らを盾《たて》にしながら、敵の背後にまわり込む。幸い各艦が派手にばらばらになっているせいで、目立ちはしまい。うまくいけば、敵がうちの主力に気を取られている隙に奇襲をかけられるかもしれん」

最上型重巡四隻『最上』『三隈』『鈴谷』『熊野』は、再び敵戦艦群と同航する態勢に戻った。

「間もなくです。司令官」

「うむ」

首席参謀宮田嘉信中佐の声を耳にしながらも、第九戦隊司令官松田千秋少将は右舷に向けていた視線をぴくりとも動かさなかった。その先には第二艦隊の主力を成す第二戦隊――『大和』『武蔵』『信濃』『紀伊』の大和型戦艦四隻らと砲火を交わす敵戦艦群の姿があった。

その敵めがけて、第九戦隊は温存してきた魚雷を放ったのだ。

「一〇秒前、……五秒前、……じかーん！」

松田、宮田、そして『最上』艦長今村了之介大佐も目を見張った。

夜目にも白い水柱が天高く昇り、轟とした火柱が敵艦から噴きでる。くぐもった爆発音が連続し、敵戦艦の巨体が一隻また一隻と横倒しになって海中に飲み込まれていく。

誰もがそういった光景を期待していた。ところが、魚雷の予定到達時刻を過ぎても、爆発の炎はおろか小さな水柱一本として上がらない。二〇秒経っても、三〇秒経っても、なにも起こらない。敵戦艦群は平然としている。

「駄目だったか。一万ではちと早すぎたか」

松田は唇を嚙んだ。

遠距離での砲戦が成功したため雷撃もそれに倣った松田だったが、これは完全に裏目に出たようだった。必要以上に接近して敵の攻撃を受けるリスクを冒《おか》さずに、日本海軍が誇る酸素魚雷の長射程を生かした攻撃のはずだったが、それは完璧な失敗に終わったのである。

第九戦隊の最上型重巡は各艦三連装の魚雷発射管を片舷二基ずつ有しており、合計二四本の魚雷が敵戦艦めがけて殺到していったはずだったが、それはことごとく目標を外して虚海を貫いただけであった。

（やはり鉄砲と水雷は違うか）

松田の専門は砲術だ。砲術と同じ考えでは、雷撃は成功しない。それをまざまざと見せつけられた格好だった。

自分の稚拙な判断と甘さに落胆と怒りを覚えた松田だったが、ここで塞《ふさ》ぎこんでいてもなんにもならない。その反省の上に立って、次になにをするかが重要だ。前を向く者にのみ、成功する機会が与えられるのだ。

「第九戦隊、全艦目標、敵一番艦。撃ち方はじめえ！」

雷撃が駄目なら、砲撃がある。

松田は先の砲戦とは一転して集中射撃を命じ、敵戦艦群に砲撃を挑もうと決意した。

砲力に優る相手に、数で対抗しようというだけではない。

これも松田の高度な戦術理論が導きだした答えだった。

敵戦艦の反撃は、まだわずかだった。

「敵戦艦は四隻。ようやく態勢を整えつつあるといったところですかな」

第二艦隊司令部参謀長阪匡身少将は、ばらばらながらも一列に並びはじめた敵の発砲炎を目にして口を開いた。

事実、第七一任務部隊はまだ混乱から立ちなおれずにいた。

司令官トーマス・キンケード中将が座乗する旗艦『イリノイ』を先頭に『ケンタッキー』『ミズーリ』と続く第一戦艦戦隊はまだしも、後続の第二戦艦戦隊から健在な『サウスダコタ』一隻がようやく後続しようというくらいで、『ノースカロライナ』『ワシントン』の第三戦艦戦隊は完全に隊列から外れてしまっていた。

第三戦艦戦隊の二隻のうちトーマス・クーリー大佐率いる『ワシントン』こそ独自に道を切りひらこうとしていたが、『ノースカロライナ』はまったくの遊兵と化していた。戦場においてもっとも戒めるべき状況である。

「我がほうは第二戦隊の四隻に『長門』『金剛』『榛名』の計七隻と、隻数でも圧倒しています。油断は禁物ですが、一気に叩き潰してしまいましょう。長官！」

「うむ」

阪の言葉に、第二艦隊司令長官角田覚治中将はうなずいた。

「敵がまごついている間にけりをつけるとするか。有利なうちに集中して敵を叩けというのは、戦いの鉄則だからな。どんな戦いでも絶対はないが、この状況で勝たねば国中の笑い者よ」

その角田の思いをのせたように、旗艦『大和』が轟然たる砲声を放つ。

敵はようやく射撃を始めたばかりだが、すでに『大和』は夾叉弾を得て本射に入っている。

四六センチ砲九門の全力射撃が夜の海上を鳴動させ、強烈な閃光が闇を裂く。

「それにしても、第九戦隊も奮闘していますな」

第二戦隊と敵戦艦群との間にも、発砲炎を閃かせている艦列がある。第九戦隊の最上型重巡『最上』『三隈』『鈴谷』『熊野』の四隻であった。『大和』や『武蔵』の豪快な砲撃に比べれば威圧感は一段も二段も劣るが、その代わりとして発砲の間隔は短い。二〇秒に一発という発射速度は、『大和』や『武蔵』のちょうど倍にあたる。力一杯叩く大太鼓に対して小太鼓の連打と言っていいだろう。

すでに命中弾を得ているようだ。規模そのものは線香花火のように小さいが、敵一番艦に細かな炎がまとわりついている。

「第九戦隊は松田の部隊か。ちょっと俺とは違う男だが、なかなかのやり手らしいな」

角田が評している間にも、第九戦隊の砲撃は続いていた。二〇・三センチ砲の連続した発砲炎が、洋上に閃く。

それをいっきょに覆いかくすように、『大和』はこの日二度めの斉射を放った。火炎が視界いっぱいに広がり、どす黒い発砲煙が闇に溶け込む。光りと闇のせめぎあいだ。

殷々《いんいん》たる砲声が海上を押し渡っていく。それはあたかも世界最強の名を欲しいままにしてきた『大和』の、はっきりとした主張だった。

第九戦隊の敵一番艦への発砲は続いていた。

「命中！」

もう何度耳にしたかもわからない報告とともに、敵一番艦は一寸刻みに傷ついていく。命中の閃光に続いて砲弾炸裂の火球が躍り、その中に黒っぽい塵《ちり》のようなものがいくつもばら撒かれていく。

日本海軍は弾着の見極めを容易にするために弾頭に各艦固有の染料を仕込んでいるが、その水柱の色での戦果の見極めは非常に困難なものになっていた。夜戦のためにただでさえ光学的観測が難しいのに加えて、噴きあがる水柱の頻度、つまり数が多すぎるのだ。

最上型重巡が装備する五〇口径三年式二号二〇センチ砲は一分間に三発の発射速度を持つが、それが四隻各艦一〇門の計四〇門である。敵一番艦には、一分間に実に一二〇発の二〇・三センチ砲弾が殺到しているのだ。

「しかし、参りませんな」

首席参謀宮田嘉信中佐が、しばし顔をしかめた。

これだけの射撃を集中しているにもかかわらず、敵一番艦の戦闘と航行にはいっさいの乱れが見られない。

「はなから我がほうで撃沈できるなどとは思っていないが、無視できる、いや無視できていることが気に入らん」

第九戦隊司令官松田千秋少将は、火花にさいなまれている敵一番艦を睨みつけた。

「ですが、そうなったらと思うと、正直きついですな」

宮田の表情が一転して苦笑に変わった。

宮田が言いたいのは、「敵一番艦が『大和』との砲戦を中止して第九戦隊に向かってきたら」ということだ。

たしかに宮田の言うとおり、一六インチ砲と思われる敵の巨砲に撃たれれば、たかだか一万トンそこそこの重巡などあっという間に海の藻屑にされることだろう。良くて艦体がへし折れて爆沈、悪ければ最上型重巡特有の小さくまとめられた艦橋構造物も、せり上がった上甲板も、背負い式に並んだ前後の主砲塔や誘導煙突も、なにもかも原型をとどめないまでに粉砕される可能性すらある。

だが、敵一番艦は第九戦隊の攻撃を一身に背負いながらも『大和』との砲戦に集中している。艦隊旗艦としての誇りか、あるいは戦艦と重巡の格の違いを見せつけてのことか。

「だがな。いつまで耐えられる？　米軍よ！」

松田にはしたたかな計算があった。

たしかに最上型重巡の二〇・三センチ砲では、戦艦の分厚い装甲は撃ち抜けないかもしれない。しかし、それであきらめることはあるまいと。

水中爆発の衝撃に、『大和』の巨体がわずかにぐらついた。

（近いな）

参謀長阪匡身少将は、背筋に冷たいものを感じた。

ずしりとした衝撃は、艦尾から伝わってきた。大型駆逐艦三〇隻分にもなる基準排水量六万四〇〇〇トンの巨体は、たとえ相手が一六インチの大口径砲だったとしても至近弾ごときでやられるものではない。『大和』にしてみれば、かすかによろめく程度の衝撃に過ぎないのだ。

だが、問題は被弾箇所だ。

どんなに強靭な艦でも、船である限り弱点は存在する。それは、舵や推進軸だ。構造上防御できないそこが被弾すれば、艦体そのものがまったくの無傷であったにしても、艦は船としての機能を失うであろう。それは、日本海軍が誇る大和型戦艦といえども例外ではなかった。

幸い艦に速力の衰えは見られない。どうやら推進軸は無事らしい。

『大和』は発砲を続ける。舵が損傷すればじきに艦の安定性は保てなくなり、砲撃精度も極端に落ちることになる。

つまり『大和』は、戦う術《すべ》も失うのだ。

「操舵室より報告！」

艦長の声に、阪は振り返った。

「浸水あるも軽微。操舵、航行とも問題ありません」

「そうか。舵は無事か」

阪は思わず安堵の声をあげた。なにせ前大戦では、欧州最大の戦艦『ビスマルク』が、そして日本海軍でも『比叡』が、舵の損傷が原因で撃沈された例があるのだ。

その心配を打ち消す報告に、羅針艦橋の空気がいくぶんやわらいだような気がした。

ただ、豪放磊落な司令長官角田覚治中将だけは、「断じて行なえば、鬼神もこれを避く」といった風情でまったく動じた様子はなかった。

角田は言った。

「さすがに敵も撃たれっぱなしではないな」

これまで、『大和』と敵一番艦『イリノイ』との砲戦は『大和』が有利に進めてきた。発砲開始、夾叉、そして命中と、すべて先手を取ったのは『大和』だった。

しかし、『イリノイ』の砲撃も回を重ねるごとに正確性を増してきている。弾着は徐々に『大和』に迫り、ついに先の一弾は至近弾にまでこぎつけたのだ。

口径四六センチの砲口が、再び閃く。殷々たる砲声が海上を押しわたり、巨弾が宙を裂いて『イリノイ』に襲いかかる。

「命中!」

まるで枯れ草に火を放ったように、『イリノイ』の艦尾が瞬間的に燃えあがった。鉄柱らしき棒状のものがくるくると宙を舞い、爆発の炎は青白いものに変わっていく。『大和』の一弾が艦尾のカタパルトを吹き飛ばし、艦内部で炸裂して備蓄されていた航空燃料に引火させたのだ。

しかし、『イリノイ』も負けじと撃ちかえす。青白い炎を引きずりながらも三基の主砲塔に炎を宿らせ、重量一二二五キログラムの巨弾を送り込んでくる。

だが……。

「ん?」

角田はすぐに異変に気づいた。

すぐそばまで近づいていた敵の弾着が、命中はおろか夾叉することすらなくなったのだ。むしろ、先の至近弾に比べれば遠のいた印象さえ受ける敵の弾着だった。

その決定的な理由となる報告が、すぐにもたらされた。

「逆探の反応が止まりました。敵の電探波が消失! 敵電探の破壊に成功した模様です」

(第九戦隊だな)

直感的に角田は悟った。

『大和』の砲撃は一発あたりの破壊力はたしかに抜群だが、悪くいえば散発的で広範囲の破壊には適さない。言うなれば、分厚い鉄の板を突き破ることはできても、張りめぐらされた障子を一掃することはできないということだ。

それにひきかえ第九戦隊の砲撃は、数と頻度という点では圧倒的であった。一隻あたり一〇門、四隻合計四〇発の二〇・三センチ弾が、入れ替わり立ち代わり降りそそぐのだ。

さらに、そこで徹甲弾ではなく榴弾や前大戦中に実用化した三式弾——砲弾中に多数の焼夷弾子を含む対地対空弾を選択していたとすれば、より広範囲をまんべんなく叩けたであろう。

角田の考えは的を射ていた。

第九戦隊がしゃにむに叩き込んだ射弾によって、『イリノイ』はレーダーから、測距儀、通信線やラッタルなどを破壊され、まるでピラニアの群れにでも襲われた動物のように機能不全に陥《おちい》ったのである。

これで形勢は大きく傾いた。

『大和』の砲撃が、『イリノイ』に引導を渡すべく炸裂する。重量一・五トンの巨弾が『イリノイ』の艦首を抉り、マストをへし折る。砲身を二、三本まとめてもぎ取り、機銃座や両用砲塔をまるで紙箱のように叩き潰していく。もはや一方的な展開だった。

『イリノイ』の一六インチ弾はことごとく見当違いの海面に消えていくだけで、『大和』の砲撃は一発、また一発、正確に『イリノイ』の寿命を奪っていった。命中の閃光が夜空を切り裂くたびに『イリノイ』からは紅蓮の炎が湧きたち、大小の破片が海上に飛び散っていく。

五、六斉射もしたころだろうか。気がついたとき、いつのまにか『大和』に向かってくる巨弾は絶え、『イリノイ』は全艦が炎の塊と化して海上を漂っていた。

「敵一番艦沈黙。停止した模様」

「目標を敵三番艦に変更。第九戦隊に打電。『第九戦隊は敵二番艦に砲撃を集中されたし。戦果見事なりや』」

角田はいっときの勝利に浮かれることなく、間髪入れずに命じた。

第九戦隊との連携は有効だった。

敵の二番艦は『武蔵』と第九戦隊に任せ、旗艦『大和』は『信濃』とともに敵三番艦を早めに退けようと考えた角田だった。三基の主砲塔が右に旋回し、電探とともに測的にあたっていた艦橋最上部の方位盤がそれに続く。

硝煙と煤《すす》にまみれてはいたが、『大和』はまったくの無傷だった。

現在、日米の戦艦群は逆T字から反航戦に移っている。アメリカの戦艦群は真南から東南東に針路を変え、日本の戦艦群は今のところ真西に向かう針路を変えていない。

戦艦『ワシントン』は、日本の戦艦群の背後を衝く絶好の位置に迫っていた。

『ワシントン』は二八ノットの最大戦速で、方位二三〇、すなわち南西に向かっていた。日本の戦艦群を斜め後ろから追う形であった。

「敵の指揮官が移り気なタイプでなくてよかったですな」

「我々はついていたのかもしれん。誰か女神に気に入られた者でもいるのかよ？」

航海長ジョー・ビエイラ中佐の言葉に、戦艦『ワシントン』艦長トーマス・クーリー大佐はジョークを飛ばして司令塔内を見回した。

「自分ですよ」

と言った者がいる。

「いや、お前よりもこの俺だよ」

こういったところにもお国柄、気質の違いが表われる。日本海軍だったら、戦闘中には考えられない会話だ。が、自由の国アメリカでは、過度な緊張をほぐすためにもジョークは必須なのだ。

(とはいっても、たしかに俺はついていた)

クーリーは砲火を閃かせる日本戦艦を遠目に見ながら、胸中でつぶやいた。

敵将がどっしりと腰を据えて戦うタイプの人物だったから、『ワシントン』はこういった態勢に入ることができた。あわてふためいて針路変更を繰り返す者だったら、こうはいかない。

しかし、ただ喜んでばかりもいられない。それだけ敵将は自信と実力を兼ね備えている人物とみて間違いないからだ。

現に、第一、第二戦艦戦隊は苦戦しているようであった。派手に炎上しているのは、どうやらキンケード中将が座乗する『イリノイ』らしい。

(とにかく、俺は自分の得たチャンスを生かすまでだ)

クーリーは気持ちを入れなおした。

自分の決断で呼び込んだチャンスだ。それをものにしてこそ成功といえるのだ。

「面舵一五度。距離をつめるぞ。目標は敵最後尾の戦艦だ。砲撃戦用意!」

バブコック・アンド・ウイルコックス式水管缶八基が高温高圧の水蒸気をタービン・ブレードに吹きつけ、基準排水量三万五〇〇〇トンの艦体を押しだしていく。前部に二基装備された四五口径Ｍｋ６一六インチ砲は時計まわりに、後部の一基は反時計まわりに旋回し、右舷の目標を仰いでいく。『ワシントン』は今、第七一任務部隊主力とともに、敵戦艦群を挟み込む態勢で砲撃位置についた。

思惑どおりの展開に、クーリーの口元は自然にほころんでいた。

「『榛名』より報告。『我、新たな敵艦の砲撃を受く』」

「『信濃』より入電。『戦艦と思われる艦影、左舷後方より接近しつつあり』」

次々に芳《かんば》しからざる報告が入ってきた。

「長官！」

事態の急変に、『大和』艦上の第二艦隊司令部の空気は一変した。

優勢に砲戦を進めていたはずの自分たちだったが、実はそれはとんでもない考えちがいだったのではないか。敵ははなから囮《おとり》を仕掛け、挟撃を狙っていたのではないか。自分たちは、まんまと敵の罠にはまってしまったのではないか。

参謀長阪匡身少将の声は、そんな焦りの気持ちで上ずっていた。

「『榛名』被弾、火災発生」

「新手《あらて》の数は？　報告はないのか？」

皆の視線が集中する中、角田は通信参謀に視線をぶつけた。

「複数という報告はありません。本艦の電探もようやく捕捉しましたが、艦影は一つだけです」

「そうか」

「『榛名』被弾。第三、第四主砲塔損傷。発砲不能のもよう」

新手の敵が一隻しかいないという報告を、『榛名』の損害報告が打ち消す。

なんとかしなければいけない。このまま放置すれば、どういった災厄に発展するかもわからない。下手をすれば、形勢逆転もありうるのではないか。

そんな一同の不安を阪が代弁した。

「目標を変更しますか？　脅威度は高いとみますが」

「…………」

(『長門』を連れてくるべきではなかった)

角田は自分の決定を悔いた。

大和型戦艦と金剛型戦艦の最大速力が三〇ノットなのに対して、『長門』は最大二五ノットしか出せない鈍足艦である。つまり、『長門』がいる限り艦隊速度はいくら頑張っても二五ノットが限界となるのである。

新手の敵は新型の高速戦艦に違いないが、仮に大和型と金剛型だけで編成した艦隊ならば、こうして不意の追撃を受けることもなかったのではあるまいか。

もちろん角田は艦隊編成におけるこの弊害に気づいていた。だからこそ、当初は『長門』を外した陣容で敵艦隊に対峙しようと計画していたのである。

だが、「お国の一大事であるときに、指をくわえて待っていることなど死んでもできない。どんなことでも喜んで引き受ける。たとえ他艦の盾になろうとも、戦場に置き去りになろうともかまわないので連れていってほしい」との『長門』艦長の懇願に折れて、角田は『長門』を入れた艦隊編成で出撃に踏みきったのだ。

『長門』の艦長や、ましてや乗組員が悪いのではない。たとえ鈍足であろうとも、四一センチ砲八門という装備はやはり魅力がある。それだけの火力があれば、なにかの役にはたつだろう。それだけの覚悟があれば、獅子奮迅の活躍をみせてくれるに違いないと、安易に翻意した自分が甘かったのだと角田は自分を責めていた。すべての責任は、艦隊を預かる自分にあるのだと。

「長官。ご決断を」

（どうする？）

角田は自問自答した。

敵の主力と思われる戦艦群との砲戦は有利に展開してはいるが、確たる戦果は一番艦の撃破だけだ。ここであわてて追撃艦に目標を変更すれば、残った二番艦と三番艦に思わぬ反撃を受ける可能性がある。

かといって、金剛型は現在、日本海軍の現役にある戦艦では最古参の艦であり、砲力も三五・六センチ砲八門と最弱でしかない。三〇ノットの高速発揮が可能な反面、装甲は薄弱で防御力も格段に劣ることはわかっていた。そのため敵の新型戦艦とやりあっての勝算など、無きに等しい。

「よし！」

角田は大きく顔を跳ねあげた。

「『大和』『武蔵』『信濃』『紀伊』は現状のまま砲戦継続。『長門』『金剛』『榛名』の三隻は新手の敵戦艦に応戦すべし」

「はっ！　『大和』『武蔵』『信濃』『紀伊』は現状のまま砲戦継続。『長門』『金剛』『榛名』は新手の敵戦艦に応戦すべし。ただちに準備にかかります」

阪が復唱して踵《きびす》を返す。

「『長門』『金剛』『榛名』に打電だ！」

水を得た魚のように、『ワシントン』の一六インチ砲九門が連続して吼えたけた。

弾着の結果を報告する声も弾んでいる。

「ストラドリング（夾叉）！」

「ストラドリング！」

「Ｈｉｔ！」

夾叉の報告に続いて、命中の歓声が湧く。

ゆらめきだした炎が、敵の艦容をあらわにしてくれる。二本の煙突と前後に離れた後部二基の主砲塔が、おぼろげながらも確認できる。

「コンゴウ・タイプのようですな」

「そうだな」

航海長ジョー・ビエイラ中佐の言葉に、戦艦『ワシントン』艦長トーマス・クーリー大佐は嘲笑《ちょうしょう》を返した。

コンゴウ・タイプは、アメリカ海軍でいえばニューヨーク・クラスに相当する旧式艦のはずだ。砲力もそうだが、防御力など取るに足らない存在であろう。

「すぐにでも海底に送り込んでやるさ」

クーリーの言葉に呼応するように、再び命中の閃光が敵艦上に飛び散る。火災の炎は狂ったように甲板上を舐めまわし、小爆発と思われる新たな炎がそこからまた這いだしてくる。機銃弾や高角砲弾あたりに誘爆を招いたのかもしれない。

敵艦からの反撃はまだない。

敵としても、こんな状況で『ワシントン』を無視できるはずはない。おそらくナガトは、撃ちたくても撃てない状況なのだろう。測距儀やレーダーが破損したか、艦内外を荒れくるう煙と炎に測的どころではないのかもしれない。

「オール、ファイア(全門斉射)!」

『ワシントン』はかまわず砲撃を続ける。

今度は三発が命中する。

ナガトのメイン・マストがへし折れ、まるでスローモーション・ビデオを見ているかのようにゆっくりと甲板上に倒れ込む。かと思えば、一段とまばゆい閃光と火花に続いてなにか箱のようなものが宙に跳ねあげられ、海面に落下して巨大な水塊をぶちまける。後甲板に命中した一発は旗竿もろとも艦尾を食いちぎり、幅一〇メートルには達しようかという亀裂を喫水線付近に走らせた。

「ストップ、ファイアリング（撃ち方やめ）」

クーリーは命じた。

敵艦はもはや虫の息であった。炎と黒煙が前方に集まり、後部からは濛々とした水蒸気があがっている。艦尾から沈みかけている証拠である。

薄弱な装甲しか持たず、しかも艦齢三〇年の老朽艦だ。ただでさえ経時劣化が進んでいたであろう艦体が、新式の一六インチ砲の猛射に耐えられるわけがない。

直接的な損害だけではなく、おそらく敵艦の艦体は、長年の航海や訓練で積みかさなった疲労がいっきょに噴きだし、各部の脱落や断裂が進んで浸水が始まっているに違いない。あとは、放っておいても行く末は決まっている。

ここまで来て、敵はようやく反撃に転じてきた。

悲鳴のような甲高い風切音が迫ってくるが、暴力的な轟音が響くことはない。弾着ははるか後方であり、測的精度はまだまだのようだ。

突きあがる水柱は、大小二種類ある。どうやら敵は、単縦陣後方の二隻が『ワシントン』に向けて発砲を始めたようだ。

その直後、『ワシントン』が放った星弾が敵艦隊の頭上で炸裂した。青白い光りが、闇の中から敵の艦影をいぶり出す。

「やはりナガト・タイプのようだったな」

クーリーはあたりをつけた。

先に『ワシントン』の後方にあがった水柱は二種類あったが、一八インチ弾の弾着に比べれば弱々しかった気がする。

また、星弾の光りに垣間見えた艦影は、アメリカ軍がパゴタ・マストと呼ぶ箱を積みあげた仏閣のような形状だった。日本の旧式戦艦に特有のものだ。ということは、水柱のでかいのがナガト・タイプのもの、ちいさいのがイセ・タイプやコンゴウ・タイプのものという結論になる。

「オーケー！」

クーリーは大げさに声を出して、命じた。

「砲撃目標、敵ナガト・タイプの戦艦。準備でき次第、砲撃はじめ！」

そのとき、標的のアイオワ級戦艦が一瞬止まったように見えた。

次の瞬間、それまでとは比較にならないほどまばゆい閃光が標的の中心あたりから弾けでて、真っ白な光りは黄白色から黄色に、そして鮮紅色に変わっていった。

特徴的な塔状の艦橋構造物は、まるで首をはねられたように上部三分の一ほどが爆裂して落下し、轟々とした炎が前後に長い上構を完全に覆い隠した。

しかし、そういった光景もほんの数秒と続かなかった。艦首のバルバス・バウと艦尾のスクリュー・プロペラとが、ほぼ同時に海面上に現われた。あらぬ方向に折れ曲がった標的のアイオワ級戦艦『ミズーリ』は、ちょうどVの字を描くようにして巨大な渦に飲み込まれていく。炎と海水とがせめぎ合って大量の水蒸気が海面に広がり、『ミズーリ』の姿を覆い隠した。

まもなくその中からひときわ大きな爆発音が轟いた。多量の飛沫と、元がなにかもわからない無数の残骸が撒き散らされ、炎と黒煙がしばし水蒸気を吹き飛ばした。

それらが治まって海上が平静に戻ろうとするころ、すでに『ミズーリ』の姿は海上にはなく、海面には虹色の油膜が点々と残されているだけだった。

爆沈である。

「ほかは?」

歓声に沸く『大和』の羅針艦橋で、角田は阪に目を向けた。

「敵二番艦は、第九戦隊と『武蔵』が仕留めました。敵四番艦は逃走しましたが、『紀伊』からの報告によると、戦闘不能もしくはそれに近い打撃を与えたとのことです」

「新手の追撃艦は？」

「逃げられました。敵は一撃離脱に徹していたようです。『榛名』は総員退去、『長門』も大破の状況です」

「そうか」

角田は天を仰いで深いため息を吐いた。

敵への戦果は三隻撃沈に一隻撃破、味方の損害は一隻沈没に一隻大破と、胸を張って勝利といえる堂々たるものであった。

だが、角田はどうにも後味の悪さを感じてならなかった。

勝つには勝った。だが、損害は別働の敵艦によるものだ。

追撃してきた戦艦の指揮官は、なかなかの度胸と決断力の持ち主だったと認めざるをえまい。自分たちの状況を正確に、そして素早く分析し、わずかなチャンスにすべてをかけている。圧倒的戦力の自分たちに対して、臆せずに向かってきた。なおかつ一時の成功に驕ることなく、当初の狙いどおりの戦果を手にするや否やリスクをわきまえて素早く退散していった。

敵ながらあっぱれだった。角田の心中には、主力同士の戦いを制したという喜びよりも、一隻の奇襲によっていらぬ損害を被ったという負の印象ばかりが残っていた。

「残敵掃討は第一〇戦隊の『利根』と二水戦に任せます。昼間の航空戦で撃破した敵空母がまだ近くにいるという情報もありますので」

阪が電文を手にしつつ、言った。

「第九戦隊は？」

「『利根』より戦力充分との具申が来ております。残弾も乏しいでしょうから、よろしいかと」

「そうか」

角田は、なにげなしに応じた。

昨日からの連続した緊張と一晩中続いた海戦、さらには個人的に不満足だった戦果によって、体力的にも精神的にも角田の疲労はピークに達していた。

いつのまにか闇は薄れ、空は新しい光りを取り戻しつつあった。

もうすぐ夜が明ける。そうなれば、夜間の活動が封じられていた航空隊の活動が再開される。

制空権は日本側にあるのだ。もう第二艦隊の主力を下げても問題はなさそうだった。

第九戦隊司令官松田千秋少将は、憮然とした表情で旗艦『最上』の艦橋に立ち尽くしていた。

主力戦艦同士の砲戦は、第二艦隊の大勝に終わったといえる。その勝利におおいに貢献し、もうひと暴れと意気込んでいたところの撤退命令である。松田だけではなく、第九戦隊司令部の多くの参謀から、疑問や憤慨の声があがるのも当然だった。

「『第九戦隊は第二戦隊の護衛につき、敵潜らの襲撃に備えるべし』。二艦隊司令部からの命令に間違いないな？」

「はい。間違いありません」

「………」

首席参謀宮田嘉信中佐の返答に、松田は言葉にならないうなりを発した。

ここで引きさがる理由がわからない。

オアフ島周辺海域は、今や完全に日本の勢力圏なのだ。

制海権、制空権とも日本軍が握っており、危険を感じて撤退するのはむしろアメリカ軍のはずではないか。

「余剰戦力といえば、それまでだがな」

松田は宮田を横目で見ながら、苦笑した。

「本艦の乗組員も夜を徹しての戦いで、正直疲労があるのは事実です。ここは休息がとれると前向きに考えてもいいかもしれません」

『最上』艦長今村了之介大佐が、ぐるりと周囲を見回した。

『最上』の損害はせいぜい小破と判定される程度のわずかなものだったが、それでも甲板の何カ所かにはささくれだった破孔が顔を覗かせ、引き剝《は》がされた板材や鋼片が無造作に散らばっている。はっきりとは見えないが、砲塔や舷側にも多数の弾痕が穿たれ、細かな傷や亀裂も走っていることだろう。艦橋の側壁も煤《すす》になでられて、うっすらと黒ずんでいる。

第九戦隊としては完勝といっていい戦果だったが、それでも無傷とはいかないのが戦争の実態なのだ。

次の戦いにまた完璧な状態で臨むのに、これはこれでいい。

今村の表情には、そんな内心の気持ちが見て取れた。

「艦長。取舵だ。第九戦隊、針路三〇〇度。第二戦隊を護衛しつつ、真珠湾に帰投する。本艦を起点として、逐次回頭」

命令を発する松田の表情にはなお不満が滲んでいたが、命令は絶対だ。私人と公人としての区別はきっちりとつける松田だった。

強いシアーの付いた『最上』の艦首が左に振られ、航跡が反時計まわりに円を描いていく。

その航跡をなぞるようにして、『三隈』『鈴谷』『熊野』の三隻が続いていく。

後に第二次ハワイ沖海戦と命名される一連の海空戦において、第九戦隊の戦いはここにピリオドをうったのだった。

その第九戦隊の進撃に待ったをかけた男は、重巡『利根』の艦上でほくそ笑んでいた。『利根』副長藤原修三《しゅうぞう》中佐である。

『利根』は敵駆逐艦を蹴散らして進んでいた。連装四基の主砲を前部に集中し、後部はカタパルトや駐機スペースといった航空兵装にあてるといった特異な艦容を持つ『利根』が、砲火を閃かせて驀進する。

(ひ弱な駆逐艦ごとき、本艦一隻で充分だ)

事実、『利根』は藤原の期待に充分以上に応える戦果を見せていた。

ここまであげた戦果は、巡洋艦一隻撃破、駆逐艦三隻撃沈であった。敵戦艦にも砲火を加え、第二戦隊らの砲戦勝利にも一役買ったといえる。

現時点での目的は、敗走する敵に追い討ちをかけるとともに昨日の航空戦で傷ついた敵空母を捕捉撃沈することだった。

「敵です！　アストリア級の模様」

「怯《ひる》むな。撃て。沈めてしまえ！」

『利根』の艦長は藤原の三期上で海軍きっての砲術の権威と呼ばれる黛治夫大佐だったが、藤原は艦長さながらに叫びたてた。

『利根』の士気は高く、戦意も旺盛だった。そういった勢いのある艦には運も味方する。

混乱の途上にある敵は、ここで信じられないことに、衝突までしたのだ。アストリア級重巡と思われる敵艦の艦尾に、フレッチャー級とおぼしき艦が突っ込んだ。二隻はもつれあうようにして、洋上に停止する。

そこに『利根』の射弾が殺到し、二隻まとめて血祭りにあげていく。

藤原にしてみれば、痛快極まりない展開であった。

「それにしても、ほかは追ってこないな。二水戦の駆逐艦がちらほらいるだけのようにに見えるが」

「それはそうでしょう」

黛の言葉に、藤原はさも当然といった顔で答えた。

「二艦隊司令部からは、二水戦と本艦にだけ追撃命令が出ていますからね」

「なに!?」

黛の表情が変わった。

「そのような報告は受けていないが」

「正式な命令もなにも、いいではありませんか。現に我が艦一隻で敵を粉砕できれば、なにも問題ありませんよ。敵の空母もすぐそこです。それらも沈めてしまえば、本艦の名は国中に轟きますぞ」

「馬鹿なことを」

ここで、黛は悟った。

手柄を独占したいばかりに、藤原は艦隊司令部に独断で意見具申したのだ。戦力が過剰だとか、不必要だとか、適当なことを報告したのは明らかだった。

事実、『利根』は目覚ましい戦果を挙げている。だが、ひとつ間違えば『利根』は敵中に孤立し、袋叩きにあう可能性だってあったのだ。

自分一人の出世欲のために何百人の部下を危険に晒《さら》すことは、断じて許されない行為だ。

「艦長ももっと喜ぶべきですよ。我々の選んだ道は正しかった。艦長の昇進も夢ではないですよ」

「ふざ（けるな）！」

黛の怒声は、主砲の斉射音にかき消された。

たしかに、戦いには勝った。だが、その裏で驕りや油断がはびこり始めていることに気づく者は少なかった。

第二次ハワイ沖海戦は、日本軍、自衛隊の大勝に終わった。

しかし、静かに、だが確実に、日本を蝕《むしば》むものは存在した。

かつてのローマ帝国、ペルシア、明《みん》……、歴史に名を残した大帝国は、いずれも優れた指導者と強大な軍を誇り、未曾有《みぞう》の繁栄を謳歌した。

だが、それが永遠に続くものではないことも、歴史はたしかに証明している。

大日本帝国は今、絶頂にあった。イギリスに代わって欧米の筆頭国になったアメリカも蹴落とし、単独で日本に対抗できる国など世界中どこを探しても見当たらない。

大日本帝国は、世界の覇者だった。

しかし、覇道を突き進む裏に鳴る警笛を耳にできている者は、まだほんのひと握りにすぎなかったのである。